“野地”里的呐喊

——梅娘作品研究

向叶平　著

合肥工業大學出版社

图书在版编目(CIP)数据

“野地”里的呐喊:梅娘作品研究/向叶平著.—合肥:合肥工业大学出版社,2022.3

ISBN 978-7-5650-5311-5

Ⅰ.①野… Ⅱ.①向… Ⅲ.①梅娘(1920—2013)—文学研究 Ⅳ.①I206.7

中国版本图书馆CIP数据核字(2021)第041734号

“野地”里的呐喊
——梅娘作品研究

向叶平 著　　责任编辑 张 慧

出 版	合肥工业大学出版社	版 次	2022年3月第1版
地 址	合肥市屯溪路193号	印 次	2022年3月第1次印刷
邮 编	230009	开 本	710毫米×1010毫米 1/16
电 话	人文社科出版中心:0551-62903205	印 张	16.25
	营销与储运管理中心:0551-62903198	字 数	248千字
网 址	www.hfutpress.com.cn	印 刷	安徽联众印刷有限公司
E-mail	hfutpress@163.com	发 行	全国新华书店

ISBN 978-7-5650-5311-5　　定价:46.80元

如果有影响阅读的印装质量问题,请与出版社营销与储运管理中心联系调换

中国现代文学馆内的梅娘展板

梅娘在北京的故居:中关村南大街乙 10 号

梅娘故居外观

作者在梅娘故居外留影

梅娘故居外的小花园

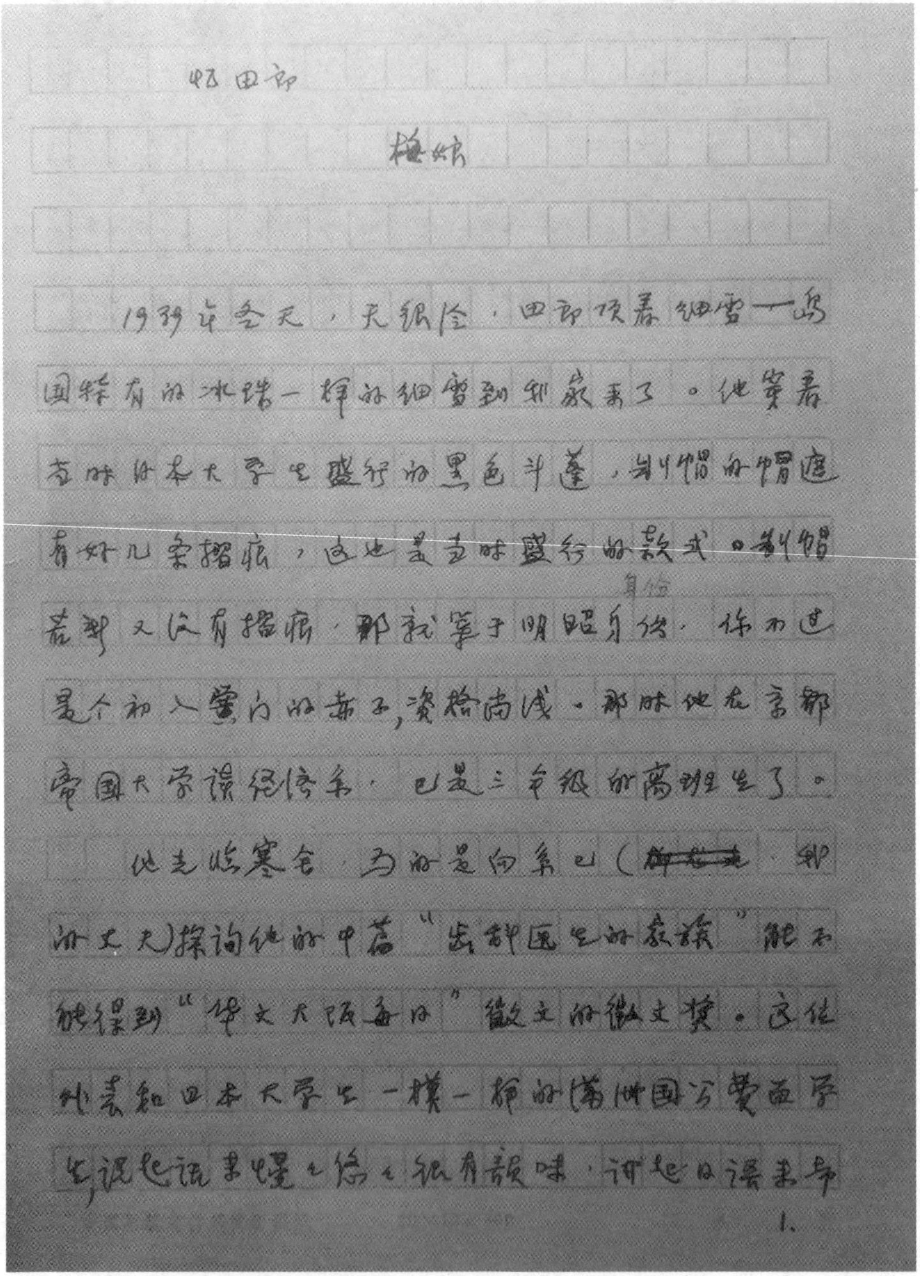

忆田郎

梅娘

1939年冬天，天很冷，田郎顶着细雪——像国粹有的冰碴一样的细雪到我家来了。他穿着当时日本大学生盛行的黑色斗篷，制帽的帽檐有好几条褶痕，这也是当时盛行的款式。制帽若新又没有褶痕，那就等于明昭身份，你不过是个初入黉门的新子，资格尚浅。那时他在京都帝国大学读经济系，已是三年级的高班生了。

他光临寒舍，为的是向系巳（~~[illegible]~~，我的丈夫）探询他的中篇"出静园生的家族"能不能得到"华文大阪每日"征文的征文奖。这位外表和日本大学生一模一样的满洲国公费留学生，说起话来慢慢悠悠很有韵味，讲起日语来带

1.

梅娘手稿1（徐国卫提供，现藏于山东中国文学艺术博物馆，后同）

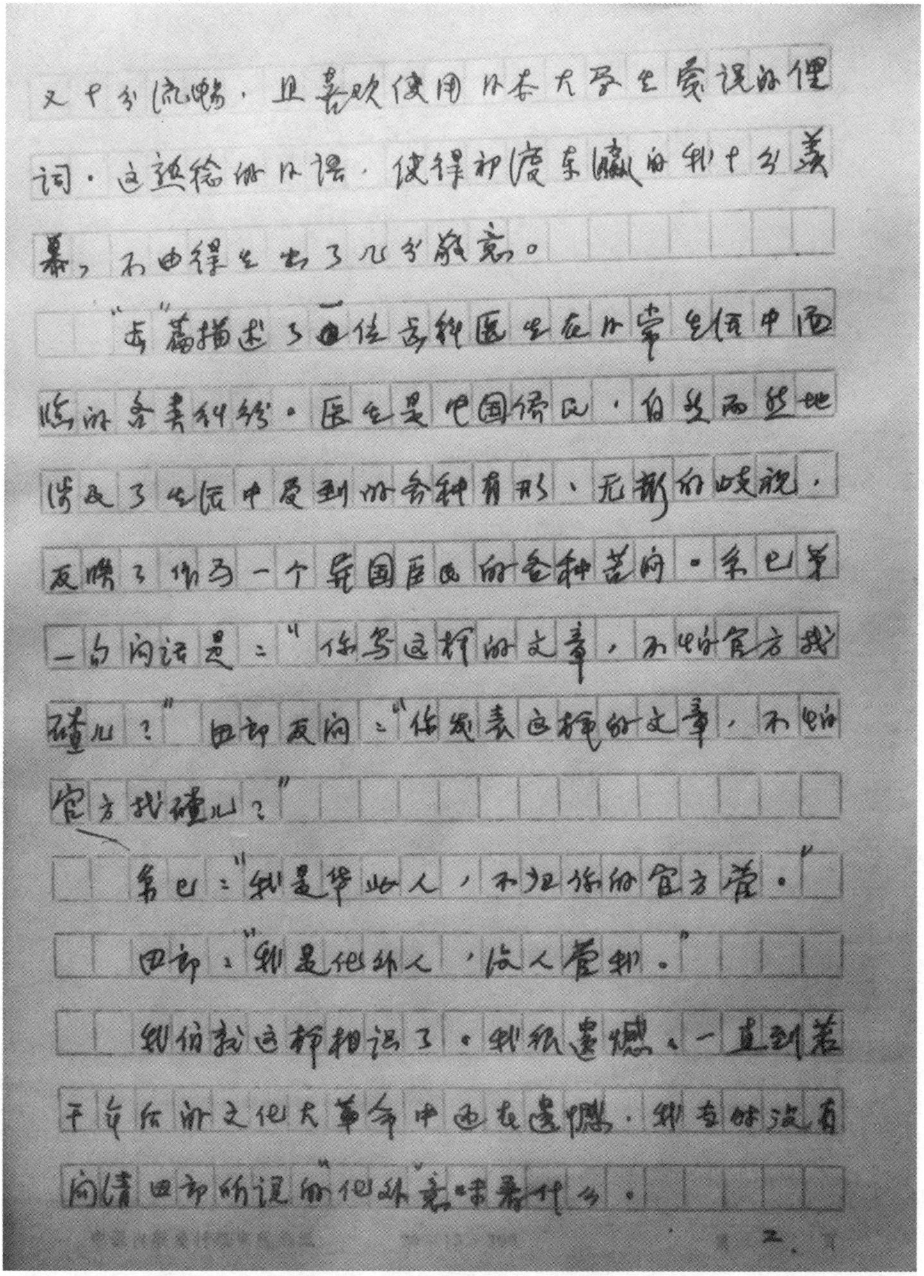

又十分流畅，且喜欢使用北京大学生爱说的俚词，这些俗的北语，使得初渡东瀛的我十分羡慕，不由得生出了几分敬意。

“去”篇描述了一位女的医生在日常生活中面临的各类纠纷。医生是中国侨民，自然而然地涉及了生活中受到的各种有形、无形的歧视，反映了作为一个弱国臣民的各种苦闷。系巴第一句问话是：“你写这样的文章，不怕官方找碴儿？”田村反问：“你发表这样的文章，不怕官方找碴儿？”

系巴：“我是华北人，不归你们官方管。”

田村：“我是他乡人，没人管我。”

我们就这样相识了。我很遗憾，一直到若干年后的文化大革命中还在遗憾，我当时没有问清田村所说的“他乡”意味着什么。

第 2 页

梅娘手稿2

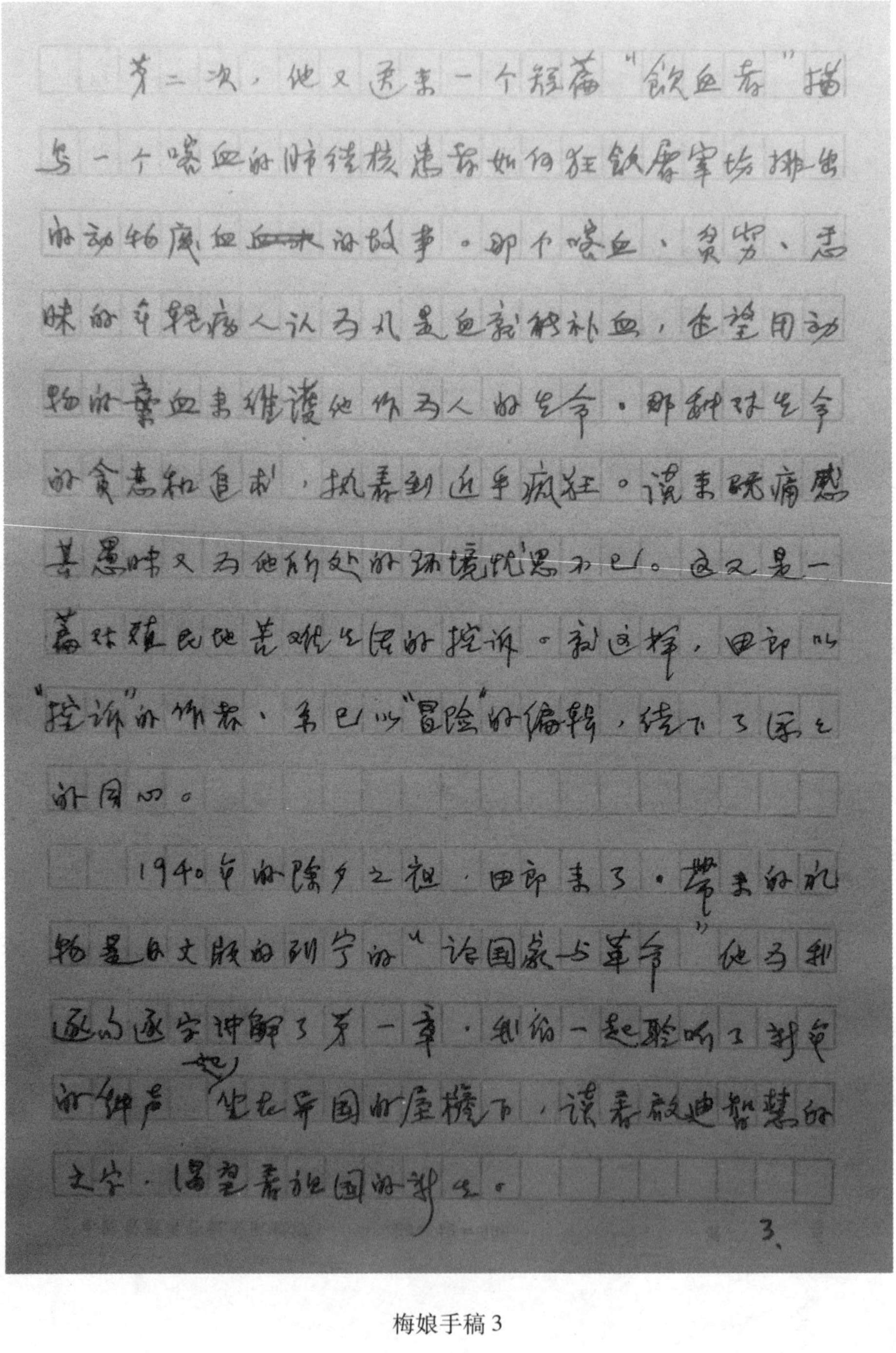

第二次，他又送来一个短篇"饮血者"描写一个嗜血的肺结核患者如何狂饮屠宰场排出的动物废血~~血水~~的故事。那个嗜血、贫穷、愚昧的年轻病人认为凡是血就能补血，企望用动物的废血来维护他作为人的生命。那种对生命的贪恋和追求，执着到近乎疯狂。读来既痛感其愚昧又为他所处的环境忧思不已。这又是一篇对殖民地苦难生活的控诉。就这样，田郎以"控诉"的作品，我已以"冒险"的编辑，结下了深深的同心。

1940年的除夕之夜，田郎来了。带来的礼物是日文版的列宁的"论国家与革命"他为我逐句逐字讲解了第一章。我们一起聆听了新年的钟声，坐在异国的屋檐下，读着启迪智慧的文字，渴望着祖国的新生。

3、

梅娘手稿3

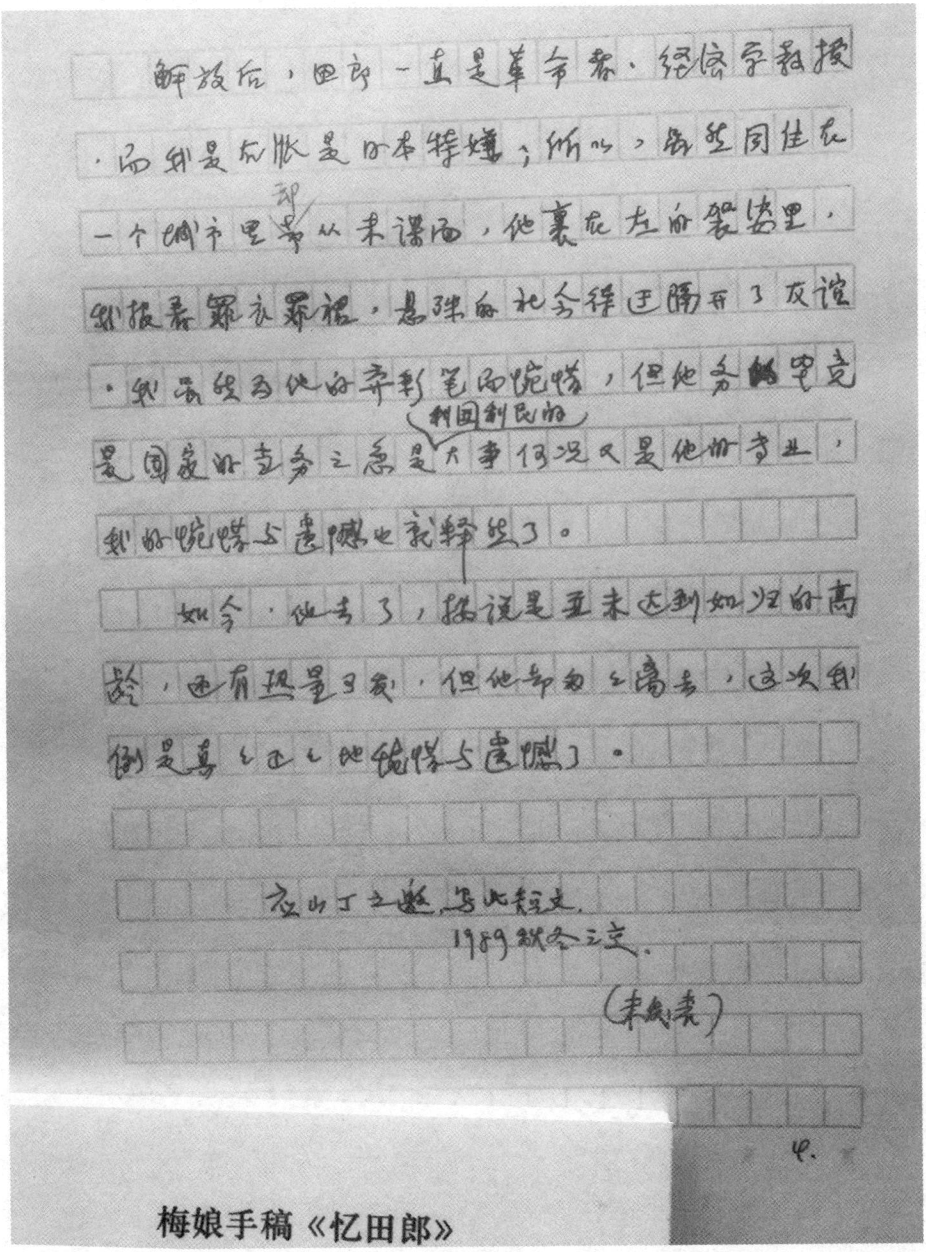
解放后，田郎一直是革命者、经济学教授，而我是右派是日本特嫌；所以，虽然同住在一个城市里却从未谋面，他裹在左的袈裟里，我披着罪衣罪裙，悬殊的社会径距隔开了友谊。我常常为他的弃彩笔而惋惜，但他务的究竟是国家的当务之急是利国利民的大事何况又是他的专业，我的惋惜与遗憾也就释然了。

如今，他去了，虽说是并未达到如归的高龄，还有想量可为，但他却匆匆离去，这次我倒是真真正正地惋惜与遗憾了。

应山丁之邀，写此短文。
1989 秋冬之交。

（未发表）

4.

梅娘手稿《忆田郎》

梅娘手稿 4

前　言

一

已经过去的20世纪是中国现代意义上的女性文学发生、发展、繁荣的时期。自五四新文化运动以来，“以文学的形式描绘社会生活，反映群体情绪、个人情感，体现一定的思想倾向和审美价值判断，成为包括女作家在内的绝大多数中国作家的自觉追求。”① 一大批接受了新文化启蒙与教育的新女性顺应时代潮流，以写作的方式，积极倡导女性解放，甚至身体力行，致力寻求女性解放的道路。

20世纪20年代，以庐隐、冯沅君、冰心等为代表的女性作家群的创作，主要表现五四时期知识女性在社会转型期的双重性格与裂变的心态，她们创造了中国现代女性文学的第一次辉煌，这一时期是中国女性文学的发生期。20世纪30年代则以丁玲、萧红、白朗等为代表。“丁玲是中国现代小说史上，最早以明确强烈的女性意识写作的女作家，是20世纪中国女性主义文学的先驱。”② 她的《梦珂》《莎菲女士的日记》等作品关注知识女性，揭示了现代女性在20世纪30年代独特的人生感受和生命状态，她们的女性思想直接从属于五四以来的人的主题。她们认为女人也是人，追求女人作为人应当享有的权利，这种平权思想正是人性女权主义所强调的。承接这一传统，自抗日战争爆发到20世纪40年代，中国文坛出现了更多的女性作家，其创作成就也更加突出。“较之‘五四’时期，此时女性文学创作的精神内涵更

① 乔以钢：《论中国女性文学的思想内涵》，《南开学报（哲学社会科学版）》2001年第4期。

② 朱栋霖、丁帆、朱晓进：《中国现代文学史1917—1997》，高等教育出版社1999年版。

趋丰厚：既有与时代相呼应的对民族命运的深切关怀，也有面向女性自身的冷静探察与剖析；既有对复杂人性的重新审视，也出现了具有哲学根底的对生命的思索。”[①] 上海有张爱玲、苏青，她们的小说从女性视角透视女性人生。在北方，则有与张爱玲并称“南玲北梅”的梅娘。梅娘的创作生命虽然比较短暂，却在当时产生过较大影响，其在东北沦陷区曾与萧红相提并论。“梅娘的小说在当时以及现在的接受状况足以证明，她是中国沦陷区最杰出的作家之一。”[②]

然而，从冰心、丁玲，再到张爱玲、萧红和梅娘，最初的中国现代文学史能够关注的女作家是极其有限的。这里有文学史观的偏颇，也有传统文化所固有与因袭的性别不平等观。在笔者求学的年代，最权威的现代文学史教材中都少有女作家的身影，如唐弢主编的《中国现代文学史简编》（人民文学出版社 1984 年版），这部文学史教材在目录中可以清晰看到的女作家仅两位：冰心和丁玲。笔者 1995 年考入湘潭大学中文系汉语言文学专业，现代文学史课程教材选用的即是该书。这部初版于 1984 年的权威教材，到笔者学习中国现代文学史课程时的 1996 年，已经过去了 12 年，版权页显示已经印刷到第 14 次，印数为 530416 ~ 544615 册。同时期，笔者手中所藏的另一部由湖南师范大学凌宇等人主编的《中国现代文学史》（湖南师范大学出版社 1993 年版），情况稍微不同：20 世纪 20 年代的文学，在目录上，跟冰心并列的还有庐隐；20 世纪 30 年代，依旧是丁玲；20 世纪 40 年代的“后期海派小说”，用专门的篇幅分析了张爱玲的小说，与她并列的是徐讦。

再往后，更多的文学史专著会关注张爱玲，这当然要归功于夏志清的《中国现代小说史》[③]。这部专著最早出版是在 1961 年，由美国耶鲁大学出版。这部划时代的专门史总共研究了 10 位作家，其中第 8 章是沈从文、第 15 章是张爱玲、第 16 章是钱钟书。众所周知，正是这部著作让国内的文学史家们重

---

① 乔以钢：《多彩的旋律——中国女性文学主题研究》，南开大学出版社 2003 年版。
② 张泉：《梅娘：她的史境和她的作品》，《梅娘小说散文集》，北京出版社 1997 年版。
③ 夏志清：《中国现代小说史》，浙江人民出版社 2016 年版。

新认识到沈从文、钱钟书的价值，也在更深远的意义上确认了张爱玲的文学史价值。正如王德威在1999年为该著作在印第安纳大学再版时所写的导言中所述："中国现代小说史的'英雄'，经夏志清重排座次，出现了不少异数。"① 因为夏志清在对待文学史的立场上，所珍视的是"优美作品之发现和评审"。

一种建立于文学自身价值上的文学史观正在酝酿。

一些被遗忘的作家也正在慢慢被"发掘"出来。

1988年，陈思和、王晓明在《上海文论》开设并主持"重写文学史"专栏。该专栏从1988年《上海文论》第4期开始，至1989年第6期结束，共发表了关于20世纪中国文学重要现象和作家作品的探讨文章40余篇。栏目的主持人希望通过这样严肃广泛的讨论，可以"重新研究、评估中国新文学重要作家、作品和文学思潮、现象"，"刺激文学批评气氛的活跃，冲击那些似乎已成定论的文学史结论，并且在这个过程中激起人们重新思考昨天的兴趣的热情"。由于该专栏所探讨的问题正是许多后来困惑现当代文学研究的症结所在，因此引起了强烈的反响②。很快，"重写"的焦点拓展到对新文学史的建构模式、价值尺度的重建与反思等深层次问题。

受该思潮的影响，"重写文学史"一时几成风尚。其中，钱理群等著的《中国现代文学三十年》（上海文艺出版社1987年版），章培恒、骆玉明主编的《中国文学史》（复旦大学出版社1996年版），是较早出现的重写文学史的成果。这些文学史著作对旧的学术框架和单一化的叙述模式，有一定的突破。而引起更大反响的是20世纪末涌现出的更具个性化的文学史著作，如陈思和主编的《中国当代文学史教程》（复旦大学出版社1999年版）和洪子诚著的《中国当代文学史》（北京大学出版社1999年版），前者以审美和知识分子两大传统为主要价值支点，后者更注重作家作为审美个体的表现，可以说二者对于中国当代文学史均有着重新定义的意义。时至今日，

① 夏志清：《中国现代小说史》，浙江人民出版社2016年版。

② 周立民：《重写文学史》，《南方文坛》2000年第5期。

陈思和的《中国当代文学史教程》依然是国内众多高校中文专业首选的当代文学史教材。

相同的时间，在女性文学研究领域，出现了一部更具颠覆性的著作，这就是孟悦、戴锦华合著的《浮出历史地表——现代妇女文学研究》（河南人民出版社1989年版）。该书是系统运用女性主义立场研究中国现代女性文学史的经典著作。借助精神分析、结构、后结构主义理论，该书以作家论形式深入阐释了庐隐、沅君、冰心、凌叔华、丁玲、白薇、萧红、苏青、张爱玲9位现代重要女作家，同时在现代中国的整体历史文化语境中，勾勒出女性写作传统的形成和展开过程；理论切入、文本分析和历史描述的有机融合，呈现出女性书写在不同时段、不同面向上的主要特征，及其在现代文学史格局中的独特位置。该书自问世后产生了广泛影响，对于传统的文学史有着更为强烈的冲击力，被誉为中国女性批评和理论话语“浮出历史地表”的标志性著作。沅君、苏青、白薇、萧红，这些女作家跟随着这部著作一起“浮出历史地表”，既凸显了女性文学的成就，也撼动了男性文学史对女性作家集体性的遮蔽与遗忘。

而梅娘的“浮出历史地表”，最早是在钱理群等人所著的《中国现代文学三十年》中，该书于1987年初版时，在沦陷区文学的大框架下提及梅娘。1994年，张泉的《沦陷时期北京文学八年》为梅娘设立了专章。但是真正进入文学史，要到1995年盛英主编的《二十世纪中国女性文学史》，该书较为详细地介绍了梅娘的生平与创作历程，对梅娘的小说创作给予了高度评价。钱理群等人所著的《中国现代文学三十年》于1998年出版修订本时，及时吸收了当时最新的学术研究成果，在第三个十年文学“通俗与先锋”的框架下，将梅娘与张爱玲、苏青并列论述。由于《中国现代文学三十年》影响力，梅娘其人开始进入越来越多的文学史著作中。1998年杨义著的《中国现代小说史》、1999年朱栋霖等人主编的《中国现代文学史1917—1997》都不同程度地关注了梅娘。

曾经被遗忘了将近半个世纪的梅娘，终于缓缓“浮出历史地表”。

二

出生于20世纪70年代的笔者，能够接触到梅娘的作品，正是得益于北京市社会科学院文学研究所张泉选编的《梅娘小说散文集》。或许可以说，正是在20世纪80年代重写文学史的大背景下，梅娘才得以被重新发现。当她能够进入主流文学史，个人文集也被结集出版后，远在江南的我，才有机缘阅读到梅娘的作品，尽管笔者看到本书时已经是21世纪初叶。

2002年前后，在小城的夜市地摊上，笔者买到了《梅娘小说散文集》，一读之下，竟颇为其所吸引。虽然在大学时代，笔者已经读过张爱玲的小说，但竟没有成为“张迷”。然而读了梅娘的小说后，笔者为之动容。那些女性的遭遇，深深地引起了笔者的共鸣。

或许有人会奇怪，笔者为什么选择梅娘作为20年来持续的研究对象？依笔者自身体会来看，说是笔者选择了梅娘，亦可说是梅娘选择了笔者。研究者与研究对象为什么会在异时空形成一种无须言说的共鸣，的确隐藏着很多必然。

笔者之所以会选择梅娘，跟笔者的原生家庭及族群的性别生态有关。笔者的家乡在湘西，那是一个不算太偏僻的村庄。这个村庄早在笔者出生之前就已经通了铁路和公路。笔者的父亲出生于20世纪40年代末期，与路遥那一代人同龄。青年时期的父亲是在部队中度过的，他在广州驻扎过，也镇守过友谊关。转业后父亲进入湖南省某地质大队，开始在全省各地勘探矿产资源。这样一个父亲，在村人眼里，是见过很多世面的，是足以令我感到骄傲的。但事实上，笔者却极害怕父亲。因为他的火暴脾气、他对母亲的不尊重——等我慢慢长大，更加悲伤地发现，在我们村对妇女的不尊重其实是一种非常普遍的现象。而女儿们的受教育权是普遍被忽略的。以笔者为例，小学时，跟笔者一起上学的女孩和男孩的比例相差无几；到初中，少了一批女生；到高中，村里就剩下笔者是唯一一个继续求学的女孩；到了大学，村里跟笔者差不多年纪的女孩，基本上都已经为人妻母了。对于笔者的漫漫求学路，她们感到奇怪，也不理解。而笔者之所以能继续学业，除了成绩优秀，更因为那个常常被父亲粗暴对待的母亲。她希望笔者努力学习，将来可以不要再被丈夫欺负——这是她最朴素的愿望。为此，她顶着巨大的压力——金钱的压力、父亲反对的压力——告诉我：“只要你有能力考上大学，我绝对会尽最大努力支持你。”

成长道路上所遭遇的性别歧视，从小就伴随笔者左右。而当笔者接受了更多现代教育，对这些不公正现象能够加以关注、判断的时候，笔者是希望可以改变这种境况的。然而怎么改变，笔者并不清楚。

1995 年 9 月 4 日至 15 日，联合国在北京召开了第四次世界妇女大会。本次会议主题为：以行动谋求平等、发展与和平；次主题为：健康、教育和就业。189 个国家的政府代表团、联合国系统各组织和专门机构、政府间组织及非政府组织的代表共 15000 多人出席了会议。大会制定并通过进一步加速执行《内罗毕战略》的《北京宣言》和《行动纲领》，指出了提高全球妇女地位的主要障碍，制定了今后的战略目标和具体行动——其时，笔者正坐在时速 80 千米的绿皮火车上，前往即将学习四年的湘潭大学，对笔者即将受惠的本次大会一无所知。

1995 年 9 月 8 日，当张爱玲在大洋彼岸的美国洛杉矶罗切斯特街道一所公寓的 206 号房间中安宁地离开人世的时候，我正穿着绿色军装，在湘潭大学田径场上接受着新鲜又乏味的军事训练。对于接下来，在中国即将掀起的又一次“张爱玲热”，地处南方偏僻校园的笔者依旧丝毫不知。当然，校园地摊上一堆堆盗版的《张爱玲文集》已经足以说明热度之热，笔者随意在女生宿舍门口购买了其中的一本，一路阅读下来，感觉十分平淡，因为她讲述的故事，跟笔者无关。

1995 年至 1999 年，笔者在湘潭大学学习时，时任湘潭大学国际交流处处长、英语专业教授的罗婷老师[①]是研究女性文学的专家，但笔者没有机会聆听

① 罗婷，1964 年出生于湖南益阳，文学博士，四川大学和湘潭大学比较文学专业博士生导师。

她的课程。多年后，当笔者阅读梅娘的水族系列小说的时候，被深深触动了。长期以来积蓄在笔者心底的关于性别不平等现象的感受慢慢清晰起来。之后，笔者开始大量阅读中国现代女作家的作品。在积累了一定的阅读量之后，很自然地，加上工作的需要，笔者开始阅读相关的理论文献。这样，笔者接触到了更多的女性主义图书。笔者的视野被打开了。原来全世界的女人们都一样，古代女人和现代女人也一样，“第二性”的女人们一直生活在男尊女卑的阴影之下。她们没有读书的权利，没有参加科举考试的权利，没有决定自己的爱情与婚姻的权利，连自己的身体都无法控制……她们什么都没有。历史于她们，是沉默的。

然后笔者有了第一篇论文《论梅娘20世纪40年代的小说》，发表在《嘉应大学学报》2002年第2期上。同一年，中国人民大学书报资料中心主办的《现当代文学文摘卡》转载了其中部分内容[①]。这给了笔者继续研究的信心。此时，正在攻读硕士学位的笔者，自然而然地决定了硕士论文研究对象，并选定硕士论文题目为“论梅娘小说的女性意识和女性文本特征”。2005年，在安徽师范大学文学院举行的硕士论文答辩会上，专家们虽然对梅娘所知不多，却依然以极大的包容，让笔者顺利通过了答辩。答辩结束了，但笔者对梅娘的研究才刚刚开始。

从2002年到现在，20年过去了。我完成的第一部学术专著，就是研究梅娘作品的本书。

本书共6章。

第一章主要整理爬梳梅娘的生平与创作情况。梅娘的创作历程一般可分为3个阶段，从1936年开始到1944年停笔为第一阶段，前后共8年时间。第二阶段是新中国成立后，她重新开始写作，创作了大量散文，再次引起文坛关注。第三阶段是“文革”后。在改革开放新时期，一批被当代文学史称为“归来者”的作家纷纷开始复苏创作，他们被诗意地命名为“重放的鲜花”，

---

① 向叶平：《论梅娘20世纪40年代的小说》，《现当代文学文摘卡》2002年第3期。

这缘于1979年年初出版的《重放的鲜花》一书，其中包括了王蒙、邓友梅等日后在当代文坛上影响深远的作家。梅娘的重放，最早可以追溯到1979年6月《大公报》上发表的散文——《宫廷贡品走向平民》。文坛泰斗巴金在归来后创作的散文《怀念萧珊》，也是发表在1979年2月《大公报》的大公园副刊上。地处香港的《大公报》为刚刚回归的作家们提供了一个比较理想的发表园地。

第二章重点研究梅娘小说创作的思想内涵。梅娘的小说创作，是学术界最早关注的部分，也是目前研究成果最多、内涵挖掘最为丰富的部分。第一节中笔者从女性主义文学的角度，考察了梅娘小说中女性意识的具体表现与形成原因。这部分也是梅娘小说最早与笔者产生共鸣的部分。第二节则试图对同样由黑土地催生出来的两位东北女作家——萧红与梅娘的创作，从性别理论的角度加以比较。诚然，与梅娘相比，萧红不仅成名早，而且更早得到各种文学史的关注。然而，与萧红相比，梅娘的一生更加富于传奇色彩。她的理性与从容，比之于萧红，则更为突出。在创作上，梅娘因为沦陷区的生活经历，直接导致其被文学史集体的遗忘，但为女性呼喊、对男权文化进行有力的批判，是她们共同的理想。第三节运用的是精神分析学理论，对梅娘小说中的精神分析特色进行解读，也从她的生活时代与接受的教育中寻找其精神分析理论的来源。

第三章则是讨论梅娘小说的艺术特色。对一个艺术作品的艺术特色进行讨论的角度是多样化的。第一节从梅娘小说中比较有代表性的风景描写这一角度切入，考察了其小说中风景描写的类型与功能，以期较为充分地体现其小说艺术的独特性。第二节则是受叙事学理论的启发，将其小说的叙事话语与性别加以关联，进而讨论了其小说中叙述者的位置、叙述者的感知程度、叙述权威以及叙述视点。这两个角度在梅娘小说艺术研究中都较为新颖。第三节研究梅娘小说的女性文本特征。

第四章讨论的是梅娘的散文创作。从20世纪50年代起，包括新时期以后的“归来”创作中，梅娘主要的写作类型是散文。但是与对其小说的高度关注形成极大反差的是，学术界对其散文的研究颇为冷清。笔者在考察其散文创作时，也没有按照传统的艺术分析方法对其进行泛泛研究，而是重点抓住其散文中鲜明的主体性的建构主题加以展开，从社会主体性和个人主体性两个层面，考察、分析了梅娘散文的思想内涵。

第五章考察的是梅娘的书信。在梅娘已经出版面世的作品中，书信是一道独特的风景，但未能引起学术界的重视。笔者在通读已知梅娘书信的基础上，对其书信的类型进行了总结分类，对其蕴含的思想内涵进行了较为深入的考察。对于梅娘这一代文人而言，书信除了其固有的通信功能，更多则是其思想境界的体现。从梅娘的书信中，我们可以读到浓浓的家国情怀、鲜明的女性意识，以及对文学的独到理解。梅娘的书信既有较高的文学史价值，亦有着一定的美学价值。

第六章，基于梅娘目前已经出版的作品集与年表的遗漏，2014 年下半年，笔者在北京大学访学期间，有机会翻阅民国时期的包括《妇女杂志》在内的诸种报刊，发现了刊登其上的不少梅娘文学作品，因此摘录下来，为日后梅娘全集的整理出版做准备。可惜，因为时间的限制，笔者只整理了其中极少的部分，但笔者综合目前已有的学术成果，对梅娘著译年表进行了大量补充，这方面成果较为突出的是其在《妇女杂志》上发表的文学翻译作品。通过整理，笔者期望对梅娘的创作状况形成一个较为完整的描述。

总之，关于梅娘的研究，依然有许多值得挖掘的地方：20 世纪 40 年代，梅娘翻译了大量外国文学，对这些作品的整理与研究，才刚刚开始；20 世纪 50 年代，梅娘发表的长篇小说，至今没有“浮出历史地表”，相关研究还有待时日……

2002 年，笔者发表第一篇梅娘研究论文时，中国期刊网上以梅娘为题的论文有 7 篇。2006 年，笔者发表第二篇梅娘研究论文时，中国期刊网上已经有 49 篇。到 2020 年，中国期刊网上的梅娘研究论文总计达 200 多篇。笔者不起眼的努力，已经悄悄融入了梅娘的“回归”与研究热中。

在人类文化发展史上，女性一直带有着双重文化生活的特征：她们是社会总体文化圈的一部分，但往往又有着只属于女性的独有特征，“其文化和现实生活圈子同社会主宰集团的圈子相重合，却又不完全被它包容，有一部分溢出这重合的圈子之外”[①]，因而“前者可以用主宰集团控制的语言清晰地表达，而溢出的部分是女子独特的属于无意识领域的感知经验，它不能用主宰集团的语言表达，这是失声的女人空间，是野地”[②]。笔者因此将拙著命名为《“野地”里的呐喊——梅娘作品研究》。

① 乔以钢：《多彩的旋律——中国女性文学主题研究》，南开大学出版社 2003 年版。
② ［美］肖沃尔特：《荒原中的女权主义批评》，《最新西方文论选》，漓江出版社 1991 年版。

目　　录

第一章

梅娘的生平与创作

第一节 梅娘生平与创作

梅娘的一生，在20世纪中国知识分子的人生历程中，颇具代表性。正如张泉先生所说的那样："梅娘的人生历程和社会关联，涵括了和折射出近代中国100多年以来的演化史，丰富多彩又错综复杂、扑朔迷离。"①

梅娘出生、成长于五四运动之后，创作、成名于20世纪40年代的东北沦陷区。新中国成立后接二连三的政治运动中，她的家庭与创作生命都遭到了沉重的打击。梅娘的一生，遭遇幼时失母、少年丧父，28岁时丈夫遇难，人到中年又接连失去一儿一女。最为惨痛的人生变故，梅娘都一一经历。然而，九死一生的作家，在新时期又爆发出了强大的创作生命力，为自己的生命与时代送上了一曲圆满的赞歌。

一、20世纪20年代：青少年时代

梅娘，原名孙嘉瑞②，并有敏子、孙敏子、柳青娘、青娘、云凤、落霞等笔名。吉林省长春人，祖籍山东省招远县，1920年生于海参崴。在其祖父那一代，全家人在祖父的带领下，自山东来到吉林省长春县。其父孙志远是长春颇有影响的实业家。"父亲十二岁上到英商卜内门洋硷公司作小使，从而学会了英语。之后，又到沙俄的道胜银行和日本的正金银行去作跑外，以惊人的聪敏和毅力掌握了俄语和日语。正因为他的这种特殊才能，被当时长春境内最大的大官——中华民国驻长春的镇守使看中了，选他作了女婿。"③ 然而，

① 张泉：《从文80载的梅娘和成为研究对象的梅娘》，《上海大学学报（社会科学版）》2013年第4期。

② 有时亦作"孙加瑞"。

③ 陈晓帆：《又见梅娘》，人民文学出版社2002年版。

“这个际遇，对父亲来说，是个双面开刃的刀，利弊参半”：一方面，镇守使为他提供了政治与经济的双重便捷，使他在各项事业上可以左右逢源；另一方面，他得到了一份蒙上浓郁悲剧色彩的婚姻，因为他和他的夫人在性格与兴趣上完全对立。后来孙志远因任中东铁路货运主任，在海参崴时认识了梅娘的母亲[①]。“两人情投意合，同居了两年”，并有了梅娘。梅娘出生后，因为要筹建奉天（今天的沈阳）至海龙、海龙至梅河口的奉海、海梅两条铁路，孙志远带着母女俩回到长春的孙宅。镇守使的女儿自然容不下这对母女，梅娘的生母最终被镇守使的女儿逼死了[②]。失去亲娘的疼痛与养母的冷漠使幼小的梅娘变得孤独、内向、敏感。幸而，她的父亲十分钟爱她，把她视为掌上明珠，从小就带着她接触了“光怪陆离的大千世界”，他去哪里都会带着梅娘。“他就是要他的娇女像男人一样，敢于独立，敢于自己掌握走向。”[③] 这位

---

① 关于梅娘生母的身世，学界有一种看法，认为她可能是一名俄国女子。其依据是梅娘在《我的青少年时期》（陈晓帆：《又见梅娘》，人民文学出版社 2002 年版）一文中曾回忆说：“偶然一次，我靠在父亲临时设置的小软床上小憩时，觉得床垫下似乎有件什么东西，翻找之下，那是绣有父亲名字的一方白手帕，手帕中包有几根不同纸张的小纸条。写的是俄文。这就是父亲和生母热恋时相约的遗迹吧！”如以此为据，似乎可以认定她是一名俄国女子。但是，接下来梅娘又写道：“我那随着她的父母侨居海参崴的生母，豆蔻年华一心渴望回归故土的中华儿女是经历了一场怎样亦喜亦悲、幸福与悲惨相叠、欢乐与苦难相伴的短暂一生啊！”如此看来，梅娘的生母还是中国女子，当是无疑了。

② 关于梅娘生母离世一事，在梅娘的自叙里，是被孙志远的正夫人在梅娘 1 岁左右时逼死了。但据日本学者岸阳子考证，她在对比了梅娘 17 岁时发表于《大同报》的随笔《煤油灯》《忆》《灯下》《夜归》等文章与梅娘后来的相关自叙后，提出了四点可商榷之处：一、梅娘的父亲是否在和梅娘的生母相爱并生下梅娘后再迎娶有权势者的女儿为正室的？二、梅娘生母是否真被继母赶出家门，以致下落不明、不知所终？生母临终时，梅娘真的没有守在她身边？三、是不是父亲遗弃了生母？四、梅娘的生母是否有俄国血统？（岸阳子：《论梅娘的短篇小说〈侨民〉》，《抗战文化研究》2007 年第 1 期）

③ 江啸声：《学生阅读经典 · 梅娘》，文汇出版社 2002 年版。

可敬的父亲为梅娘安排了最好的生活、学习环境，这一切使得梅娘能够健康地长大成人。

也是这位父亲，当别的女孩学习传统女红的时候，他让梅娘去读书。梅娘自小对于文学也有着特殊的敏感。在梅娘的教育上，孙志远显然特别用心。梅娘从 4 岁开始，就跟着堂哥堂姐在家里读书。梅娘的这个大家庭里，6 个兄弟姐妹分别为 4 位母亲所生。孙志远给他们请聘了 3 位老师，教他们读经写字、数学以及英语。教英语的是一位沙俄老太太。聪明的梅娘用三四年的时间，读完了初小四年和高小二年的全部课程。

1930 年春天，梅娘从长春县立女子高等小学毕业了。这一年秋天，她通过考试插班进入吉林省女子中学初中一年级学习。在这次插班考试中，梅娘写了一篇 500 字的作文，题为“话振兴女权之好处”，这篇文章让老师感到十分惊讶。其实，这不过是梅娘平日的阅读积累所致。在此之前，她已经读了 2 册梁启超的《饮冰室文集》，还读过《秋瑾传》。可以看出，孙志远是一位思想上较为开明的父亲，对梅娘的教育引入了很多新思想。进入女中后，梅娘既感受到了集体生活的快乐，学识也得到进一步拓展。这所学校的负责人曾是一位北伐志士，教师们也很称职。特别是梅娘最喜欢的国文课，在老师王春沐的影响下，她开始接触到更多的五四新文学，读到了闻一多的诗、落华生的散文、冰心的《寄小读者》和《春水》等。正是在这里，梅娘开始进一步大量接触西方现代文学作品。易卜生、雪莱、拜伦、罗曼・罗兰……这些外国文学作家，也慢慢进入梅娘的阅读视野。

1931 年 9 月 18 日，日军全面出兵沈阳，九一八事变爆发，学校被迫停课，梅娘不得不辍学在家。学校不能去了，梅娘的求知欲却越来越强。不能去学校，就在家里学习。她一边在家中学习代数，为随时返校做好准备，一边继续大量阅读课外图书。在父亲的指导下，梅娘开始阅读《史记》。父亲用来休闲阅读的《福尔摩斯》《大盗罗宾汉》以及国内的新派武侠小说都在梅娘的阅读之列。林琴南的全套翻译小说，以及《红楼梦》《西厢记》这些古典文学让梅娘进一步领悟到了中国古典文学的魅力。

伪满洲国成立后，伪政府有意聘请孙志远出任伪满洲中央银行副总裁。

为躲避这项差事，也为了联络石友三[①]、韩复榘[②]等人组织抗日义勇军，1932年春天，孙志远以给正妻治病为名，带领着家人到大连、青岛、济南等地旅行。在济南大明湖，梅娘天天去听评书，中国古典小说差不多都听到了。此时的梅娘已经隐约地感到，父亲孙志远正在经历一场严重的经济危机。在济南，全家人一直待到1933年春天。回到长春后，梅娘再次返回吉林省女中，跟随原来的班级插班进入高中一年级第二学期继续学业。这段时间的学习，对梅娘影响最大的是国文老师孙晓野。在孙老师的指导下，梅娘和同学们组织了读书会，大家在一起研读《文心雕龙》等古代文学理论著作，也读到了高尔基的《柯尔巴乔夫》、果戈理的《死魂灵》，甚至读到了萧红与萧军合著的《跋涉》。同为东北人的萧红与萧军激发了这些年轻人，他们决定效法二萧，印行一个自己的刊物。渐渐成熟的梅娘和同学们拿起笔来，尝试着开始写作。

1936年冬天，梅娘完成了高中学业。因为是伪满洲国的学生，梅娘没有资格申请国内的大学。更为糟糕的是，这一年，42岁的孙志远因病去世，梅娘在失去生母之后，又失去了父亲，失去了这个世界上唯一能够庇护她的人。

---

① 石友三（1891—1940），吉林省九台市卡伦人。曾先后多次投靠冯玉祥、阎锡山、蒋介石、汪精卫、张学良和日本人。按梅娘在《我的青少年时代》（陈晓帆：《又见梅娘》，人民文学出版社2002年版）一文中所说，石友三和孙志远是长春同乡，小时候一起念过私塾，还是结拜的金兰，梅娘称其为六叔。当时，石友三被蒋介石打败后，正在济南蛰居。正是这位石友三派使者迎接孙志远一家去的济南。

② 韩复榘（1890—1938），直隶顺天府霸州煎茶铺镇（今河北省霸州市）人，冯玉祥手下的十三太保之一，1929年投靠蒋介石后，长期任山东省政府主席。全面抗战爆发后，因贻误战机，导致山东省及华北、黄河一带多地沦陷，被国民政府军事检察机关逮捕，不久被枪决。同样在《我的青少年时代》一文中，梅娘回忆，当时韩复榘正任山东省主席。他在草莽时期得到过孙志远的资助。

二、20 世纪 30 年代：留学日本

1937 年春天，在七叔张鸿鹄[①]的指导下，梅娘和她的二哥、三弟、四妹一起前往日本留学。张鸿鹄毕业于东京帝国大学，时任哈尔滨市电业局长，是孙志远的朋友。他们临行前，张鸿鹄特意给日本好友吉田顺写了一封信，拜托他照顾孙家孩子。

到了日本后，梅娘原计划是进入东京女子大学高等学部试读的，但是，可能是由于语言的原因，她最终没去该校上课，而是在东亚日语学校补习日语。之后，在吉林女师日籍副校长村田琴的推荐下，梅娘得以进入神户女子大学家政系学习。虽然家政系的课程梅娘没有太多兴趣，但是学校开设的日本古代文学、美学，尤其是茶道、花道等课程，使梅娘对人生有了更多的感悟。当然，她当时的兴趣主要还是阅读。

在日本学习期间，是梅娘大量阅读的时期。梅娘成了东京中国书店、内山书店的常客。在这里，她阅读了大量来自中国抗日后方的图书，包括何其芳的《画梦录》、朱光潜的《论美学》《给青年的十二封信》、郭沫若的《屈原》《孔雀胆》等。在这里，她还阅读了鲁迅的全部著作。在内山书店，她结

---

① 关于张鸿鹄其人，梅娘在《我的青少年时代》里回忆："直到 1947 年，我和他的长女茵陈在北京相遇，才多少知道了七叔的底细。七叔在天津南开、在日本和周恩来总理同学，两人友情极厚，总理那首《大江歌罢掉头东》的诗就是书赠七叔的。"1917 年 9 月，19 岁的周恩来南开毕业，决定东渡日本求学，在出国前夕写下了这首诗："大江歌罢掉头东……"1919 年 9 月，周恩来决定放弃在日本学习的机会，准备回国参加革命斗争。回国前夕，他的同学好友张鸿鹄等人为他饯行，请书赠留念。周恩来随即挥毫书赠了此诗。

识了来自北京辅仁大学、在日本早稻田大学半工半读的中国穷留学生柳龙光[①]。两个志同道合的青年迅速陷入爱河。

1938年年初，由于弟弟在日本患病，梅娘便护送他回长春治疗。回到长春后，不愿意接受继母选定婚事的梅娘，为了自立、为了筹措再度赴日所需的费用，也为了自己的文学理想，在吉林省女中副校长何霭人、原天津《益世报》老报人富彭年的推荐下，在伪满洲国的《大同报》担任校对，并主编该报一周一次的妇女版副刊。

这一年夏天，柳龙光也来到长春。由于孙家对二人恋情的反对，梅娘与家族决裂了。他们不顾家庭的反对，开始了同居生活。很快，他们的住所成了伪满洲国“首都”年轻人的文艺沙龙，也成了著名的反抗作家凝聚的中心。在日本反战学者小林秀雄、阿部知二、岸田国士的支持下，他们成立了《文丛》杂志，梅娘也加入了这个组织。聚集在《文丛》杂志周围的作家们，倡导用笔来描写真实、暴露真实。由于缺乏资金支持，《文丛》很快被迫停刊。虽然昙花一现，但《文丛》还是于1939年刊出了梅娘的第二部作品集《第二代》。这部作品集收录了11篇短篇小说，面世后受到了高度赞扬，被认为是伪满洲国文学界第一部提倡自由主义的作品。伪满洲国著名作家梁山丁在作品集前言中评价道：“从《小姐集》到《第二代》，梅娘给了我们一个崭新的前进的意识，《小姐集》描写着小女儿的爱与憎，《第二代》则横透着大众的时代的气息。”[②]

---

① 关于柳龙光的生平，日本学者岸阳子在《论梅娘的短篇小说〈侨民〉》一文中有较为详细与可信的考证：柳龙光，出生于1911年10月26日。北京辅仁大学毕业后就职于《盛京时报》。1936年4月为专修大学留学生，毕业后就职于《大同时报》。1939年2月成为日本《华文大阪每日》新闻社编辑。他与梅娘结婚后，在日本住了2年，后回国定居北平，历任燕京影片公司副社长、《国民杂志》主编、《武德报》社编辑部长、华北作家协会干事会干事长等职。其在华北作为亲日文人一直活跃到日本战败。据梅娘回忆，柳龙光于日本战败后，曾作为中共地下工作者，受党指派带领着梅娘和女儿去台湾工作，后又只身回到大陆，至1949年1月再次去台湾时，他因所乘坐的太平轮沉没而遇难。国内学者叙述的关于柳龙光的事迹主要源自梅娘口述。而岸阳子认为，因为没有客观材料，无法判定柳龙光是否为地下党员。另外，梅娘一直对外界说柳龙光是早稻田大学的学生，但没有任何迹象可以证明柳龙光在早稻田大学学习过。后经日本学者冈田英树查明，柳龙光曾是专修大学的留学生。（岸阳子：《论梅娘的短篇小说〈侨民〉》，《抗战文化研究》2007第1辑）

② 司敬雪：《〈民国的身影〉试读：与张爱玲齐名的40年代女作家——梅娘》，司敬雪书院（360个人图书馆）。

1938 年 11 月，两人再度赴日，居住在大阪附近的西宫市。其时，柳龙光已经是日本《华文大阪每日》新闻社记者。1939 年春，梅娘转学到了神户女子大学，学习家政课。由于课业轻松，梅娘开始研读以列宁的《国家与革命》为代表的马列主义著作。当时，柳龙光、梅娘和就读于京都帝国大学的于明仁、在奈良女子高等师范学校学习历史的田琳①，以及柳龙光在《华文大阪每日》的同事鲁凡、雪萤，自发成立了一个以研读红色图书为主的学习小团体。以《华文大阪每日》为依托，梅娘和柳龙光有了更多深入了解日本社会的机会。正是在这样的背景下，梅娘写出了《蚌》《鱼》和《蟹》等代表性作品。在此期间，据梅娘回忆，柳龙光还秘密为国内的抗日战场买了很多新药②。1940 年 4 月，梅娘又短暂回过东北，可能是为联系小说集《第二代》的出版事宜。1941 年 6 月间，梅娘还到过北平。1941 年，梅娘跟柳龙光在日本育有一女，起名菖蒲，可惜这个孩子在 2 岁时夭亡了。此后，梅娘一直未曾提及这个孩子。直到晚年，她才向人们说起这个短暂的生命。

三、20 世纪 40 年代：北平时期

1942 年 2 月，太平洋战争爆发后，柳龙光夫妇回到北平定居，一直到抗战胜利。在这里，柳龙光被聘请到北平掌管原来由日本情报部门控制的《武德报》社，同时他还改组了原有的华北作家协会，并担任干事部干事长。

> 当时梅娘只知道丈夫应日本友人龟谷利一的约请主持一份杂志，却不知道他还肩负着中共北平地下党员的秘密使命。龟谷本想通过办杂志扫却战争阴霾、化解中日仇恨，结果被扣上宣传“大东亚共荣共存”不力的诸多罪名，遣送回国。梅娘始终认为把妇女的受压制和男性中心的社会相纠葛，是整个社会问题的根源。她在给另一作家吴瑛的信中就说：“我想女人是这世界的救世主，只有女人能使这世界变成天堂……女人在

---

① 田琳（1916—1989）：笔名但娣、晓希等，黑龙江汤原人。1937 年曾公费考入日本奈良女子高等师范学校。

② 陈晓帆：《又见梅娘》，人民文学出版社 2002 年版。

这个社会中受到许多男人想不到的磨难和痛苦……”这些话语，控诉了伪满洲国男性中心社会的所谓“乐土”[①]。

在北平居住期间，梅娘曾担任过《妇女杂志》的编辑和记者并相继完成成名作中短篇小说《蚌》《鱼》《蟹》以及长篇小说《夜合花开》和未完成的《小妇人》，长篇译著《母系家族》也完成于这一时期。创作的同时，梅娘还在北平《实报》上主持“某夫人信箱”[②]，受到读者的广泛欢迎。在读者的要求下，《实报》编辑部不得不在“新新剧院”[③] 举行了“某夫人”与读者的见面会。但是最后梅娘没有到场。由于这一系列作品的完成，梅娘在文坛上的影响日益增大。1942 年，北平的马德增书店和上海的宇宙风书店联合发起了“读者最喜爱的女作家”的调查活动，在上海如日中天的张爱玲与北平的梅娘双双当选。此后，文坛上“南玲北梅”[④] 的说法就此流传开来。

1943 年 1 月 20 日，梅娘出席了华北作家协会主办的欢迎日本作家林房雄氏的座谈会。

这年春天，梅娘的大女儿柳青出生。

这一年，由于柳龙光掌管的几份杂志卖得不错，两人得以有机会继续秘密参与中共地下党的工作。他们共同参加了伪满洲国华北的文化联络活动，在北平相对自由的文学界中，梅娘积极介绍伪满洲国的女性作家，如吴瑛、

---

① 司敬雪：《〈民国的身影〉试读：与张爱玲齐名的 40 年代女作家——梅娘》，司敬雪书院（360 个人图书馆）。

② 关于“某夫人信箱”，最早由陈放在其《一个女作家的一生》（《追求》1987 年第 4 期）一文中提出，认为此夫人应当就是梅娘。张泉在其《华北沦陷区文学研究中的史实辨正问题》（《中国现代文学研究丛刊》1998 年第 1 期）中，专门就此进行了考证，首先指出陈文中误将《实报》写成了《时报》，其次认为从时间上来说，“某夫人信箱”始于 1939 年 3 月 25 日，终于 1943 年 4 月 9 日，而梅娘 1942 年才自日本回到北京，在时间上不吻合。另外，从该栏目文章的内容、风格以及版面安排等方面来说，前后变化很大，所以该栏目很可能不是一个人，而是一个编辑小组或编辑职位的代称。

③ 今天的首都电影院。

④ 关于“南玲北梅”一说的辨析：止庵认为，这一说法很值得怀疑。其理由是，张爱玲直至 1943 年才开始在上海崭露头角，而主办该活动的宇宙风书店，早在 1939 年 5 月就已迁出上海。（止庵：《关于“南玲北梅”》，《中华读书报》2005 年 11 月 30 日）张泉在《也说“南玲北梅”——兼谈如何看待“口述历史”》（《中文自学指导》2007 年第 1 期）一文中，表达对止庵的认可，并将这一说法的来龙去脉进行了较详尽与可信的分析，认为这一说法有可能是过去或现在人的虚构，但是如果从张爱玲和梅娘两位女作家的创作成绩与实际影响来看，这种说法基本上不离谱。

蓝苓、朱媞等[①]。

1943 年 8 月 25 日至 27 日，在日本东京召开的第二次大东亚文学者大会上，梅娘的中短篇小说集《鱼》被评为大东亚文学奖“选外佳作”，后来又被追加为大东亚文学奖副奖。但是梅娘没有出席本次会议。这年 11 月 20 日，梅娘出席了《华文大阪每日》北平支局在中国留日同学会召开的华北文艺座谈会，她在会议上就“华北文学的发展方向，当时华北地区比较好的作品，作家的‘生存状况’，以及作家的个人修养等问题”，谈了自己的看法。

1944 年，梅娘的小女儿柳荫出生。

1944 年 11 月 11 日，汪伪政府在南京召开了为期 1 天的中国文学年会，参加会议者大约有 35 人，梅娘和同属华北的雷妍是仅有的 2 名女性代表。梅娘“因偶患小病未到”。同年 12 月 14 日，梅娘出席在东京召开的大东亚文学者大会。

1946 年，梅娘曾任长春《第一线》[②] 杂志主编，还在上面发表过文章。

约在 1948 年底，为了策反原伪蒙疆联合自治政府参谋总长乌古廷起义，柳龙光按照中共北方地下党负责人刘仁的指示，携梅娘和 2 个女儿到达台湾。后乌古廷派他的弟弟和柳龙光一起去北平见刘仁，但在搭乘太平轮回台北时，1949 年 1 月 27 日，满载着上千旅客的太平轮夜航至白节山海域时与货轮“建元号”相撞，船上除 36 人生还，其余全部遇难，柳龙光也不幸遇难。柳龙光遇难后，梅娘拒绝了台湾好友诚庄容[③]的挽留，也谢绝了日本大阪外国语学院金子院长请其至该校教授中国文学的邀请[④]，带着 2 个女儿以及腹中的第三个

---

① 司敬雪：《〈民国的身影〉试读：与张爱玲齐名的 40 年代女作家——梅娘》，司敬雪书院（360 个人图书馆）。

② 司敬雪：《〈民国的身影〉试读：与张爱玲齐名的 40 年代女作家——梅娘》，司敬雪书院（360 个人图书馆）。

③ 诚庄容：据梅娘《写在〈鱼〉原版重印之时》里所说，诚庄容是“北伐前期吉林省诚省长的女儿”。经笔者查证，这位省长当为诚允。诚允（1881—1944），字执中，满洲正白旗，姓瓜尔佳氏，汉姓为关。1906 年毕业于北京法政学堂，后历任营口地方法院推事与审判官、吉林省民政厅长、吉林省高等审判厅长。1931 年 10 月 12 日，张学良为了与日本人控制的伪吉林省政府对抗，任命诚允为吉林省代理主席。其曾以临时政府名义积极抗击日军。收复东北失败后，诚允转而潜心佛教。1944 年 8 月，病逝于四川康定。由此可以发现，梅娘的回忆是有误的，诚允并非北伐前期吉林省代省长。

④ 陈晓帆：《又见梅娘》，人民文学出版社 2002 年版。

孩子回到上海。不久，她在上海产下第三个孩子，取名孙翔。后来，全家乘坐刚刚恢复开通的上海至北平的火车，再次回到北平。

四、20 世纪 50 年代以来

到北平后，经人介绍，梅娘来到北平第 36 中学担任初中语文教师。1949 年 10 月，新中国成立后，在刘仁的安排下，梅娘参加了北京大众文艺创作研究会，接待她的是著名作家赵树理。梅娘所在的小说组由马烽、康濯任组长。1951 年，她被调到农业部宣传司，是最早参与创建农业电影制片厂的人员之一。

然而，平静的生活很快被打破，梅娘接二连三受到批判。特别是小说《鱼》所涉及的两性生理欲望的描写，给梅娘带来了重重灾难。“《鱼》带给我的苦难，一言难尽。1952 年，忠诚老实运动中，批资产阶级腐朽思想，重重挨了一记；1955 年，肃反运动中，清查汉奸，又重重挨了一记，被认定为‘汉奸文人’[①]。1957 年反右运动，《鱼》上升为颓靡的‘黄色小

① 据徐庆全《梅娘：漂白过一生》（徐庆全：《梅娘：漂白过一生》，《中国新闻周刊》2013 年第 17 期）一文考证，梅娘之所以被认定为“汉奸文人”，竟跟周作人有关：“1944 年，新民印书馆推出的‘创作童话’丛书，第三种是梅娘出版的《青姑娘的梦》。这套丛书由周作人作序。1946 年，周作人汉奸案在南京审判期间，一位北京市民致函首都高等法院，并用快航挂号邮去《青姑娘的梦》童话书一本，以此证明周作人不仅奴化一般民众，更奴化童稚少年。对这种指控，周作人的律师并没有采信，但戏剧化的是，周作人却反诬梅娘，他说：‘假如事先我知道是他写的，我绝不作序，因为他与日本人勾结，反对我的思想。’这里的‘他’，指的就是梅娘。”当时，虽然法院没有采信周作人对梅娘的指控，也没有给梅娘定罪，但依然对梅娘的声誉带来了负面影响。加上 1949 年梅娘曾随丈夫柳龙光去过台湾，被认为是“汉奸文人”似乎是一种必然了。

说'[①]，印证我的资产阶级出身，我的'复杂的社会关系'，我成了货真价实的右派。"[②] 因为儿子和二女儿都有病，为了赚取医疗费，梅娘在工作之余，不断给上海的《新民晚报》写些花絮专栏，又给香港《大公报》写散文，还为人民美术出版社编写连环画册的脚本。梅娘改编的《格兰特船长的儿女》的第二、三册出版时，因为她已经被打成右派，编辑将作者的名字改成了"落霞"。

1957 年，小说《鱼》被定性为"黄色小说"，梅娘由此被划为右派。加上其他问题，梅娘相继成为"历史反革命""现行反革命"，被农业电影制片厂免去编剧职务并被开除公职，送至北京马甸北苑农场劳动教养。在农场干了 2 个月农活后，她被调到翻译组，参与翻译了苏联出版的列昂节夫的《政治经济学》，还承担用日文版加以校勘的任务。此外，她还翻译了《三角帽子》、《绿色地狱》（西班牙语版）、《人生三部曲》（德语版）等作品，后来这些作品出版后均署名"博苑"。梅娘劳动教养后，患病的二女儿柳荫被送进了清河疗养院。没有多久，柳荫因运动神经失调而夭折。1962 年年初，梅娘

① 1957 年，梅娘的小说《鱼》被错误地划为"黄色小说"。如何界定一部作品是否为黄色书籍，刘辉、杨扬在其主编的《金瓶梅之谜》里引用鲁迅在《中国小说史略》里的观点，界定说："凡是'著意所写，专在性交，又越常情，如有狂疾'，'欲媟语而未能文者，都可归入淫书'之列。""淫书与非淫书，在这里出现了分野，前者'专在性交'，后者则成了塑造人物形象的手段之一。"（转引自刘芳：《以性为中心的纠缠：再谈关于〈废都〉的几点争论》，《昭通学院学报》2015 年第 3 期）可见，学术界的主流观点是，如果是为了塑造人物形象而写性交，那也不是黄色小说。1988 年，国家新闻出版署在《关于认定淫秽及色情出版物的暂行规定》里规定："淫秽出版物是指在整体上宣扬淫秽行为，具有下列内容之一，挑动人们的性欲，足以导致普通人腐化堕落，而又没有艺术价值或者科学价值的出版物：（一）淫亵性地具体描写性行为、性交及其心理感受；（二）公然宣扬色情淫荡对象；（三）淫亵地描述或者传授性技巧……（六）淫亵性地具体描写同性恋的性行为或其他性变态行为，或者具体描写与性变态有关的暴力、虐待、侮辱行为；（七）其他令普通人不能容忍的对性行为淫亵性描写。"这个规定也清楚表明，没有任何价值，只是具体地描写性行为的才能定为色情作品。梅娘的小说《鱼》，其主要故事内容为：处于青春期的女主人公芬，因单恋高中部的国文老师受挫，很快失身于已婚的纨绔子弟林省民，在生下了一名男婴后，林省民本性暴露无遗，芬面临着要么做他的外室，要么离开的窘境。在艰难封闭的处境下，她继而想通过追求另一名男子脱离现状，却遭到了拒绝。该作品主要反映了其时妇女生存环境及其追求独立自主的艰难。其作品写到两性交往时，不过是亲吻拥抱，完全没有任何的性交描写。关于该作品的艺术价值，张泉在《沦陷时期北京文学八年》（北京出版社 1994 年版）里，将《鱼》和《蚌》《蟹》3 篇小说放在一起，将它们界定为"女权主义思想维系"的"水族系列小说"。这一评价也得到了学术界的广泛认同。2009 年，由中国现代文学馆主编范智红编选的"中国现代文学百家"系列作品、华夏出版社出版的梅娘中短篇小说集《梅娘代表作》就包括了《鱼》。可见该作品已经得到现代文学界的高度认可。

② 陈晓帆：《又见梅娘》，人民文学出版社 2002 年版。

因患上肺结核，被送保外就医。带着一身的病痛，梅娘靠给人家当保姆，在街道上揽绣活，甚至在火车站当脚力为生，养活女儿和儿子。1962 年到 1966 年，梅娘在光学专家周光瑄家做保姆时，在他家吃到了“最舒心的饭”，周家人“假装”不知道她的身份，直到“孙姨”的不凡气度引起了邻人的怀疑和报告。

“文革”爆发后，梅娘由“右派”成了“现行特务”，被剥夺了最基本的行动自由，连出去做小工当保姆都不可以。好在天无绝人之路，在居委会主任的帮助下，梅娘和居委会的女工们一起，为外贸出口加工绣活。“这样，我和专我政的成员之间，便形成了一种滑稽的默契。开斗争会时，她们用文不对题的语录狠批我全身浸透了资产阶级的毒水；会下，我们一起琢磨工艺，姐姐长妹妹短。”[①] 尽管如此，经济的窘迫依然没有得到大的改观。1972 年，梅娘 23 岁的儿子孙翔终因身患肝炎未能及时治疗而病逝。

“文革”期间，大约是 1974 年，年轻的史铁生曾见过居住在北京东四六条流水巷的梅娘，那时他因为刚刚瘫痪，对生活失去了信心。在别人的建议下，他见到了邻居们眼中的孙姨。他对她的印象是：嗓音洪亮，步履轻捷，只是脸上的皱纹又多又深，像刀刻的一样[②]。

在东四派出所政治学习班时，梅娘有个同学叫遇崇基。1966 年的一个白天，遇崇基把儿子遇罗克[③]的一篇文章放在牛奶箱里传递给了梅娘。这就是后来在全国引起巨大反响的《出身论》。1965 年，梅娘还帮遇罗克修改过《人民需要不需要海瑞——与姚文元同志商榷》。这篇文章是梅娘帮忙投稿给《文汇报》的。这篇 15000 字的文章被缩减到 3000 字后，又把题目修改为“和机械唯物论进行斗争的时候到了”才得以发表[④]。2000 年，这段历史在遇罗克弟弟遇罗文的长篇纪实回忆录《我家》[⑤] 里得到了真实的披露。

---

① 陈晓帆：《又见梅娘》，人民文学出版社 2002 年版。

② 陈晓帆：《又见梅娘》，人民文学出版社 2002 年版。

③ 遇罗克（1942—1970）：1959 年毕业于北京市第六十五中学。1967 年，其作品《出身论》发表后，在全国引起巨大反响。遇罗克后被迫害致死。1979 年，北京市中级人民法院宣告遇罗克无罪。

④ 邢小群：《人间事哪有那么简单》，《又见梅娘》，人民文学出版社 2002 年版。

⑤ 遇罗文：《我家》，中国社会科学出版社 2000 年版。

从 1961 年解除劳教，到 1978 年，整整 17 年里，作为无业游民的梅娘干过各种各样的零工：她在建筑工地上搬砖、挑土、和泥；在火车站货场上，她是装卸土豆、白菜、萝卜的搬运工；在北京的地下防空洞里，从东四头条到十条，梅娘都挖过；后来，她甚至还学会了泥瓦匠的活计。艰难的生活处境，已经让她忘记了自己曾经的岁月。只有在街道做绣活时，她才会偶尔想起当年做淑女时的情景。因是神户女子大学家政专业的科班出身，加上幼年时受家人的影响，梅娘绣的活比街道大妈绣的都漂亮。

1978 年，梅娘终于平反。很快，她恢复了工作，重返农业电影制片厂。

平反后的梅娘，沉寂了一段时间，多年的磨难令她的精神与身体一时难以恢复。她工作的单位依旧没人知道孙嘉瑞就是梅娘，更没人知道她曾是名震文坛的女作家。随着政治上的拔乱反正和对沦陷区文学研究热的兴起，学术界终于“发现”了尚在人间的梅娘。就这样，这位曾经在中国现代文学史上占有重要的一席之地的女作家，终于重新浮出水面。

“现在的年轻人，还有多少能理解我们那一代人的处境呢?”梅娘说，“青空悠悠，时序臬臬，强力压顶时我敢于按着良知行事，可以说已经练就了泰山崩于前而不惊的坦荡。我只执著于人类的共同愿望，那就是理解、和谐、前进。”①

经过一段时间的调整，梅娘终于拿起笔来，她“以极其复杂的心绪”，拿起笔重新开始散文创作：“一脉心声，构不成故事，也不想构成故事。就这样开始写散文；这是凝聚着渴望的载体——”1979 年 6 月 10 日，复出后的第一篇散文《新美人计》刊于香港《大公报》。此后，她先后在香港、上海、深圳、吉林、北京等地一些报纸杂志上发表了一系列回忆、游记、杂感文字，“那文字别具魅力，可以说是炉火纯青。二十多年的苦难，曾剥夺了她的写作权利，但也使她的话语少有浸染仍保持着原有的生气和明敏”②。

晚年的梅娘，一直笔耕不辍，至离世时共发表了数十万字的散文作品。与此同时，梅娘开始受到学术界的关注。1997 年，梅娘的名字出现在中国现

---

① 邢小群：《人间事哪有那么简单》，《又见梅娘》，人民文学出版社 2002 年版。
② 邢小群：《人间事哪有那么简单》，《又见梅娘》，人民文学出版社 2002 年版。

代文学馆的展板上，其作品终于和张爱玲、萧红这些作家的作品放在一起，其文学成就得到了应有的地位。尤其是由其义子侯建飞主编、同心出版社于2005年出版了《梅娘近作与书简》后，更引起了广泛关注。

2013年5月7日，梅娘因病在北京去世。墓地位于十三陵的景仰园。

五、创作分期：跨越两个世纪的书写

综观梅娘一生，其文学创作生涯绵延78载，按张泉先生的研究，大体上可分为较为清晰的5个阶段。

第一阶段，从1933年至1945年。除了《小姐集》《第二代》外，梅娘印行的单行本还有小说集《鱼》《蟹》以及大量儿童读物。

在文学上，这一时期的梅娘显然十分早慧。1936年，高中毕业的她即出版了处女作《小姐集》，这部小文集真实地记录了一个小女孩的爱与憎。1939年，中篇小说《蚌》在《华文大阪每日》连载，此作品一般被认为是梅娘创作风格形成的标志。同年，她又发表了《落雁》《在雨的冲激中》等短篇小说。1940年，已在日本神户女子大学求学2年的她出版了小说集《第二代》，共收录13部短篇小说。至《第二代》，梅娘的目光已经迈出小姐的闺房，走向了更为广阔的社会人生。“磅礴着作者的热情与哀悯的情绪，去描绘了没有阶级的人们（大人与幼童）的苦难的生活的情形。”[①]《第二代》的出版，奠定了梅娘在中国现代文学史上不可替代的地位。同年，长篇小说《蟹》在《华文大阪每日》连载。1941年，她在《中国文艺》上发表《侨民》《侏儒》等作品，小说集《蟹》以及未完成的长篇小说《夜合花开》《小妇人》、长篇译著《母系家族》都诞生在这一时期。也就是在这时，她与张爱玲一同被评为“读者最喜爱的女作家”，并称为“南玲北梅”。

第二阶段，1953年至1957年，这中间大约有4年时间。在担任农业电影

---

① 陈晓帆：《又见梅娘》，人民文学出版社2002年版。

制片厂编剧的同时，梅娘以孙翔、云凤、落霞等笔名，在上海《亦报》[①]、《新民报（晚刊）》[②] 和香港《大公报》上，发表了大量的散文及小说，其中包括一些长篇小说；同时，应邀为北京、上海等地的美术出版社，编写了多册中外文学名著的连环画文字脚本，共计 36 万多字，形成了又一个创作高峰。

第三阶段，1958 年秋至 1960 年冬，不到 3 年时间。其间，梅娘在北京北苑农场接受劳动教养，参加了由劳改人员组成的翻译小组。梅娘承担了其中的日文翻译，以及其他语种译文的文字润色工作。文学创作则全面停止。

第四阶段，1979 年至 1986 年。1978 年冬季，梅娘的"罪名"被去除，恢复公职。从 1979 年开始，她在香港以及上海、北京等地发表随笔写作和短小的译文。

第五阶段，1987 年以后。1987 年 11 月，为《东北文学研究史料》写作《写在〈鱼〉原版重印之时》一文时，她正式开始恢复使用梅娘这一笔名。这一阶段，梅娘的创作主要以散文随笔和翻译为主。

自 1936 年出版《小姐集》开始，梅娘从事文学创作近 80 年，跨越了现、当代两个时代。由于众所周知的原因，其创作生涯中有两个空白期。第一个空白期从抗战胜利到 1952 年，共 7 年时间。第二个空白期从 1961 年至 1978 年，长达 18 年[③]。

事实上，"我（梅娘——笔者注）出生的故乡，严寒而富饶。在我还是个

---

①《亦报》（1949—1952）是上海一家小型民办日报，创刊于 1949 年 7 月 25 日，创办人为唐云旌、龚之方。唐云旌，笔名唐大郎。曾任上海《东方日报》编辑、《光化日报》《光复日报》《小声报》总编辑、《清明》《大家》《七日谈》等刊物总编辑。中华人民共和国成立后，历任上海《亦报》总编辑、《新民晚报》编委。龚之方，中国影坛前辈、报界耆宿、电影推手。上海解放后，受夏衍委托与唐大郎共同创办《亦报》，龚任社长，唐任总编辑。后《亦报》与《新民晚报》合并，《亦报》随之停刊。龚之方同时任职山河图书公司，张爱玲的《传奇》增订本即由龚之方一手办理。在他的邀请下，张爱玲以梁京为笔名，于 1950 年 3 月至 1951 年 2 月在《亦报》上连载了小说《十八春》，引起了巨大轰动。

②《新民报》1929 年 9 月创刊于南京。1945 年，上海《新民报》创刊。1949 年 5 月 25 日，发行了第一份《新民报（晚刊）》。《新民报（晚刊）》于 1958 年 4 月 1 日正式更名为《新民晚报》，并沿用至今。（庄培蓉：《迎合、背离与反思：梅娘 1950 年代作品研究——以〈亦报〉、上海〈新民报〉晚刊和香港〈大公报〉上的作品为中心》，华东师范大学 2016 年硕士学位论文）

③ 关于梅娘创作的分期，主要采用张泉的观点。（张泉：《梅娘：一个时代的代表作家谢幕》，《人民政协报》2013 年 5 月 20 日）

小学生的时候，就沦陷为日帝的殖民地了。我们这一代，是在日帝的高压政策下，生活过来的。幸好，深厚的民族意识托拥着我们，忧国忧民的志士师长开导着我们，才使我们在夹缝中曲折又艰难地吮吸到了祖国的文化，成长为特殊环境中的中华儿女。到我成人，接触了更多的世相，经受了多种磨难，认识到了人类前进的总流向之后，我是经过深思熟虑，才怀着满腔的激情投奔到共产党的怀抱里来的；是义无反顾、抛弃了优厚的生活条件，像只高歌在云端里的百灵，飞到理想之国来的”。所以新中国成立初期，她拒绝了台湾国民党国大代表的选票，也拒绝了日本大阪外国语学院的邀请，因为她相信“只有在共产党领导下的新中国，女人才能获得实质性的独立”。她唱着并愿意一直唱着那首简单的日文歌：“我是颗快乐的小水滴，汇向大海是我的目的！”①

① 梅娘：《写在〈鱼〉原版重印之时》，《学生阅读经典·梅娘》，文汇出版社 2002 年版。

第二节 梅娘研究综述

对梅娘其人其作的较大规模的研究，是从20世纪90年代开始的。自1998年以来，各类学术期刊上发表的相关论文达200多篇（2020年的统计）。学术界对梅娘小说的研究成果最多，主要从女性文学角度进行阐释，而对作品中其他的思想内蕴关注较少。2008年以来，对梅娘其人其作的研究，呈现出良好的拓展态势，研究的视角从女性主义延展开来，涉及沦陷区文学、梅娘曾经参与过的期刊、梅娘的翻译文学、梅娘作品与日本文学的关联、梅娘作品中的日本，以及梅娘20世纪50年代的创作、梅娘作品的影响研究等。尤其值得关注的是，近年来，以梅娘创作作为研究对象的硕士学位论文明显增多，2008年2篇，2009年1篇，2010年1篇，2011年5篇，2012年3篇，2013年5篇，2014年2篇，2016年4篇，2018年2篇，其总数达到25篇。由于硕士学位论文的长度与质量都要求较高，可以看出梅娘作品研究正在成为学界关注的热点。

与小说比较，学界对其生平与散文的关注比较缺乏。最为欠缺的是对其作品形式方面的批评以及精细的作品解读。

一、20世纪30年代

1936年，梅娘的第一部小说集《小姐集》出版，“曾得到当时文坛的好评”[①]。这使得梅娘声名鹊起，年仅16岁就成了东北沦陷区文坛一颗耀眼的新星。1939年，益智书店出版了她的第二部短篇小说集《第二代》，由此奠定

① 梁山丁：《从〈小姐集〉到〈第二代〉》，《又见梅娘》，人民文学出版社2002年版。

了梅娘作为一个小说家在东北文坛的地位。1942 年，她从日本回国定居北京，创作了小说集《鱼》《蟹》以及未完成的长篇小说《夜合花开》《小妇人》和长篇译著《母系家族》。1943 年 6 月，新民印书馆出版了梅娘的中短篇小说集《鱼》。1945 年，华北作家协会出版了她的中短篇小说集《蟹》。

当时的学者对《小姐集》和《第二代》进行了较为及时的评价。1940 年，梁山丁的论文《从〈小姐集〉到〈第二代〉》值得关注，他说，“《小姐集》描写着作者小儿女的爱与憎，《第二代》则横透着大众的时代的气息”[①]，并对两部集子的内容特色进行了概括。韩护在《〈第二代〉论》中认为，《第二代》比《小姐集》有了很大进步，且意义重大，“奠定了自由主义的文学之在满洲文学存在的地位”[②]。1943 年，阿茨在《梅娘著〈鱼〉跋》中认为，《鱼》里的作品从男女之间的爱情故事扩展到整个社会，“更进至于描述人间的丑恶与感情”[③]。林里的《东北女性文学史十四年》对梅娘的《小姐集》也进行了考察，认为其“写下了自身的美丽的记忆和美丽的梦，她安排下了可爱的人群可爱的故事，歌赞自然，抒写自我”[④]。吴瑛的《满洲女性文学的人与作品》认为，在伪满洲国文学界梅娘“实为自由主义文学的一颗巨星”[⑤]。这些文章对梅娘的作品从思想内容到作品性质进行了简要的概括。

随着抗战的结束，梅娘早期的文学创作也告一段落，对她的研究也随之偃旗息鼓。此后几十年里，梅娘消失在人们的阅读与研究视野里。

二、20 世纪 80 年代

20 世纪 80 年代初，随着思想的解放，沦陷区文学逐步进入学术界的视野，梅娘也由此重新“浮出历史地表”，她在沦陷时期创作发表的作品被重新

① 梁山丁：《从〈小姐集〉到〈第二代〉》，《又见梅娘》，人民文学出版社 2002 年版。

② 韩护：《〈第二代〉论》，《又见梅娘》，人民文学出版社 2002 年版。

③ 阿茨：《梅娘著〈鱼〉跋》，《二十世纪中国小说理论资料》，北京大学出版社 1997 年版。

④ 林里：《东北女性文学十四年史》，《东北现代文学大系 1919—1949 · 评论卷》，沈阳出版社 1996 年版。

⑤ 吴瑛：《满洲女性文学的人与作品》，《东北现代文学大系 1919—1949 · 评论卷》，沈阳出版社 1996 年版。

出版。一直比较关注梅娘的梁山丁编的《长夜萤火——女作家小说选集》，1986 年由春风文艺出版社出版，其中选入梅娘的旧作 5 篇，这应该是 1949 年以后国内最早收录梅娘作品的一部文集。1988 年，由黄万华编选、广西人民出版社出版的《新秋海棠》也收录了梅娘的作品。生平研究方面，陈放于 1987 年在《追求》杂志上发表的《一个女作家的一生》，选取一些片段对梅娘的生平和创作情况做了简要的介绍，表达了对梅娘坚强而又极富创造力的一生的赞颂。

而真正意义上展开梅娘研究的，是北京市社会科学院文学所的张泉。大概在 20 世纪 80 年代末期，他从美国康乃尔大学耿德华的英文版著作《被冷落的缪斯——抗战时期的上海北京文学》一书中，知道了作家梅娘。花了 2 年时间，张泉将该著作译成了中文版[①]。20 世纪 90 年代初，张泉成功申报了北京市社会科学规划项目“抗战时期的北京文学研究”，为寻找第一手史料，建立了与梅娘的通信联系。1994 年，项目成果《沦陷时期北京文学八年》一书出版。该著作设立了梅娘专章，对梅娘的人生经历和文学活动做了较为完整的介绍，并高度评价了梅娘的创作：

> 梅娘作品的显著特点是博施济众的泛爱胸襟，积极入世的主观视角，非常规化的女性语言。她关注和爱护的是女人，却流泻出对人的关注和爱护。她呼唤和向往的是女人的地位和权利，却流泻出对人的地位和权利的呼唤和向往。这样的品格，无疑与新文学同步并丰富了新文学的总体画面，是沦陷区文学没有空白的又一个例证。

张泉的研究，是当代学术界首次对梅娘作品的真正学理上的定位。他所作的论断，也成为此后很长一段时间里相关研究者探讨的基点。

---

① ［美］耿德华著，张泉译：《被冷落的缪斯：中国沦陷区文学史（1937—1945）》，新星出版社 2006 年版。

三、20 世纪 90 年代

进入 20 世纪 90 年代，学术界对梅娘其人其作的关注进一步增强。

（一）作品出版

梅娘的作品频繁入选各类作品集或出版单行本。由张泉选编、北京出版社 1997 年出版的《梅娘小说散文集》，是迄今收录梅娘作品最全的。该书分成 2 辑，第一辑是小说（共 15 篇），第二辑为散文（共 25 篇）。该书的出版为学界进行梅娘研究提供了重要资料。上海古籍出版社 1999 年出版了《梅娘小说：黄昏之献》，这部作品集属于冰心名誉主编、柯灵主编的“民国女作家小说经典”系列，可见已经将梅娘的小说定位为民国时期的经典作品了，该书收入梅娘的短篇小说 10 篇。另外，孔范今主编的《中国现代文学补遗书系·小说卷三》和上海文艺出版社出版的《中国新文学大系 1937—1949·短篇小说卷》、刘小沁主编的《南玲北梅：四十年代最受读者喜爱的女作家作品选》、阎纯德主编的《二十世纪华夏女性文学经典文库——红杜鹃》都收录了梅娘的旧作。

（二）文学史研究

随着梅娘作品的陆续出版，文学史研究者对梅娘也给予了充分的关注。较早将梅娘纳入女性文学史范畴加以研究的是盛英主编、天津人民出版社 1995 年出版的《二十世纪中国女性文学史》。作者在书中详细介绍了梅娘的生平及其创作历程，同时对梅娘小说的思想艺术成就给予了高度评价，认为作品“其间对女性的同情和对男性社会的贬薄，倾于女权思想”①。钱理群等人著的《中国现代文学三十年》于 1987 年出版时，在论及沦陷区文学时只是提及梅娘，而 1998 年修订版出版时，则在“通俗与先锋”的框架下，将梅娘与张爱玲、苏青并列论述，给了梅娘一大段篇幅，探讨了她的包括水族系列以及《侏儒》《春到人间》等在内的代表性小说，认为“梅娘的叙述要比张

---

① 盛英：《二十世纪中国女性文学史》，天津人民出版社 1995 年版。

爱玲‘俗’，却比苏青‘雅’”[①]。杨义的《中国现代小说史》也用两页篇幅介绍了梅娘的《侏儒》和《蚌》，认为“梅娘的小说兼备质朴辛辣和疏简清隽的笔致，时露嘲讽，既没有多少女儿气，又不乏女性意识，对玩弄女性的男子极尽揶揄之能事，对社会上的卑弱者致以深挚的同情，笔端饱含着热情和哀悯的人道主义情绪”[②]。朱栋霖、丁帆、朱晓进主编的《中国现代文学史1917—1997》对梅娘的介绍非常简单：“女作家梅娘的水族系列小说《蚌》（中篇）、《鱼》（短篇）、《蟹》（中篇），描写大家庭的女性追求独立、自由的道路，以女性细致敏感的笔触叙写女性的人生处境，富有可读性。”[③] 可见，梅娘其人其作受到了越来越多文学史研究者的关注，其作品中存在的女性意识已经受到了他们的普遍肯定。

（三）专题研究

在相关梅娘的专题研究中，最值得注意的是1997年张泉发表在《首都师范大学学报》上的《梅娘：她的史境和她的作品世界》。作为相关专题研究的先锋之作，张泉对梅娘生活的时代背景、家庭情况、人生经历等都进行了十分详细的介绍，同时对梅娘的创作做了较为全面的考察，认为梅娘的小说中有着浓郁的女性意识和人道主义关怀，“她关注和爱护的是女人，却流泻出对人的关注和爱护。她呼唤和向往的是女人的地位和权利，却流泻出对人的地位和权利的呼唤和向往”[④]。张泉是较早关注梅娘并投入了大量研究精力的学者，他对梅娘的研究做出了巨大贡献。另外，曹丽薇的《梅娘小说的文化解析》从叙述模式、意象运用以及文化积淀三个方面对梅娘小说进行了文化上的解析，认为梅娘小说喜欢心理分析，也常常运用含蓄而带有象征意味的意象隐晦地表达自己的感情[⑤]。张泉的另一篇文章《华北沦陷区文学研究中的史实辨正问题》，对沦陷区文学史研究以及梅娘自己回忆的历史，诸如“南玲北梅”、“某夫人”、“大东亚文学奖”、竹内义雄以及龟谷利一等五个史实问题，

① 钱理群、温儒敏、吴福辉：《中国现代文学三十年》，北京大学出版社1998年版。
② 杨义：《中国现代小说史（下）》，人民文学出版社1998年版。
③ 朱栋霖、丁帆、朱晓进：《中国现代文学史1917—1997》，高等教育出版社1999年版。
④ 张泉：《梅娘：她的史境和她的作品世界》，《首都师范大学学报（社会科学版）》1997年第2期。
⑤ 曹丽薇：《梅娘小说的文化解析》，《中国现代文学研究丛刊》1998年第3期。

做了初步辨正[①]。对于流传广泛的“南玲北梅”一说，张泉认为在时间上是不具备条件的；而《实报》的“某夫人”专栏的主持人也不可能是梅娘。刘爱华的《女性关怀与男性批判——梅娘小说创作论（上）》[②] 认为，梅娘的小说绝大部分都是女性关怀小说，她对沦陷区那个特定空间的女性命运给予了深切关注，同时以饱满的激情把批判的锋芒直接指向以男性为中心的社会，具有浓郁的女权色彩。此外，她的小说还探讨了女性的出路问题。

四、新世纪以来

（一）作品出版及文学史研究

进入21世纪以来，梅娘的作品相继出版了不同版本。例如，由江啸声选编、文汇出版社2002年出版的《学生阅读经典·梅娘》分为上、下编，上编是6篇小说，下编是12篇散文；由陈晓帆编选、人民文学出版社2002年出版的《又见梅娘》，编发了史铁生、柳青、侯建飞等亲朋好友的文章，为梅娘的生平研究提供了许多不为人知的珍贵资料；由侯健飞编辑、同心出版社2005年出版的《梅娘近作及书简》，收录了梅娘近年来创作的散文以及与朋友的书简，为读者了解中华人民共和国成立以来梅娘的生活以及散文创作情况提供了更多材料。

这样，梅娘的创作引起了更多国内学术界女性文学史研究者的注目。乔以钢在《多彩的旋律——中国女性文学主题研究》一书中对梅娘的创作进行了分析，其中在“性别批判：文化夹缝中的性别抗争”一节中认为梅娘的作品对女性本能欲望的肯定是一种女性意识的觉醒，“梅娘笔下的女性也同男性一样享受着性爱的权利”[③]。如果说乔以钢只是简单论及梅娘的话，那么乐铄的《中国现代女性创作及其社会性别》一书则对梅娘的创作进行了较为详细的探讨，对梅娘的《傍晚的喜剧》《黄昏之献》《侨民》《鱼》《蟹》《蚌》等

---

① 张泉：《华北沦陷区文学研究中的史实辨正问题》，《中国现代文学研究丛刊》1998年第1期。
② 刘爱华：《女性关怀与男性批判——梅娘小说创作论（上）》，《丹东师专学报》1998年第3期。
③ 乔以钢：《多彩的旋律——中国女性文学主题研究》，南开大学出版社2003年版。

作品都进行了分析[1]。

（二）小说思想内容研究

在梅娘小说的思想内容研究方面，21 世纪以来，更多学者加入这个研究行列中来，发表了大量的科研论文，焦点主要是从女性主义文学角度对梅娘小说的女性意识、女性形象、女性叙事等方面进行研究，成果比较丰厚。

徐岱的《乡土旧事：论民国女性小说四家》对梅娘的小说给予了较多关注，他认为梅娘的小说有“一种真正属于小说的智慧”[2]，“总的来看，梅娘的小说写得成熟老道，见解也不俗。但由于她在创作生涯的最佳期便终止，使她留给读者的是莫大的遗憾。就小说创作而言，她终于还是没能真正形成与张爱玲相媲美的格局。反倒像那些早期中国女作家一样，梅娘自己的人生构成了一个极富女性主义意义的读本，让每一个进入中国现代女性写作史的人感受颇多”[3]。杨亚林的《论梅娘的女性意识》、褚洪敏的《女性关怀与女性批判——梅娘水族系列小说解读》、孙萍萍的《论梅娘小说的女性意识》、屈雅红的《论梅娘小说的女性意识》、张雯虹的《论梅娘小说对女性解放道路的探寻》、向叶平的《论梅娘 20 世纪 40 年代的小说》《女性关怀与男性中心主义批判——论梅娘小说的女性意识》及《敢问路在何方——论梅娘小说的女性意识》、严雷的《人性的呼唤——梅娘水族系列小说笔下的女性的命运》、陈洪英的《沦陷区青年知识女性的生存状态书写》、孙琼的硕士论文《论梅娘小说构建的女性世界》、王也的《梅娘小说中的两性关系研究》等大量论文，大都从女性主义出发，认为梅娘的小说同情女性、关注女性，为女性的不幸呐喊，也对男权中心主义进行了强有力的批判，充满了觉醒的女性意识，其文本也体现了鲜明的女性倾向。

更多论文还关注梅娘作品中的女性形象，如李杨的《东北沦陷时期东北作家笔下的女性形象研究》、黄巧的《梅娘小说女性形象研究》、张梅的《梅娘小说中的女性形象》以及白静的《梅娘小说人物形象分析》。而彭静的《从梅娘小说管窥梅娘的生态女权主义意识》，则从生态女权主义理论切入，

---

① 乐铄：《中国现代女性创作及其社会性别》，郑州大学出版社 2002 年版。
② 徐岱：《乡土旧事：论民国女性小说四家》，《浙江大学学报（人文社科版）》2002 年第 3 期。
③ 徐岱：《乡土旧事：论民国女性小说四家》，《浙江大学学报（人文社科版）》2002 年第 3 期。

认为梅娘的小说洋溢着生态女权主义意识，为梅娘小说的女性意识研究开辟了新的视角。

也有一些论文则以东北沦陷区文学为框架，对梅娘的小说进行了探讨，如杨晓莉的《梅娘笔下的东北沦陷区社会生活》，“全面地再现了20世纪东北沦陷区的社会状貌，由此折射出对现实和历史的深刻认识与理性思索，承载着较为深厚而丰富的社会内容”①。陈洪英的《潜沉在海底的水族——从梅娘小说看沦陷区的女性写作》则认为梅娘的女性写作的存在，“表明中国女性写作并没有因为抗战而成为空白”，梅娘的小说创作“延续着中国新文学女性写作传统，是20世纪中国女性文学发展中不可缺失的一环”②。包薇的《论梅娘的女性意识和民族意识》则认为梅娘的小说不仅有很强的女性意识，也“有着强烈的民族意识”③。

（三）小说艺术研究

对梅娘的小说艺术加以研究的有杨晓莉的《谈梅娘小说创作的艺术成就》和《浅谈梅娘小说创作的语言风格》。前者认为梅娘小说的结构，“很好地吸纳融汇了中西方小说艺术结构的一些特点，即把中国传统小说讲究叙述故事和西方小说重视心理流程的展示相结合，构筑起小说多层面、多角度、时空相对宽阔而丰富的立体化艺术结构”④；其小说善于描写朴实生动而又多姿多彩的生活场景，还展现了浓郁的东北地域风情和生活意蕴。后者认为梅娘的小说在语言上有着独特的审美追求和艺术风格：首先表现为直白通俗而明快流利的东北口语和优雅规范的书面语巧妙结合；其次是富有强烈动态美感的语言创作，以及作者常常使用中国传统文学语言手法技巧——比喻⑤。另外，詹丽的《文如其人——梅娘创作风格浅论》从文学风格理论入手，突出家庭环境、生活经历、时代背景及地域特点，探讨了梅娘文学风格的形成以及这

---

① 杨晓莉：《梅娘笔下的东北沦陷区社会生活》，《大连海事大学学报（社会科学版）》2007年第4期。

② 陈洪英：《潜沉在海底的水族——从梅娘小说看沦陷区的女性写作》，《涪陵师范学院学报》2007年第3期。

③ 包薇：《论梅娘的女性意识和民族意识》，《前沿》2007年第5期。

④ 杨晓莉：《谈梅娘小说创作的艺术成就》，《大连民族学院学报》2006年第4期。

⑤ 杨晓莉：《浅谈梅娘小说创作的语言风格》，《白城师范学院学报》2007年第2期。

种文学风格形成的原因。该文认为，梅娘的创作风格主要表现为：悲凉气息的弥漫、真挚情感的张扬、男权中心的控诉。形成其风格的原因不仅包括梅娘的自身性格和修养的影响，还包括时代的契机和地理环境的熏陶[①]。屈雅红的《论梅娘小说的“复调”艺术——以〈动手术之前〉和〈旅〉为例》[②]结合巴赫金“复调”/“对话”以及相关女性主义理论，解读了梅娘的两篇小说《动手术之前》和《旅》，分析了其中蕴含的丰富内容，揭示了梅娘作品对女性命运的关怀，以及对男性社会文化的批判。

（四）散文研究

相对于小说来说，梅娘的散文创作成绩不算丰厚，但也有自己的特色，然而学术界对其散文的研究显得有些滞后。王建湘的《一脉心声，不成故事的散华片玉——梅娘散文论》[③]，认为梅娘的散文具有较强的知识性、趣味性和资料意义，同时还有着悲悯情怀、清冷的风格和混合着超然豁达与不平的双重笔调。另外，作者还从主客观上对梅娘散文受冷落的原因进行了探讨。刘涵华的《梅娘散文简论》[④]对梅娘的散文给予了较高的评价，认为其散文充溢着爱国情怀与直面历史的勇气，自然流露出向善之心与女性意识，并分析了梅娘散文沉郁顿挫的美学风格。

（五）比较研究

对梅娘创作的比较研究集中在与她同时代的女作家身上，其中与张爱玲的比较研究成果较多。董俊的《“南玲北梅”：梅娘与张爱玲小说比较论》[⑤]一文，把同在沦陷区的女作家——华北的梅娘与上海的张爱玲进行比较，认为她们的作品同样热切关注都市人的生存状态，创作焦点对准敏感的两性关系；虽然艺术风格与审美形态迥异，但依然有着相似的基本思想：对传统的

---

① 詹丽：《文如其人——梅娘创作风格浅论》，《长春工业大学学报（社会科学版）》2005 年第 4 期。

② 屈雅红：《论梅娘小说的“复调”艺术——以〈动手术之前〉和〈旅〉为例》，《苏州大学学报（哲学社会科学版）》2005 年第 5 期。

③ 王建湘：《一脉心声，不成故事的散华片玉——梅娘散文论》，《湖南人文科技学院学报》2006 年第 1 期。

④ 刘涵华：《梅娘散文简论》，《当代文坛》2007 年第 2 期。

⑤ 董俊：《“南玲北梅”：梅娘与张爱玲小说比较论》，《南京师大学报（社会科学版）》2003 年第 2 期。

背离与不屑一顾，以独特的女性视角审视着属于人类的恒久的“爱”——男女之爱、母爱及普泛的人类之爱。潘延的《“南玲北梅”探究》[①] 认为，梅娘和张爱玲的创作都受到“沦陷区相似的言说环境和共同的女性身份、女性体验”的制约。梅娘的身世与成长背景是其创作的素材来源，其作品表现出激进的女权思想。作者认为，对中国现代文学史来说，张爱玲的贡献在于她对新文学的超越，而梅娘的贡献则是对新文学传统的承继和丰富。阿洁的《不同语境下的“南玲”与“北梅”——试比较张爱玲、梅娘的文学创作》[②] 认为，两人的童年生活都是不快乐的，这使得她们在创作上也就有了共同点，即关注中国女性，表现当时中国女性那不健全、不幸福的人生，但是两人观察生活的视角与表现生活的手法都有不同。

张子君的《黑土地女性自由与尊严的呼唤——萧红与梅娘的女性意识的比较》[③] 把梅娘与萧红进行了比较，认为萧红和梅娘的作品都有着鲜明的女性意识，她们关注北方女性，抨击男权社会和男权意识，并剖析女性自身。作者同时指出，由于两人人生经历和生命体验不同，对生活的观察和理解也不同，因而表现出的女性意识也不同。比如同是描写女性苦难，萧红的作品接近西方现代主义对人类生存困境和荒诞本质的揭示，而梅娘则延续了五四现实主义文学个性解放的主题；在对爱情与母爱的描写上，萧红冷漠悲凉，梅娘热情温馨。

张萍萍的《四十年代女性文学“三人行”——张爱玲、苏青、梅娘创作比较谈》[④] 则把同一时代的张爱玲、苏青和梅娘放在一起进行比较，指出了她们创作上的相似之处。2013 年，陈洪英的论文《区域文化背景下女性生存状态的书写——梅娘小说与苏青小说研究》，将梅娘与苏青的小说文本进行对比，认为两人的创作体现了不同区域文化背景下南北青年知识女性的生存

---

① 潘延：《“南玲北梅”探究》，《苏州铁道师范学院学报（社会科学版）》2002 年第 4 期。

② 阿洁：《不同语境下的“南玲”与“北梅”——试比较张爱玲、梅娘的文学创作》，《甘肃高师学报》2003 年第 4 期。

③ 张子君：《黑土地女性自由与尊严的呼唤——萧红与梅娘的女性意识比较》，《乐山师范学院学报》2007 年第 4 期。

④ 张萍萍：《四十年代女性文学“三人行”——张爱玲、苏青、梅娘创作比较谈》，《东岳论丛》2000 年第 4 期。

状态。

（六）译文研究

2015 年，王文兴、王也发表论文《遗失的珍珠——浅析梅娘长篇译著〈母系家族〉》，是目前为止唯一研究梅娘译文的论文。文章认为，梅娘青年时代即开始从事将日本文学翻译成汉语的工作，20 世纪 40 年代曾翻译了大量外国文学，尤其是日本文学作品。这些作品基本上发表在《妇女杂志》上，且多为短篇作品。长篇作品，则除了新时期翻译的日本学者釜屋修的《玉米地里的作家——赵树理评传》，便是《母系家族》这部长篇小说了。接着，作者分析了梅娘选择翻译日本文学的原因："一是对日本文学的翻译使她能够安全地通过日伪当局的检查，这为她继续在沦陷区以文学为外衣进行斗争提供了有力保障。二是梅娘的文学翻译也是有针对性的，她所选译的文学作品在思想内容上大多都是远离政治、倾向和平，反映普遍的社会问题，尤以女性解放、争取女性平等地位的作品居多。"[①] 之后，作者介绍了梅娘对《母系家族》的翻译，是因为原作的故事情节与主题——揭露日本女性生存现状——契合了梅娘女性解放、争取男女平等的思想，"梅娘就是站在女性的立场，用博大的爱与同情关切着深处于战争影响下的日本女性"[②]。梅娘选择翻译日本文学作品，是沦陷区特殊政治环境下不得已的选择，客观上则"为当时的沦陷区文学带来了异域特色，促进了中日文学交流，也为当下研究日本文学提供了宝贵资料"[③]。这篇论文的出现意味着对梅娘作品的研究已经进入一个新的阶段。梅娘的各种文体作品，除了儿童文学、连环画还未受到关注外，基本上得到了应有的关注。

（七）20 世纪 50 年代作品研究

2016 年，庄培蓉的硕士学位论文《迎合、背离与反思：梅娘 1950 年代作品研究——以〈亦报〉、上海〈新民报〉晚刊和香港〈大公报〉上的作品为中心》，考察了梅娘 20 世纪 50 年代在上海《亦报》《新民报（晚刊）》和香

---

① 王文兴、王也：《遗失的珍珠——浅析梅娘长篇译著〈母系家族〉》，《才智》2015 第 22 期。
② 王文兴、王也：《遗失的珍珠——浅析梅娘长篇译著〈母系家族〉》，《才智》2015 第 22 期。
③ 王文兴、王也：《遗失的珍珠——浅析梅娘长篇译著〈母系家族〉》，《才智》2015 第 22 期。

港《大公报》上发表的作品。作者认为，20世纪50年代梅娘在以上刊物上发表了大量小说、散文、随笔，事实上已经形成了作家创作生命中的又一个高峰。不过，因为这一时期梅娘用了很多笔名，长期以来不为学术界所知。该论文研究内容主要有四大块：第一部分从报人人脉、报刊环境和作家自身三个方面，考察了梅娘能够在这些报刊上发表作品的原因。第二部分关注的是梅娘这一时期作品的修改，作者针对其在《大公报》和《新民报》上重复发表的7篇散文，对比分析两个版本，并总结了版本差异的原因。第三部分考察了梅娘这一时期作品对社会、家族现象的反思，并将这些作品与其晚年的回忆进行对比，寻找其中的重叠部分，找到“原声”，探讨“梅娘在迎合、贴合与背离/游离中的‘产出’——反思/思考”。第四部分以梅娘20世纪50年代在报刊上发表的作品原文为主，以文本细读、史料搜集等方法进行研究，意在探讨此时期梅娘“在创作实践上与主流话语构成的关系，在与新中国的磨合中发出了怎样的声音，以此呈现一个出身复杂的沦陷区作家在解放后的命运”①。

（八）影响研究

进入21世纪以来梅娘研究中的另一个可喜的现象是“接受”与“影响”研究。2016年，邢学真的硕士学位论文《梅娘及其创作的接受和阐释研究》是梅娘影响研究中有着相当分量的论文。该文以接受美学理论为依托，分三个部分探讨了梅娘作品的接受历史：第一部分主要考察日据时期作家在沦陷区的创作以及受欢迎的原因；第二部分探讨20世纪50年代读者对梅娘创作的冷淡，以及文学研究者对梅娘的拒绝及原因；第三部分则考察新时期以来梅娘创作的再次被接受及原因。以接受美学考察梅娘的创作，填补了这方面的空白，“拓宽了研究领域”，“丰富梅娘及其创作的研究”，并发现了“梅娘接受史研究具有独特性”②。

（九）“梅娘与日本”研究

梅娘青年时代曾两次东渡日本，回国后又曾在日本人控制的杂志社工作

① 庄培蓉：《迎合、背离与反思：梅娘1950年代作品研究——以〈亦报〉、上海〈新民报〉晚刊和香港〈大公报〉上的作品为中心》，华东师范大学2016年硕士学位论文。

② 邢学真：《梅娘及其创作的接受和阐释研究》，内蒙古师范大学2016年硕士学位论文。

并发表大量作品；“文革”结束后，她又受到日本学者的多方关注。这样一些因素，使梅娘与日本有着千丝万缕的联系。因此，对于梅娘的研究，日本、日本文学都是无法忽略的。

2009 年，张莹的论文《梅娘小说创作与日本文化的渊源》探讨了梅娘小说创作与日本文化的关系，认为留学日本的经历对梅娘的创作产生了一定的影响，“体现了日本文化中的‘私小说’、无常观与虚幻美、委婉的叙述与朦胧的氛围”[①]。

2011 年，王珏的硕士学位论文《梅娘小说中的日本人形象》，“以梅娘小说初版本以及修订版中的日本人形象为线索，并结合文本，进行具体分析，同时也适当地结合了对中国人形象的分析，来揣摩梅娘小说修改的原因及意义，理解梅娘的女性意识、母性追寻等”[②]。在论述作家对日本人形象的描写方面，论文首先考察了日本女性形象，包括《小妇人——异国篇》中的房东婆婆、银座商业区卖童装的年轻女性，《侨民》中的日本年轻母亲；其次考察了日本男性形象，包括作为权力代表的政府官员、军官形象以及商人形象。从两方面入手，进行综合考察，这一研究角度，也填补了学术界在这一方面的欠缺。

2013 年，尹伟霞的硕士学位论文《梅娘文人生涯中的“日本存在”》，以梅娘的文学创作与日本的关联作为切入点，梳理了受“日本存在”影响的创作轨迹，重点考察了与谢野晶子的《贞操论》对梅娘女性意识的影响，也探讨了梅娘对日本女性题材作品进行的翻译及原因，还分析了 20 世纪 80 年代梅娘对旧作《侨民》《蟹》进行的修改及原因[③]。

2014 年，梁晶的硕士论文《东渡之“梅”，风递幽香——论梅娘与日本文学》，以梅娘于 1937—1944 年的创作为研究对象，考察了梅娘对日本女作家与谢野晶子的接受与继承，分析了石川达三和梅娘创作中的相似性，最后探讨了夏目漱石在艺术创作手法上对梅娘的影响。文章在女性自我意识、社

① 张莹：《梅娘小说创作与日本文化的渊源》，《语文学刊》2009 年第 23 期。
② 王珏：《梅娘小说中的日本人形象》，吉林大学 2011 年硕士学位论文。
③ 尹伟霞：《梅娘文人生涯中的“日本存在”》，东北师范大学 2013 年硕士学位论文。

会正义与良知追求、气质与艺术的承继三个方面，深入探讨了梅娘创作与日本文学的关系[①]。

（十）相关期刊研究

2008 年，国内知名的伪满洲国文学研究专家、复旦大学刘晓丽教授发表的论文《流寓华北的东北作家的“满洲想像”——以〈青年文化〉杂志“华北文艺特辑”为中心》[②] 和 2012 年张娜的硕士学位论文《东北沦陷时期〈青年文化〉杂志文学场域研究》[③]，均以 1943 年 12 月《青年文化》杂志（第 1 卷第 5 期）推出的“华北文艺特辑”为研究对象，其中涉及梅娘同期刊发的书简随笔《寄吴瑛的书》。吴瑛和梅娘二人在当时的东北文坛上都有着相当大的影响，这封书简写作之时，梅娘在北平，吴瑛在东北。梅娘在向女友表达思念之情的同时，也表达了蕴含一定女性意识的女性话语。

（十一）国外学术界的研究

值得注意的是，梅娘的创作也受到了国外学者的关注。日本早稻田大学岸阳子教授著有专门评论梅娘作品的专著《解读梅娘》，其中《对〈侨民〉的评说》发表在 2002 年藤原书店出版的《环》杂志的 10 月特大号上，这篇文章后作为附录被收入侯建飞主编的《梅娘近作及书简》。在这篇文章里，岸阳子对梅娘的小说《侨民》进行了较为深入的分析，认为“在殖民地的统制和旧的两性规范的双重控管下，梅娘的作品宣扬了母性，凝视着文化架构中的性别歧视，形成了对人性本源的叩问”[④]。2004 年，英国牛津大学博士司密斯在《评说梅娘（代序）》里对梅娘的成长及水族系列作品进行了分析，认为梅娘的水族系列小说“表现的主题强调了梅娘要的‘暴露真实’，暴露日本占领下男性中心社会对妇女在教育、在就业、在家庭中的种种限制。她倡导女性追求事业、选择自己的爱情”[⑤]。

---

① 梁晶：《东渡之“梅”，风递幽香——论梅娘与日本文学》，贵州师范大学 2014 年硕士学位论文。

② 刘晓丽：《流寓华北的东北作家的“满洲想像”——以〈青年文化〉杂志“华北文艺特辑”为中心》，《上海师范大学学报（哲学社会科学版）》2008 年第 3 期。

③ 张娜：《东北沦陷时期〈青年文化〉杂志文学场域研究》，沈阳师范大学 2012 年硕士学位论文。

④ 岸阳子：《对〈侨民〉的评说》，《梅娘近作及书简》，同心出版社 2005 年版。

⑤ 司密斯：《评说梅娘（代序）》，《梅娘近作及书简》，同心出版社 2005 年版。

20 世纪末以来，梅娘在重新出版自己的作品时，对部分作品进行了修改。这一现象引起了学者的注意。赵月华的《历史重建中的迷失——梅娘作品修改研究》从梅娘的身世叙述入手，对以往研究中未曾引起注意和疑问的一些关键点做了详细的调查考证，不但指出梅娘口述历史和自传文字中令人困惑之处，而且进一步揭示其中隐含的复杂问题。其作品第一个修改倾向是情节的调整与背景的重置，“但在初版本再版前，那些描写到殖民历史复杂形态的文字，都被涂改、抹除”。第二个倾向是“通过角色的重新塑造，赋予人物新的身份涵义，以图构建或彰显初版本未曾刻意表现的阶级、民族等概念，同时掩盖和抹杀那些看去‘暧昧’、‘模糊’而令今天的她惴惴不安的立场，以表现家国认同上始终的坚定如一”[①]。可以说，是过去在“左”倾错误思想的影响下对沦陷区文学笼统和简单的否定，阻碍了人们对“殖民历史”的正确分析和理解。直到今天，这仍然在人们心里留有浓重的阴影，所以才导致了梅娘本人在复出后试图通过斧劈旧作实现“去殖民化”，其结果或多或少遮蔽了沦陷时期的历史真相。

① 赵月华：《历史重建中的迷失——梅娘作品修改研究》，《中国现代文学研究丛刊》2005 年第 1 期。

第二章

梅娘小说思想内涵研究

自20世纪80年代开始，梅娘的小说作品开始陆续见诸少数文学作品选。到20世纪90年代末期，学术界开始关注梅娘，对她的研究也逐渐浮出水面。迄今为止的200余篇论文，主要是对其小说作品进行一些概括性研究，尤其是从女性主义角度进行的研究最为普遍；一些学者则注意将她与同时代的张爱玲、苏青等人的创作进行比较研究；关于梅娘的史料研究主要集中在她生平的复原及作品的搜集与整理上。少数文学史研究也开始关注梅娘的创作。这些研究总体上还缺乏系统而全面的整合、挖掘，尤其对其小说的女性文本特征、风景描写以及精神分析特色缺乏应有的关注。笔者尝试在这方面进行一定的拓展。

第一节　梅娘小说的女性意识

所谓女性意识，是指女性对自己作为与男性平等的主体存在的地位和价值的自觉意识。具体来说，女性意识应包括三个不同的层面：第一是社会层面，从社会阶级结构看女性所受的压迫及其反抗压迫的觉醒；第二是自然层面，从女性生理特点研究女性自我，如周期、生育、受孕等特殊经验；第三是文化层面，以男性为参照，了解女性在精神文化方面的独特处境，从女性角度探讨以男性为中心的主流文化之外的女性所创造的“边缘文化”，及其所包含的非主流的世界观、感受方式和叙事方法[①]。

当然，这三个层面往往是相互渗透的，没有一个截然的分别。以之看梅娘的小说，可以发现她的小说集中在后两个层面，显示出对放逐已久的女性灵与肉的敏感及表现，自觉地关注女人、书写女人。盛英在《梅娘与她的小说》中认为，梅娘的小说大体可分为两类：一类是都市风情小说，作家从女性感受出发，表现都市贫民和都市闲人的不同生存状态，如《黄昏之献》《春到人间》《行路难》和《侏儒》；二是家庭婚姻爱情小说，这是梅娘作品中最基本也是最具特色的部分，如《蚌》《鱼》《蟹》等作品。作家以纤细的神经，渴求自由恣放的情欲，呈现一种鲜明的反压抑的女性悸动[②]。显然，梅娘的小说体现了自然、文化层面的女性意识。又据司敬雪《曾经怒放过的蔷薇》中的结论，梅娘小说的主题也可分为两类，一类是女性主题：“梅娘发自内心深处的自信张扬

① 乐黛云：《中国女性意识的觉醒》，《文学自由谈》1991 年第 3 期。

② 盛英：《梅娘和她的小说》，收入《南玲北梅：四十年代最受读者喜爱的女作家作品选》，海天出版社 1992 年版。

着女性个体对自身生理、心理欲望的体验。”另一类是母性主题：“梅娘的作品中有不少养母的形象，她们总是贪婪、丑恶。也有一些生母形象，则和善但没有保护女儿的力量。”①笔者认为，其实这两类主题完全可归为一类，即女性主题。可以说，梅娘小说是以女性主题为主的，更多的女性意识体现在自然层面。

总之，从盛英与司敬雪的研究来看，梅娘的小说应当有着十分强烈的女性意识。更多学者的研究结果也显示出同样的倾向。“梅娘的写作明显表现着五四时代民主启蒙的成果，她的清醒的女性意识，对男权社会有着强烈的反叛情绪。”②同时也符合女性写作的要求，“一般来说，女性写作更多的表现女性题材，描写女性的少儿时代、恋爱、婚姻、家庭、日常琐事、成年和晚年，抒写女性生命史，由此展开她、她们与男性、家庭、社会、世界的多重的微妙关系”③。

正是在这个意义上，笔者认为梅娘小说以鲜明而自觉的女性立场和视角关注着女性，具有自觉的女性意识。

一、梅娘女性意识的成因

梅娘女性意识的形成，可以从以下几方面加以探讨。

（一）作家生于斯长于斯的家庭环境

梅娘生长在一个封建大家庭里，可是她却遭遇了完全不平等的对待，这都是因为她生母的令人唏嘘的境遇。生母与父亲情投意合却不能相守，最后被逼而走。生母的命运遭际令梅娘感受颇深，而家族里其他女性的生活也使她对女性的境遇有着十分清醒的认识。“我的祖姑姑据说是美甲一方，日俄战

---

① 司敬雪：《曾经怒放过的蔷薇》，《梅娘小说：黄昏之献》，上海古籍出版社 1999 年版。

② 王海燕：《个人记忆的狂欢——论抗战时期的两类非主流文学》，《株洲师范高等专科学校学报》2003 年第 1 期。

③ 张首映：《西方二十世纪文论史》，北京大学出版社 1999 年版。

争后，横行在东北大地上的沙俄军仓皇溃退，他们用来征粮强塞给老百姓的沙俄纸币——羌帖，一夜之间成了废纸。祖爷爷在家无隔粮的情况下，把祖姑姑聘给一位土地主的病儿子换回来果腹的高粱。祖姑姑在备受欺凌的情况下，廿岁便郁郁而死。我的姑姑用那花花绿绿的纸币给我们折叠偶人游戏，告诉我们老百姓是怎样受羌帖的跌宕而家破人亡，就是这位姑姑，也因为姑父吸食鸦片夭折而年轻守寡，不得不依靠娘家度日。”[①] 这位小姑姑在娘家的遭遇也令人心酸。在娘家，虽然梅娘的父亲把自己的房屋给了小姑姑，可是在梅娘的父亲去世后，家里的兄弟便霸占了房子。因为她是出嫁的女儿，没有继承哥哥遗产的权利。面对小姑姑的命运，梅娘十分难过："对着奄奄一息的小姑姑，女人的备受欺凌刺伤着我的心，但我无力维护小姑姑，我无力。"[②] 她也说过："我不能走我娘我大姐那生活中锦衣玉食、精神上备受凌辱的老路。她们全部的生涯证明：女人只不过是一条藤，只有依附男人，才能享受人世间的荣华；而她们的荣华，对我毫无价值。"[③]

（二）作家所受的家庭教育

家庭教育一方面来自其父的影响。梅娘的父亲特别钟爱她。"出于对海参崴姑娘的怀念、对妻子的不放心和对小梅娘的爱怜，孙志远（梅娘的父亲——笔者注）在梅娘生母死后，无论走到哪里都要把梅娘带在身边，夏天乘船溯松花江而上，冬天坐爬犁沿冰面飞奔。当孙志远携小梅娘游历东北大地之时，他已使小梅娘的性格发生了逆转，这种作用是非常巨大的。孙志远的豪放、豁达的性格和民主意识，造就了梅娘的自我意识，奠定了她'把命运的缰绳握在自己手中'的一生基调，使其性格走向脱离常规、发生逆转，但也由此奠定了梅娘一生的悲剧。"[④] 而且他要求小梅娘读许多代表其时社会新兴思想的图书。在《我的青少年时期（1920—1938）》中，梅娘就提到她读过两本梁启超的《饮冰室文集》以及《秋瑾传》，这使她在插班考试时就写出了500字的《论振兴女权之好处》。此时的小梅娘不过10岁，却以大胆的

① 江啸声：《学生阅读经典·梅娘》，文汇出版社2002年版。
② 江啸声：《学生阅读经典·梅娘》，文汇出版社2002年版。
③ 江啸声：《学生阅读经典·梅娘》，文汇出版社2002年版。
④ 江啸声：《学生阅读经典·梅娘》，文汇出版社2002年版。

女权思想震惊四座，这可以看成是梅娘女性意识的萌芽。梅娘的成长经历与许多女作家不约而同，例如弗吉尼亚·伍尔夫，“在她的幼年时代，她的父亲就把她当作一个男孩子对待；他把对一个儿子所有的期望都转移到她的身上。他常鼓励她写作；她后来成了一个作家，这与她父亲的愿望是一致的”[①]。

（三）来自学校教育

小梅娘初中时就读的学校是由一些北伐志士主持的女校，这所学校里涌动的现代女权思想对小梅娘也产生了巨大的影响。那所学校“朝气蓬勃一片，学生们个个扬眉吐气，几乎看不见一个俯首低眉的女子来”[②]。梅娘就读的高中也曾上演过易卜生的《娜拉》。这些思想无疑有力地推动着梅娘女性意识的形成。

（四）日本女作家与谢野晶子的直接影响

与谢野晶子出生于1878年，原名凤晶，笔名凤小舟、凤晶子等，日本古典女诗人、作家、教育家、和平主义者、社会改革家。她幼年家境富裕，酷爱《源氏物语》等日本古典文学。1900年8月的一天，23岁的她在大阪第一次见到并热烈地爱恋上了《明星》杂志主编与谢野铁干。与谢野铁干是一位相当优秀的诗人，也是明星派诗歌运动的领袖，但已经是有妇之夫。晶子勇于追求自己的爱情，于1901年6月到达东京同与谢野铁干结婚。之后，她创作了大量大胆直率的短歌。“在创作过程中，她打破了条条框框的束缚，向封建保守的道德观、伦理观提出挑战，大胆地冲破旧的婚姻观念和婚姻制度的束缚，追求自由的爱情这种行为在当时的家庭专制最厉害的日本可以称得上是惊世骇俗的。”[③]

除了文学创作，与谢野晶子还写作了很多如何提高妇女地位的评论，其中最具代表性的就是《贞操论》。在该文中，与谢野晶子批判了男子片面要求女性保守贞操的观念。她认为，贞操是男女双方都应当遵守的，但是没有爱情的婚姻却无任何贞操可言。该文被周作人翻译成中文后，于1918年发表在

① 西蒙·波伏娃：《妇女与创造力》，《当代女性主义文学批评》，北京大学出版社1992年版。
② 江啸声：《学生阅读经典·梅娘》，文汇出版社2002年版。
③ 佟君、陈多友：《中日比较文学比较文化研究》，中山大学出版社2004年版。

《新青年》四卷五号上。此文刊出后，对五四时期的新文化运动产生了重大影响，尤其是在广大青年知识女性中影响深远。梅娘接触的第一篇日本文学作品，即是与谢野晶子的《贞操论》。在《我与日本文学》一文中，梅娘回忆，她是在吉林省立女子师范就读时，受人爱戴的何霭人老师，“他悄悄把《新青年》杂志拿给我看，在刊登《贞操论》的书页上他还加了红色的重点”。那时的梅娘刚刚16岁，虽然不能完全读懂《贞操论》，也无法明白贞操对于男女两性的意义，但她还是认真地抄写在笔记本上。“我对晶子提倡的贞操应该是两性共守的道德准则非常同感，拨亮了当时社会中以女方不贞而加害女人的道德迷雾。这是日本文学给予我的第一份营养。”[①]“因此梅娘在与谢野晶子的指引下用现代的女性观念来感受生活，认识女性在社会中的地位，探索女性命运，显示其沉厚的思想力量与出众的才情。”[②] 梅娘后来的小说创作充满了现代女性解放意识，可见与谢野晶子的影响是很显然的。

（五）性别与社会环境

最后，梅娘身为女性这一性别与她生存的社会环境不能忽略。乔以钢在对20世纪三四十年代的女性文学进行评价时说：

> （女作家们——笔者注）这些创作成就的取得，有着多方面的原因。从主观上讲，她们的文学观中具有来自女性本身的非主流乃至反主流的创作思想。沃林格认为，制约所有艺术现象的最根本和最内在的要素就是人所具有的“艺术意志”，一个人具有怎样的“艺术意志”，他就会从事怎样的艺术活动，而“艺术意志”来自人的日常世界观所形成的世界态度，即“世界感”。作为“第二性”的女作家们，其性别身份与受压迫的生活经历十分自然地促使她们具有区别于男子的性别意识，这种状况在一些个性比较强，没有过多受到政治浪潮影响的女作家身上表现得尤为明显。而这势必影响着她们“世界感”的形成，决定着她们在创作中对现行性别制度的不满和叛逆。从客观环境上讲，上述女作家大都生活在沦陷区，由于政治的、社会的以及个人的种种原因，她们与时代主流话语

---

① 侯建飞：《梅娘近作及书简》，同心出版社2005年版。
② 梁晶：《东渡之“梅”，风递幽香——论梅娘与日本文学》，贵州师范大学2014年硕士学位论文。

出现一定的疏离，这种状况在局限她们的同时，某种意义上又给她们提供了从性别角度进行文学创作的可能……因此，她们（张爱玲、苏青、梅娘等作家——笔者注）的作品向性别境遇方面倾斜是不足为奇的①。

二、梅娘小说女性意识的具体表现

（一）女性关怀

从20世纪30年代末期开始，梅娘的作品开始关注女性的生存状态，对男女之间性别差异和性别压迫有着较清醒的认识。“反对男权文化霸权，追求女性自我解放，使女人成为与男人一样的人，也是‘五四’以来及其以后一段时期内中国的女性文本的主题。”② 和大多数五四以来的作家一样，这一时期她的作品尤其是水族系列小说《蚌》《鱼》《蟹》充分显示了作家对当时女性的生存以及命运的关怀。三部作品在情节与人物上没有什么关联，但其题材的相似性十分明显：描写性政治中被欺凌的弱女子形象。其用意是共同的：对女性悲剧命运的深切同情，对妇女社会地位低下现状的强烈抗争。

《蚌》的开篇，作者写道： “潮把她掷在滩上，/干晒着，/她忍耐不了——/才一开壳，/肉仁就被啄去了”——用没有任何反抗能力的水生动物“蚌”来暗喻女主人公梅丽的命运。梅丽与办公室的琦恋爱了，然而这无疑是一场注定要撞礁的航行。

从家庭环境来看，双方的父母都会秉承传统的婚姻观，给他们安排一个与家庭有极大经济利害关系的配偶。梅丽的娘就曾坦率地当着梅丽评价他们的未来女婿：“我看那位少爷倒真是不错，而且朱家老太爷和你爸又是多年的交情，财是财，势是势，你爸也有这种意思，并且想藉着你定亲的机会也搬到天津去，省得在这挨憋受气。”③ 这哪里是给女儿选丈夫，分明是父母想借

① 乔以钢：《多彩的旋律——中国女性文学主题研究》，南开大学出版社2003年版。

② 刘雪峰：《女性文学文本特征的基本范畴界说》，《东北师大学报（哲学社会科学版）》2001年第6期。

③ 江啸声：《学生阅读经典·梅娘》，文汇出版社2002年版。

此改变自己的现状，给自己觅一个改变境况的梯子罢了。琦的父母虽未出场，但情形也差不多。因为他在认识梅丽之前，就已有婚约，而且是“K 地的名闺，从小就订了的，两方彼此又都见过，据说正是郎才女貌”[①]。

从社会环境看，同样不利。小环境上，梅丽与琦的恋情首先就成了办公室里八卦的佐料。大环境上，如果他们像五四时期的青年一样选择私奔的话，虽然热恋中的琦认为：“只要我们两人永远在一起，永远合成一个力，天堂也可以走的。”可是理智的梅丽却深知：“走到什么地方去呢？天津，北京，甚至于再远一点的上海，南京？走到哪儿还不是一个样呢？”[②] 是的，父权制文化不会因为空间的位移而消失，它无处不在、无时不存。再加上混乱的中国时局，他们的生存空间极为逼仄。

从他们的自身状况看，琦是怯懦的，他连自己的问题都无力解决，又如何承担与传统观念对抗和背叛父母这样沉重的背负？梅丽虽然上过学，但最终没能继续深造，“白老太太有话，那么大的姑娘怎么能放出去？认两个字就得了，谁还指着姑娘养老”[③]。不给姑娘读书是因为姑娘不能赡养他们。中国的父母原是十分功利的，生育孩子，喜欢男孩，不过是因为传统的家庭模式必须要这些男人们赡养他们罢了。所以女儿，生与不生都没有关系；生了，育与不育也没有关系。潮流所迫，送女孩读书，已经是十分之不得已、不划算，再多读，岂不是自找麻烦？——这大概是梅丽父母的育女逻辑吧！所以梅丽的抗争也是有限的。

即便二人能结合在一起，又会怎样呢？“恋爱的时候不容你选择，结婚头几天还新鲜，过几天发觉满不是那么回事，于是就吵，于是男人出去荒唐去，女人活受罪。”[④] 再说，如果没有生计来源，再美丽的爱情都会枯萎的。而现实是：“这社会原不是给女人预备的，原想可以读书、做事，现在连那样一点小希望都没有了。读书去，一天六点钟功课有三点钟家事，做事，女人是低能的，只配端茶水，一天八点钟两手不闲着，给你一块钱还觉得太多。”因此

① 江啸声：《学生阅读经典 · 梅娘》，文汇出版社 2002 年版。
② 江啸声：《学生阅读经典 · 梅娘》，文汇出版社 2002 年版。
③ 江啸声：《学生阅读经典 · 梅娘》，文汇出版社 2002 年版。
④ 江啸声：《学生阅读经典 · 梅娘》，文汇出版社 2002 年版。

最终的命定结果是，“想着从家里走出来，其实跟着就得走进另一个家去，一样的洗衣服、做饭，还得看孩子，到天边也得扮演着受欺负的角色”；可是不能不结婚啊，因为“想不结婚，一人活到老，可哪个公司哪个商店会放着二十岁的女士不取，而取四十岁的老太太呢？左右这点事，小学毕业的干得了，高中毕业也显不出太高来”[①]。在整个社会蛛网一样的捆缚里，女性怕是连气也出不了，更何论独立自由？

因了这种种的束缚，梅丽虽然有了自己的恋人，可还是去见了父母钦定的乘龙快婿。最终，一场误会演变成一个天大的风波，断送了她和琦的爱情。梅丽陪女友雯去公园相亲，偶遇同事张振邦，却被警察当作偷情的鸳鸯，继而又被街头小报大肆炒作，使梅丽几乎身败名裂，精神上遭受了沉重打击。已经回家决然退亲的琦，误以为梅丽玩弄了自己的爱情，于是悲伤地弃梅丽而去。梅丽则被软禁家中。当她终于逃出家庭，欲随琦而去时，载着琦的火车已然离站。

梅丽与琦的确是真心相爱，也有共担命运的勇气。然而凶险的家庭、人际与社会关系，以及处处显示出巨大威力的男权文化，化成层层枷锁，终于窒息了一对年轻人追逐爱情与自由的梦想。

《鱼》也写了一个与命运不妥协的女子，一个急于摆脱封建大家庭桎梏的女人。在她决定改变自己生活的风狂雨骤之夜，她向自己爱恋的并对自己有好感的然而“懦怯”的琳诉说了自己的悲情故事：学生时代对国文教师的暗恋受挫，毕业后轻易地爱上了外表漂亮的林省民并委身于他。因为这，她失去了工作，也失去了她的家。因为她相信“两个同心土变金”，所以在没有弄清林省民的性格与家庭背景的情况下，她决然地离开了那禁锢她的父亲的家，而把命运之桨交给了另一个男人，开始了与他的同居生活。然而，“第一天我的快乐便被打了折扣。那一天，我收拾好了屋子，用着生疏但小心的双手做好了我们的晚饭，但我的爱人并没在应该回家的时候回来”[②]。这一始乱终弃的故事程式并不新鲜也不意外，正如林丹娅所说的那样：

① 江啸声：《学生阅读经典·梅娘》，文汇出版社 2002 年版。
② 江啸声：《学生阅读经典·梅娘》，文汇出版社 2002 年版。

她们只是在重复自古希腊神话故事中的女儿美狄亚以来的一些叛逆的女儿们的道路而已，其前景自然也逃不脱美狄亚们对爱情对象——婚配对象的失望，比之服从家庭权威的女儿们的认命姿态，会产生更为激烈的愤恨与绝望情绪，从而诞生更为暴烈的也更为悲惨的结局[①]。

爱情的肥皂泡很快破灭了，芬像自古以来所有的女人一样，围绕她的是做不完的家务，她成了提供无偿服务的家政工人。其必然的结果是："我的爸爸骂我不肖，我的朋友说我胡闹，林家的人以为我不要脸。我的丈夫结过婚，家里放着太太，他用他的爱情上的伎俩诱过来我，结果我得随他回去做姨太太，不那样，我就得受着蔑笑，受着责骂。"[②]"我是这男性中心社会中的一个做了人妻的女人。人们不拿我当人，只当我是林省民的一个附属品。"[③]极度绝望与孤苦中，芬爱上了琳，然而，从"林"到"琳"，不过是多了一个"王"旁而已，不可能有什么转变，琳并不爱她，也不可能为她牺牲自己。面对如此残酷的逼迫，芬对爱情与生活的玫瑰色想象终于全线败北，于是现实"叫我看清楚了外面究竟是怎样一个世界，那窗子外面的阴云，虽然我很早地就知道它是快压到了我，但我骗着我自己，我想那阴云后面的是晴朗的天，只要是一阵风来，那阴云就会被吹走的。多么懦怯的我呀！"[④]

芬失败了，像人类历史上所有的女性一样，而这一切不过是因为"我需要爱，结果爱了，我要创造自己的家，那我自然应该走出我爸爸的家"[⑤]。一点微小的愿望也要碰得头破血流的原因是什么？只因为在当时的社会条件下，女性仍然没有独立的自我存在，她只能从"女儿"到"妻子"，无论何时何地，都必须依赖于某一个男人，受他们控制。男权制社会决定了女性的人生，只能以男性的标准为标准、以男性的原则为原则，女性的都是错误的。如果她想主宰自己，最后只能落个万劫不复的下场！诚如芬最后所领悟的那样："如果我的家不是那样逼我，我也许不会那么轻率地爱上了林省民；如果林省

① 林丹娅：《当代中国女性文学史论》，厦门大学出版社 2003 年版。
② 江啸声：《学生阅读经典 · 梅娘》，文汇出版社 2002 年版。
③ 江啸声：《学生阅读经典 · 梅娘》，文汇出版社 2002 年版。
④ 江啸声：《学生阅读经典 · 梅娘》，文汇出版社 2002 年版。
⑤ 江啸声：《学生阅读经典 · 梅娘》，文汇出版社 2002 年版。

民不是那么欺凌着我，我也无由接受你的抚慰。但我的家是对的，林省民是对的，你哪？也是对的。不好都是我。”[①]

欣慰的是，芬最终醒悟了：“我不能随林省民回去做姨太太，我就只好离开他，他不能背叛他的爸爸，我却有背叛他的爸爸的自由的。真正的快乐不是依赖别人所能获得的。我不能忍耐目前的生活，那就只好自己去打开另一条生活的路子。”[②]

再来看看水族系列的最后一部小说《蟹》。《蟹》的题记就是主题：女人的命运如同蟹一样，自以为是奔向光明，实则是自投罗网。《蟹》着力刻画的是两个少女：玲玲和翠翠。女高中生玲玲是孙家顶梁柱孙二爷与前妻的女儿。她继承了父亲的性格，用孙家老太太的话说，“就是心里有理数，从小就与旁人不同”[③]。她喜爱读书，“她沉迷在书里，憧憬、振奋，人和书融合在一起”[④]。她有一定的叛逆精神，当她的三叔要她烧掉可能为家庭带来不必要的麻烦的书时，她拒绝了。她为自己设计好了未来，等“奶奶过世，她就可以无牵无挂地脱开这个家，脱开闷人的学校，远远地走出去，像她的几位同学那样，出去做女工也比在家里做小姐强”[⑤]。然而，孙二爷的去世，瞬间把年幼的玲玲推进了一个孤立无援的境地。虽有奶奶护着，可她毕竟老了，心有余而力不足。全家人都在为名利忙碌着，而时局变幻莫测。玲玲完全不能把握自己的命运，她总是处于一种无法解脱的抑郁之中。因为她太清楚自己的命运了。“只有男子，在这个家庭里，才有权利掌管事业，按着习俗，特别是继母的意愿，玲玲将早早地嫁出去，要是掌家，也只能是给男人掌家，像继母自己一样，藉着丈夫的显贵，确立自己尊崇的地位。”可是，“这一切，玲玲丝毫不稀罕，她不愿意作为男人的附属品，既然男女是平等的，为什么女人不能有自己独立的人格？”所以，“她曾计划过，到北平去上大学，学工，

① 江啸声：《学生阅读经典·梅娘》，文汇出版社 2002 年版。
② 江啸声：《学生阅读经典·梅娘》，文汇出版社 2002 年版。
③ 江啸声：《学生阅读经典·梅娘》，文汇出版社 2002 年版。
④ 江啸声：《学生阅读经典·梅娘》，文汇出版社 2002 年版。
⑤ 江啸声：《学生阅读经典·梅娘》，文汇出版社 2002 年版。

像爸爸一样，创建有利人生的实业”[①]。只可惜环境变化了，玲玲成了一只风雨中的小船。翠翠是孙家用人王福的女儿，尽管父亲是一蝇营狗苟之辈，她却是个有主见而且坚强的女孩。她跟着玲玲学习，面对无中生有的绯闻不为所动。她想：“活着，就得自己找高兴。我认准了，靠自己吃饭才靠得稳，我做针线，学写字认字，就是为的多一点活着的本事。一旦我爸卖我，我妈能拦得住吗？我有活着的本事就不怕我爸的花招！”[②] 可是，就是这样一个美丽善良的女孩，最终还是被自己的父亲卖给了日本人。

此作品的女主人公与前述作品中的女主人公有了明显的不同。她们不再把自己的幸福与自由寄托在婚姻爱情上。只不过残酷的环境让她们的战斗只能以失败告终，可这毕竟已经进步了。抗争过，奋斗过，虽然失败也是一种成功吧！

以上三部小说也被称为水族系列小说。显而易见，这三部小说关心同情的是女性的命运，也显示出作家对男女之间性别差异和性别压迫的清醒认识。

另外，小说《旅》《侨民》也表达了近似的思想。

《旅》讲述的故事比较简单。“我”在火车上听说一个杀死亲夫的荡妇和她的情人也在同一趟车上。一路上，警察不断盘查，“我”也四处打量。终于，“我”发现了一对亲密的男女并断定他们就是警察要找的那一对。当这对男女正要在小站下车时，一个满脸杀气的胖女人扑向那姣好的女人。原来这姣好的女人是和胖女人的丈夫私奔。而那个一直没有出现的荡妇，“一上车就捉住了”。尽管传言中的荡妇与姣好的女人都是桃色案中的主角，可是“我”对那姣好的女人/荡妇却抱以同情：“但她的美好的身躯和那男人的可爱的脸使我无形中觉到了对女人的同情，桃色案中要是抛开复杂的心理变化而来断定谁是谁非是不对的”，“那是一个怎样姣好而又天真的面貌呀！虽然她的大眼睛里有小鼠看见猫时那样惊惶的表情，可是实在不能在那悸动的红唇边找到能够杀人的毒辣的表征”，并转而把责任推向了那个女人的丈夫：“我想象她的丈夫一定是一个过分糊涂的人。不然，他一定能聪明地让她出走，就是

① 江啸声：《学生阅读经典·梅娘》，文汇出版社2002年版。
② 江啸声：《学生阅读经典·梅娘》，文汇出版社2002年版。

不然，也能巧妙地收回她不羁的感情。使别人憎恨自己到能够被杀的地步，一定是对方被逼迫得太厉害而促成这种残忍的举动的。”[①] 作者的想法虽然太过理想，却一如既往地蕴含着对女性的同情与关怀。

小说《侨民》也是“我”在旅途中经历的一段插曲。它平淡却曲折地记录了“我”在车上遇到的一对朝鲜男女侨民的印象。身材高大脸色赭红穿着“真正牛皮的皮鞋”的男人吆喝着自己“可怜巴巴”“温顺”得像“在洞口窥看着世界的幼鼠”一样的女人，把她的座位让给倚窗而站的“我”。原来他以为“我是位华族小姐”，他不知道“我”也是来自异国跟他们一样的侨民！一个小小的插曲却承载着作家完全不同的性别倾向。那个男人显然是极势利的，他对比自己高贵的人自卑自怜，对地位卑微且柔顺的女人却那样严厉——作家对他怜悯、嘲讽而有指责。而那女人，“可怜的作为男人附属品的女人”——作家对她寄寓了深深的同情与怜悯。而同样是侨民的“我”，一个来自异国的年轻女人，又何尝不值得同情呢？“我觉得自己可悲了，我们同样是侨民，我没有必要伪装成什么华族。”[②]

（二）男性中心主义批判

1. 解构男权文化

梅娘的多数作品是从女性角度切入，但到了 20 世纪 40 年代，她的一些小说却从男性的角度对男性予以反观，揭示出男权文化的虚伪性，以达到解构男权文化的目的。这类作品有《阳春小曲》《黄昏之献》。前一篇里写一个年轻的男子为了能够出人头地而表现出的种种可笑的心理活动。阳春三月，一个生意很不景气的理发店迎来了一位富姐样的年轻女人。大师兄以为改变命运的时候到了，他使尽全身解数想得到女人的喜爱，正当他以为大功告成之时，那位小姐却在一瞬间消失了，随后而来的是她怒气冲天的管家。“发迹梦”没有实现，却挨了一顿侮辱。也许这就是部分男人的发家史，只不过这一个显然是失败了，失败的原因是有能力使男人发家的女人并没有迷失在男人虚伪的爱情里。

---

① 张泉：《梅娘小说散文集》，北京出版社 1997 年版。

② 江啸声：《学生阅读经典 · 梅娘》，文汇出版社 2002 年版。

《黄昏之献》中，梅娘把笔触伸到已婚男子身上。小说描写了一个不务正业的有妇之夫，看到一则征婚广告后去应征，幻想着成为有钱的、年轻美丽的小孀妇的情人，没想到最后见到的竟是一个拖儿带女蓬头垢面以行乞为生的村妇。然而，他非但缺乏最起码的同情心，反而恼羞成怒，愤然而去。作品鲜活地刻画出一个卑劣庸俗、荒唐至极的伪君子形象。这部作品似乎要告诉读者，原来所谓的诗人竟然是这样一种虚伪的男人。他既想依靠妻子过一种衣食无忧的生活，又想在妻子的视线之外来点所谓的罗曼蒂克，这样一个无能又不老实的男人原来就是诗人！解构的锋芒直指以正统自居的男权文化。

2. 勇于展示女性的身体之美

在传统父权中心社会里，女性的身体于公众，甚至于她们自己都是十分忌讳的。然而梅娘小说中的女性对自己的身体不再羞涩，更多的是一种细细鉴赏与自我陶醉。《雨夜》中的李玲即是如此。独居的日子里，她仔细地欣赏着自己的身体。“年轻妈妈的身体正如盛开的花，一切都发育到了极点，各部都丰满、美丽。未嫁时如蓓蕾，那是逗人喜爱的时节，婚后却正如盛开的花，有诱人的，几乎近于逼迫的诱人风致，这时候过去，花谢了，寂寞就来了。在镜前，反复地看着粉色的自己的躯体，如鉴赏一件悦目的杰作，骄傲飞到心上，也正因看到了自己的美，而愈意识到寂寞。”[①] 面对自己诱人的身体，李玲没有羞涩，更多的是一种骄傲。这与传统中国文化对待女性身体的规范完全相悖。

法国当代著名作家、理论家、批评家埃莱娜·西苏在《美杜莎的微笑》中提出了“描写躯体”的口号，她认为妇女“通过身体将自己的想法物质化了；她用自己的肉体表达自己的思想”。而之所以要“描写躯体”，是因为只有这样，女性写作才能回到没有被菲勒斯中心的象征秩序所污染的前俄底浦斯的想象界中去。因为“在俄底浦斯阶段的父权制社会里，妇女受到压制，被迫保持沉默，因而她们的历史如同黑暗的大陆，父权制的阳光永远不会、也不想照到这块黑暗的大陆上面”[②]。展示女性身体之美其实就是对男权文化

① 张泉：《梅娘小说散文集》，北京出版社 1997 年版。

② 禹建湘：《徘徊在边缘的女性主义叙事》，九州出版社 2004 年版。

的背离。李玲通过自己的身体将自己的渴望具象化了，梅娘通过李玲的身体也将她的理想具象化了。而且，“对女性身体美的发现，也就是对女性生命力量的肯定和发现，这一发现在颠覆男权文化对女性身体压抑的同时，也建立了女性的自信、自爱与自觉”[①]。不错，李玲正是认识到了自己身体的美丽，所以她尽管很想满足身体的欲望，可是当男人想强奸她时，她毫不迟疑地杀死了他。她不压抑自己的渴望，但她更是一个自爱的女性，她要保卫自己的渴望，她的肉体之爱与精神之爱是不可分离的。

不过，在梅娘的小说中，这样勇敢的作品的确是凤毛麟角。

3. 肯定女性本能的欲望，其笔下的女性与男性一样有享受性爱的权利

在小说《蚌》中，作家表现了受压抑的女性的性冲动，那些“患着青春症”的女人们受本能的驱使要去追求两性间的快乐，之后却面临着无路可走的结局。但主人公梅丽思虑再三之后却毅然决然地表示：“不，也不该怨自己，那是本性之一，谁都需要的，那是想拒绝而不得的事。我不该惋惜我的处女的失去。”[②]“处女”以及那片薄薄的处女膜本来就是男权文化为禁锢女性而设置的伦理雷池。女性要想获得真正的自由，必须打破这种单边主义贞操观，身体自由了才有精神的自由。梅丽把性欲求看成是天然合理的本性，并且需要的是有爱的性，因此她拒绝父母给她定的亲事，显示出叛逆、开放的性爱观。《雨夜》中年轻的妈妈因为丈夫的远离，“今夜她第一次在安静之外觉到了孤寂，邻家小姐脸上初恋的光彩使她觉到了桎梏。她明白她失去了自由飞翔的能力，如今她是一个妈妈，但女孩的活泼的气质在体内流荡着，她需要抚摸和爱，她急切地盼望着一个聚会，宛如初恋时盼着一个秘密的约会那样觉得焦灼”[③]。妻性与母性又一次成了束缚女性的文化，“贤妻良母”的前提条件同样与守贞有关，可她却因身体的渴望要去参加舞会，以释放她对性爱的渴求。在刻画她的心理世界时，梅娘的眼光显然是欣赏与支持的。《动手术之前》中的女人因为从未得到过丈夫带来的性满足，因而投入了另一

① 禹建湘：《徘徊在边缘的女性主义叙事》，九州出版社 2004 年版。
② 江啸声：《学生阅读经典·梅娘》，文汇出版社 2002 年版。
③ 张泉：《梅娘小说散文集》，北京出版社 1997 年版。

个男人的怀抱。虽然后来被他传染了疾病，但她却发出了“什么情爱，什么贞操，那都是骗人的东西，生命才最可贵”的呐喊。

“在这类作品中，作者写出了女性对自由放恣的情欲的主动需求。梅娘通过女性对自己身体的探索和性爱欲望的坦然恣放的描写，反映出女人要自己掌握、支配个人命运，强烈向往自由的精神追求”①，也更好地显示出女性摆脱男性控制的欲望，这使得女性有可能在性政治关系中由“第二性”走向“第一性”，从而挣脱其在性爱关系中的客体处境。从这一意义上，可以说，这是对传统性政治中男性始终处于主体地位的解构。

4. 敢于对男性实施报复

传统中国文化中的两性关系，强调的是女性对男性的臣服。女子未嫁从父，既嫁从夫，夫死从子。女性的家庭、社会地位远远低于男子。而梅娘笔下的女性却有了与传统女性完全不同的行为，她们敢于向欺侮自己的男性实施报复，表现出新一代女性对传统两性观的蔑视与反叛。在梅娘的小说中，报复的声音随处可听。

小说《雨夜》中李玲为了排解丈夫远离的寂寞，在雨夜来到海滩独舞却不料引来长期被她拒绝的男子的袭击。面对被追逐被威胁的恐惧她选择了报复，“她只想到报复，她用她怒得发蓝的眼睛去寻找，看见树丛有一枚大的圆石。她拿起了它，用力地向男人击下”②。她杀死了这个企图毁灭她的人，哪怕玉石俱焚！在《动手术之前》这部作品里，我们听到了那个时代最为激扬的女性主义的声音。“——什么都是你们，你们男人逼得女人那样，你们倚恃几千年延续下来的以男人为中心的优越地位，在社会上横行，欺凌女人，玩弄女人，逼使女人不得不以她宝贵的肉体去换取生存的时候，嘲笑她，唾弃她，推她落入死谷。然而你们是对的，没有一个男人承认自己是在间接、直接地摧残着女人。社会在你们的手掌之中，社会是你们的工具。”③“我”因为受男人的蛊惑染上了性病，其实就是她对丈夫将她看作“一个活的器物”

① 乔以钢：《多彩的旋律——中国女性文学主题研究》，南开大学出版社 2003 年版。
② 张泉：《梅娘小说散文集》，北京出版社 1997 年版。
③ 张泉：《梅娘小说散文集》，北京出版社 1997 年版。

的命运的报复，虽然这报复的方式很不可取。她咒骂男人，她不想再“装什么高贵的少奶奶”，不想再“迎合着你们男人需要的规范”，不再“压抑下我作为自然人的本能”。她欲反抗，却又一次被欺骗，那个为她带来一夜之欢的男人原来是个性病患者。她似乎落入了某个圈套。然而当她获悉她和她的腹中的婴儿都有可能重获健康的时候，她决心活下来并要做点什么，“什么女人的贞操，叫它见鬼去吧”！是的，女性若要解放，首要的任务便是将男性强加给女性的种种规范悉数抛弃，解构男性话语霸权。唯如此，女性才能从事实上精神上得到解放。可以说，梅娘的这种女性意识已经达到了世纪末女性作家所具备的高度。

综观梅娘的小说，可以发现女性对男性实施报复的方法很多。

① 诅咒。她们通过语言控诉男人的恶行，揭露男人的虚伪以求得内心的平衡。《动手术之前》中的女主人公在遭受丈夫的朋友的欺骗并染上了性病后咒骂道：“你们这群鬼，这样用女人宝贵的血液培育出来的吸食女人青春的鬼。”在梅娘的作品中，“鬼”几乎成了女人诅咒男人时的口头禅。《小广告里的故事》中女主人公的姨爹以她的美貌为诱饵进行骗婚、骗人、害人，因此她也称其为“魔鬼”。《蚌》中的梅丽也称她“遇见了吃人的鬼”。

② 反过来玩弄男人，正如男性玩弄女人一样。《小广告里的故事》里的女孩在被她的男友诱惑又抛弃了之后，一度就曾想着要玩弄男人。“我愿意看见他们为我的美丽迷醉，为我的容貌支配，在我厌恶之后再踢他们出去，像当初我的爱人怎样玩弄了纯洁的我一样。”[①]

③ 为了报复那些负心男子，一些女性甚至要去做娼妓以报复所有的男性。梅丽在无望的时候曾说：“我去做马路天使，我以为与其卖给一个男人去做太太，去做室内的安琪儿，还不如去做野妓，不如去做马路天使好呢。”[②] 当然，这种玉石俱焚的方法往往对男性却毫发无伤。所以女性的报复往往显得无力且无效，自然也不能解决女性的出路问题。

---

① 张泉：《梅娘小说散文集》，北京出版社 1997 年版。

② 张泉：《梅娘小说散文集》，北京出版社 1997 年版。

5. 人物形象：男弱女强

梅娘小说中的女性形象与男性形象是一组十分鲜明的存在。它充分展示了男性的猥琐无能与女性蓬勃的生命力——与传统文学史的男强女弱相反，梅娘小说中的人物形象是男弱女强。

（1）女性形象：带刺的玫瑰

莱斯利·菲德勒在《美国小说中的爱与死》中把女性形象划分为两类，即“罗丝（Rose）”和“李莉（Lily）”。罗丝与玫瑰的拼写发音相同，罗丝是加兰德小说《达彻尔家库力农场的玫瑰》中的主人公，意味着罗丝有着带刺玫瑰式的性格，敏感而有一定的独立反抗精神；李莉是沃顿小说《欢乐之家》中的主人公，又有百合花的意思，显示出美丽而脆弱、纯洁而奉献的性格特征[①]。按照他的看法，梅娘小说众多的女性形象完全可归入前者，她们都是敏感、独立且具有反抗精神的罗丝。但作为一个成熟的小说家，其文本中的女性形象则显得多姿多彩，依笔者所见，大体可以分成以下类型：

① 欲冲出围城而不得的女性形象

在梅娘的很多小说里，我们可看到这样一些女性。她们不满现状，想寻找独立自由的生活。可她们得不到，有限的知识与阅历、残酷的外界环境，都有力地制约着她们。于是她们苦苦挣扎着，在生活的泥沼里奔突寻找。

《蚌》中的梅丽和她的姐妹们就是这样一群典型。梅丽出生在一个封建大家族里，本来可以过上一种奢华无忧的生活。可惜她是“庶出”的小姐，不过是家族复兴的工具。她得不到自己向往的爱情，也不能出去深造。虽然她也有过“与其卖给一个男人去做太太，去做室内的安琪儿，还不如去做野妓，不如去做马路天使”的呐喊，但她还是失败了。霁迫切需要一份爱情，却因为性格内向长相不佳而找不到一个可以托付终身的男人；倩正在与不甘心的婚姻战斗；兰因为是离过婚的女人更加难以找到今生的归宿。于是她们不愿结婚。可不结婚，后半生的日子如何过？社会上的职业是完全排斥女性的，特别是年老的女人。她们想自杀，可既无勇气也没有自杀的理由。此时此刻，作家自然而然地发出了这样的疑问：什么地方有给女人留着的路呢？这个社

---

① 张首映：《西方二十世纪文论史》，北京大学出版社 1999 年版。

会衡量女性的标准是年轻、美丽、顺从、贞操。作家写女性，强调的是作为女性的人，真实而悲痛地反映出当时女性的人生苦难，也为读者揭露了男权文化秩序中的传统习俗对女性的残害，展示了父权文化下女性的生存压抑与情感压抑。不过可喜的是，她们一直没有停止寻找的步伐，她们一直想着要冲出那围城，尽管胜利微乎其微。

《小广告里的故事》中的女主角因战火投奔到姨父家。此前，男友将她从母亲那里诱惑出来之后又将她抛弃。现在，姨父用她做征婚广告以骗取钱财，她反对姨父，可换来的是毒打。但她没有放弃，她爱上了纯洁的应征者小祥，她每天都在计划着逃出姨父的手掌。小说没有告诉读者她最后的命运，但无论如何，这毕竟显示出了女性寻求自由的力量。

② 冲出围城再度受困的女性形象

自从易卜生的《娜拉》进入中国，娜拉这一形象，几乎垄断了中国现代女性文学，娜拉“出走”这一行动也几乎成了几代中国女人的行为方式；象征娜拉精神觉醒的宣言——首先我是一个人，跟你一样的一个人——也被众多女性作家书写与传唱。从某种意义上来说，生活在20世纪上半期的中国女性作家都有着娜拉的影子：做一个独立自由的觉醒女性，挣脱传统与习俗的束缚，拥有一种自由独立的生活。梅娘也不例外。和庐隐、苏青一样，在追求解放的道路上，梅娘也曾把其作品中女性的解放寄托于爱情与婚姻——把女性解放的希望寄托在男性身上。这使她们一度挣脱了父权的束缚，但又重新陷入夫权的围城。

《鱼》中芬的命运即是这种历史境遇的写照。芬与林省民恋爱并过早地与他同居，后来却发现林省民早已结婚。芬对幸福的无限憧憬化成了林省民的辱骂与必须做林家的姨太太方可生活下去的绝望；如若不然，她将面临被弃。也许她此时就应该弃林省民而去自谋生路。可惜的是，芬此时又把爱情的幻想移至林省民已婚的表弟琳。软弱的琳根本不可能抛开他的一切，给芬以幸福。即使抛开了一切，结果又会如何？

长篇小说《小妇人》为读者回答了这个问题。凤凰与心爱的袁良两情相悦私奔到了长春共同创业，满心以为可以过上幸福的生活。“凤凰愿意孩子健壮，愿意丈夫好，愿意竭尽自己的能力做一个好的母亲和妻子，结果，她得到的报酬是什么呢?”袁良爱上了小学校长的夫人。凤凰也曾有过宁愿去做舞女也不愿意回到家中去的想法，可作为一个妻子、作为一位母亲，她无法抛却这一切。在母性与妻性的双重夹击下她失败了。她忍受着袁良的冷落、爱情的绝望。袁良之外遇，与外界的影响当然有很大的关系，但这也与凤凰的爱情观不无联系。依凤凰看来，所谓爱情就是要将两个人的自我化成一个共有的我。这就意味着他们的生活只会出现两种情况：一是二人都失去自我生成一个新的人；二是其中一人失去自我而向另一人靠拢被对方同化。袁良是独立的，那只有她为爱情奉献了。为了爱情，她一味地迁就袁良终致失去了自我也失去了爱情。她的观念使她在失去了丈夫之后又转而将希望寄托给了儿子小麟。而这样的自我奉献与全身心的付出同样也是不可行的。

总之，我们看到作家笔下的女性们一直在寻求着解放之途，但最终她们难逃失败的结局，即使点滴的胜利，也是何等的艰难。这种现象正如当代女性主义批评家戴锦华在评论20世纪末的女性创作时所说的那样：世纪末的女性文化乃至整个中国文化的遭遇，都犹如置身于一处镜的城池之中。无数面光洁、魅人的镜像，彼此折射，相互映照，形成了众多的幻象。它混淆了可能的方向与方位，颠倒了墙与门、出路与阻断。每一处呼唤，都可能是一份诱惑；每一种可能性，都间或是一个陷阱①。尽管时光已然是世纪末，但她所描绘的女性图景与梅娘时期又是何等的相似。不过，笔者仍然要为这些女性喝彩，她们毕竟已经认识到了自己的命运并竭力地要改变命运的方向。

③ 告别围城走出父权束缚的女性

当然，梅娘的小说里毕竟也存在着一些真正勇敢而独立有望的女性。

《夜合花开》中的少女李黛琳虽出身清贫，但她依然能够保持一份独立自强的性格。她温和而倔强，一切的苦境都能承受。虽然家境不佳，但她还是拒绝了歧视女性的富家姐夫王日新的援助。他叫车送她回家，她却宁愿自己徒步从北城走回西城：因为王日新说过女子除了卖淫不可能还有其他的职业可做。这使她觉得王日新污辱了姐姐，污辱了纯洁的女性，当然也污辱了她

---

① 戴锦华：《奇遇与突围：九十年代的女性文化与女性写作》，《世纪之门》，社会科学文献出版社2000年版。

自己。她也拒绝姐姐黛黛对她的帮助。因为姐姐自己不能挣钱，那钱都是姐夫给的。她不是清高，她愿意用自己的劳力换来享受，接受帮助也要是帮助者自己的劳动成果。最后，当她不愿意走与姐姐一样的生活道路时，她想到了去一个理想的国度，一个可以实现青年的梦的地方去。这意味着她可以有与姐姐完全不一样的生活。

《蟹》里的玲玲看不起家中包二奶的孙大爷、到处拍马屁钻营的孙三爷，也看不起胆小怕事的祥哥。可以说，玲玲的性格里生来就有一种反抗的因子。时局变了，玲玲的学业无法继续。在动荡的年代里，她依然是勇敢的，她的心里一直有一个梦想，那就是离家出走。“心胸抵得上男儿，是有做大事的气魄”[①] 的玲玲不再试图依靠家庭凭借婚姻获得自由，这是玲玲进步之处。而且，可以肯定的是，聪明能干的玲玲是可以通过自己的努力获得生存资料的。唯有彻底与衰败的封建大家庭决裂，勇敢地走出家门，才有可能得到独立与自由。

能够成功突围的女性形象在梅娘的作品里是一个罕见的群体，这应是由时代语境决定的。20 世纪三四十年代，整个中国面临的是一场艰苦卓绝的民族解放战争，女性解放面对的除了性别歧视、传统习俗之外，还有民族解放这一宏大课题。

④ 敢于报复的女性

尽管梅娘小说中有不少软弱的女性，但也有一些女性，当她们受到男性的玩弄与欺压时，她们会非常巧妙地向那些男性实施报复。

《春到人间》的男人们本来想以登广告招聘女演员诱骗些“大家闺秀，小家碧玉，风流寡妇”，可结果却是风尘女子申若凤像“抓傻鸟”一样“俘虏”了这群自作聪明的男人。《阳春小曲》中的大师兄本想利用那个漂亮女人，可是因为把她耳边的一块小纱布吹掉了，非但没有得到小姐的青睐，反而遭到了一顿训斥且差点遭受封店之灾。作品并没有交代作出这种回应的到底是谁，但我们有理由相信这绝对与那小姐有关。诚如一些学者所言：“在这里，女子已不是不谙世事天真幼稚的弱女子，她们摆脱了被动的受害者身份而以主动的进攻姿态向心怀不轨的男性展开反攻，其心智的机敏令男人恼羞成怒而又

---

① 张泉：《梅娘：她的史境和她的作品》，《梅娘小说散文集》，北京出版社 1997 年版。

一筹莫展，并使这些表面谦谦，心地污浊的登徒子最终落得个‘竹篮打水一场空’的下场”[①]。

这类女性形象虽然不多，但是读者却能够感受到作家那种激进的女性主义姿态。女性不再也不能总是受害者，她们可以是进攻者，可以运用自己的智慧与权利和男性相抗衡，以此改变自己的命运。总有一天，她们会成长为生活的强者。

（2）男性形象：被放逐与被阉割

“梅娘的女权思想，首先在性别立场上表现出对男性丢弃幻想后的决绝姿态，她将整个男性阶层放置在女性的对立面，女性的抗争和奋斗就是女性与男性社会的抗争与奋斗。”[②] 正因为如此，梅娘小说中的男性形象大都为自私、怯懦、萎缩、可怜甚至可恶之辈，智慧、善良者可谓寥若晨星。与传统文学中男性形象的伟大与高尚化相比，她为读者展示了一个更为真实的男性世界。这些男性形象大致可概括为如下几种：

① 有所作为的正面男性形象

这种男性形象在梅娘的小说中屈指可数。

最鲜明的当数《蟹》中的孙二爷。他掌握多门外国语，办实业，创下了一份不菲的家业。不幸的是，他过早离开了人世。在有限的文字里，读者只是感受到他的确是一个集智慧、能力、仁慈于一身的成功男性。不过，孙二爷的形象只是赖于家人尤其是玲玲与祖母的回忆拼凑而成的，尤其是小说一开始，孙二爷就已经离开人世——这是否意味着，像他这样完美的男性只能在彼岸世界里存在？——又或者是，他的完美难道不是他的亲人经过记忆的过滤虚构而成？

《夜合花开》里的王爱群也是一个不可多得的男性形象。在李黛琳的眼中，24 岁的他是那样的仁爱、忠诚。“一切人生的坎坷，一切人生中的机诈，爱群还没有领略到。在父亲圆滑的事业手腕下养起来的爱群，在温存体贴的长姐手中养育起来的爱群，有着非常快乐又仁爱的心，虽然在随着爸爸逐渐

① 刘爱华：《女性关怀与男性批判——梅娘小说创作论（下）》，《丹东师专学报》1999 年第 3 期。
② 潘延：《“南玲北梅”探究》，《苏州铁道师范学院学报（社会科学版）》2002 年第 4 期。

和社会百态正面交涉了之后，他悄悄地知道了人群间的丑恶，他的心，依然保持着仁爱、愉快。他是一个出名的助人的人，话也说得恰如他忠诚的心一样，给人以可爱的感觉。”[①] 这是一个没有“受过污染”的男性，也是一个对社会的恶习有一定免疫力的男人。然而，随着他与社会生活融合的深入，他能否坚持自己的人生态度？未完的小说没有给出答案——正如孙二爷只能活在另一个世界一样，王爱群也只能活在未完的文本里？文本的一点暗示告诉笔者，这种推测是有一定道理的。当李黛黛想要为自己寻找一份新的爱情时，她看到王爱群在与妹妹黛琳的恋爱中表现出来的优秀状态时，竟生出了要与妹妹抢夺王爱群的想法来，不过作为姐姐的良知使她立即否定了这荒唐的想法。然而除了考虑到与黛琳的姐妹情谊之外，她还有另外的理由，那就是她认为正在学做生意的王爱群日后必会成为王日新一样只懂金钱不知情感的动物。是的，也许当王爱群真正进入社会，有一天他也就成了王日新那样的人。

看来，优秀的男人只能活在女人的想象中。孙二爷、王爱群，完美的男性，不过是女作家聊以自慰的想象而已。

正如林幸谦在考察张爱玲的小说时所言：“缺席的男性家长被放逐在外，而出场的男性人物和父亲角色，则大多惨遭作家之笔所阉割去势。”[②] 孙二爷和王爱群是被放逐的男性，而以下所要提到的是出场的却被阉割去势的男性人物和父亲角色。

② 玩弄女性而不得的男性

梅娘的小说里，普遍的男性形象是整天无所事事、衣食无忧，一天到晚想得最多的大概是找女人、寻乐子。不过，可笑的是这些男性的想法十有八九不会得逞。

《春到人间》中的张强和李义，生活太安逸了，于是想着该有些艳遇。而贫穷的小陈因为得不到有钱小姐的青睐，于是就想着找一个能自己控制、地位比自己卑微的女性。三个人一商量，竟想组建一个话剧团，于是乎，他们贴广告、搞面试。最后每一个都找到了自己心仪的女人。他们的本意当然只

---

① 张泉：《梅娘小说散文集》，北京出版社 1997 年版。

② 林幸谦：《女性主体的祭奠：张爱玲女性主义批评 II》，广西师范大学出版社 2003 年版。

是游戏一下，但谁知道，那些应召女郎却原是摸清了他们的心思的，于是反客为主，以其人之道还治其人之身。

《黄昏之献》中的李黎明是个诗人，不想着提高自己的诗艺，而是整天想着婚外恋或者艳遇，以为这样就能写出传世佳作。偶然的一则街头广告，令他遐想不已。本以为自己可以艳遇一个“幽香得像夜百合”“年轻貌美而有钱”的新孀妇，谁知见到的却是一个蓬头垢面的乞妇。于是他气急败坏地赶着去接自己的妻子，因为如果老婆开心了，还可分他五百块钱，这样他又可以去酒吧坐台子了。这个诗人的形象是耐人寻味的。他对女仆动辄破口大骂，对自己的太太则认为是“味同嚼蜡”，而对那新孀妇也就是后来的无名小姐则极尽想象之能事。他相信她是“一只悦目又适口的梨子”，说她是“梨花一枝春带雨”，又想象她如何“从一个可爱的女孩长成娇艳的少女再变成美丽的少妇”，充满了男性对女性的物化想象。他对有钱的太太阳奉阴违，而对可怜的乞妇不屑一顾，对那无名小姐又浮想不已。表面上，他对这些各种女性的态度有很大不同，实则是有一条标准的，即对那些引不起他玩弄兴趣的女性瞧不起，对他已经玩弄过的女性没有耐心，对那些还没有玩弄过的女性则兴味盎然。

《阳春小曲》中的大师兄因为手艺好恃宠而骄。在那个温暖的下午，一个美丽的小姐来到了他的理发店。于是他的想象也张开了翅膀。他一边工作一边想象自己得到小姐的青睐，然后相恋偕逃；当看到前者没有可能时，他又退而求其次，希望小姐介绍他到大理发店去工作，这种一厢情愿的想象最后也成了肥皂泡。他的心理其实是很明了的，不过就是想利用漂亮而有钱的女人改变自己的处境罢了。与此相配的是这个小理发店的其他男性，他们的想象也极其可笑可怜。生意萧条的掌柜想着可以在美丽小姐身上赚一笔从未赚过的大钱，以至于他坚信小姐穿的红色旗衫一定是吉祥的象征；而两个小徒弟，则满心指望着从小姐那里得到一笔可观的小费。然而，这店里所有人的想象最后悉数落空。这真是一个绝妙的讽刺剧。

《夜合花开》中的韩青云因为经济拮据生活困窘，想利用与黛黛童年的友谊从她的丈夫王日新那里敲诈一笔。他既要得到陈玲珠，又要抢回黛黛，同时还不自量力地要叫王日新从这个社会上滚下去。于是他接近黛黛，又不惜制造绯闻。他的一切幻想只是为了钱，是一个为钱而迷了心智的小市民。最后，虽然作者没有写完，但是可想他的心愿恐怕也难以实现吧。

③ 懦弱无能，患了“软骨症”的封建大家庭最后代言人

《蟹》中的孙二爷虽是一个理想的男性形象，可是在这个大家族里，更多的男性却是懦弱无能，成为患了“软骨症”的封建大家庭最后的代言人。孙大爷整天腻在姘妇家里；孙三爷则只知道嫖娼享乐，没有主见，妻子是他的罗盘、指南针；仆人王福也曾跟着孙二爷创业，但等到孙二爷去世，他只知道吃喝玩乐，挖空心思从东家捞取钱财。为了过上奢侈如意的生活，他先是想把女儿小翠卖给孙三爷，后来一转手又把她卖给了日本人中野。玲玲的堂兄祥，身为封建大家庭的长孙，理应承担起家族中兴的重任，何况他也曾到日本留学，曾经也是一个“盼望自己做个对社会有益的人”，但他缺乏承受挫折的能力，稍遇磨难即自暴自弃，安心地过起他所谓的高雅安逸的生活来。对小翠的爱，使他饥渴的情感有所寄托，梦想以女性的温柔填补他空虚寂寞的生活，但他毕竟是怯弱的，面对小翠的失踪他竟束手无策、作壁上观。

与此相似的是《蚌》。梅丽的父亲白参议员只会抽大烟、搂姨太太，而年轻的长兄祥曾是大学生，也曾被认为是家庭未来的撑天柱，可最后也抽上了大烟，不愿意出去工作，连一点零花钱也要从妹妹梅丽可怜的工资上剥削，而且自以为是振振有词：“你说我干什么去？做官，我没在‘陆士’毕业；做事，顶多做个股长，还得受夹板气，上得侍候长官，下得对付咱们同寅，一月拿个百十块钱，什么都不够；研究学问，比咱们聪明的人多的多，显不出来咱们；做苦工又没长那膀子气力”，“所以，这不是家里还有一点东西吗？虽说房子叫收买，买卖不叫大作，可也不算没饭吃，凑合着过吧！对付着吃点，喝点，抽点，抽足了两眼一闭，也自是一番舒服滋味，人活着不就是为了舒服吗？”[①] 这就是一个曾经上过大学也曾充满活力与理想的年轻男性家长！而梅丽不过 17 岁的四弟也知道捧窑姐。还有那位在文中仅出现过一次的朱家少爷则是一个“轻浮又骄傲”“坐汽车吊膀子、捧舞女的少爷”。可以说，整个家庭上上下下、老老少少的男人都已经成为寄生虫，这大概也预示着这个家族的没落为时不远了吧！

---

① 江啸声：《学生阅读经典 · 梅娘》，文汇出版社 2002 年版。

历来长子、长孙即是父权的承继者，是封建权威秩序的接班人，但在梅娘的笔下他们竟成了多余人，这只能说明高高在上的男性社会的萎缩与无望。更有意味的是梅丽的哥哥与玲玲的堂兄二人竟然同名，这是否更加说明了这种存在的普遍性呢？

（三）姐妹情谊

中国古代的同性恋文学主要出现在明清艳情小说里，如明末的《龙阳逸史》《弁而钗》《宜香春质》，而清代的《品花宝鉴》是同性恋小说的集大成之作。但是这些作品都是男性作家所作，大多写男人之间的同性恋。女性同性恋作为书写者与被书写者则是一片空白。

现代女性文学对女同性恋的书写却并不缺乏。据乐铄在《中国现代女性创作及其社会性别》中分析，她认为当时最具代表性的女同性恋作品当推庐隐的《丽石的日记》、凌叔华的《说有这么一回事》、丁玲的《莎菲女士的日记》《岁暮》《暑假中》等作品。《丽石的日记》中的丽石与同学沅青"从泛泛的友谊上，而变成同性的爱恋了"。其中的女同性恋表现，反映的正是女性解放初期女性生活天地的狭窄与感情的寂寞压抑。而后二者中主人公的同性恋行为既"诚挚"又"恣"，一点也不回避。这些女同性恋的发生，原因是社会性的。五四时期女儿走出父母家庭，较多进入女校，接触异性的机会少，或者畏惧、延缓进入丈夫的家庭，有较多同性相聚的机会，因此较易转向同性恋情。这一时期女同性恋题材的增多，反映的是这一时期那种有所解放但尚有限的独特状态[①]。到 20 世纪三四十年代，受时代大潮影响，女性创作开始走向社会革命，此类书写也销声匿迹了——以她的看法，的确如此。莉莲·费德曼就采取了一种折中的方法来定义女同性恋："'女同性恋'描述了一种关系，这是一种两个女人之间保持强烈感情和爱恋的关系，其中可能或多或少有性关系，亦或根本没有性关系。共同的爱好使两位妇女花大部分时间生活在一起，并且共同分享生活中的大部分内容。"[②] 这定义使女同性恋不再局限于性关系的狭小范围，有了更广阔的空间。

---

① 乐铄：《中国现代女性创作及其社会性别》，郑州大学出版社 2002 年版。
② 张岩冰：《女权主义文论》，山东教育出版社 1998 年版。

依莉莲·费德曼的定义，笔者认为梅娘的小说中也存在着女同性恋书写，这种书写往往不涉及性关系。对这种与性关系无关的同性之爱，不妨称之为姐妹情谊。

其中具有代表性的应是《蚌》中的姐妹们。倩、兰、雯、贞和秀文，爱情、婚姻上共同的遭遇使这几个女性走在一起，并组成了一个“合股的家”。后来梅丽也有加入这个家的冲动。她们常常在一起相互诉说、相互安慰，这种安慰有时已达到了一种非常密切的程度。

比如，梅丽在家里遇到了烦心事，她来到雯的身边。在相互安慰的时候，作者是这样描写的：“雯把头贴在梅丽的胸上”，“梅丽望着外面水一样的蓝天，把脸贴着雯的脸”[①]，“坐在妆台前的雯回过身来抱着站着的梅丽”[②]；梅丽在与琦有了性关系后，心情不好，秀文来探望她，两人在一起谈了许多，其中这样写道，梅丽的“心再次为烦恼所击，把头轻轻地靠在秀文的肩上”，“秀文轻轻地抚着我的秀发，我感到一种不能言喻的安慰，泪几乎流出来”[③]，“我的泪不能遏止地流出来，扑在她怀中，尽情地抽搐着，几天来的委屈终于有了诉说的机会”[④]。

梅丽因为爱情与生活中的诸多烦恼，最后也产生了加盟那个“合股的家”的想法。虽然文中并没有说明梅丽是否加入，但从她的想法上就可以看出，梅丽和这些女性的关系已经达到了十分密切的程度。而那个“合股的家”正可以看作是姐妹情谊赖以存在的“方舟”和精神乌托邦，它能为女性提供精神上的安慰。

小说《蟹》中的玲玲与小翠也是这样。玲玲是孙家的小姐，正直、聪明、能干；小翠则乐观、上进、善良。“玲玲与小翠的关系却与他人不同，一来是年龄相仿，二来是玲玲没有架子，小翠敢于和她亲近”[⑤]。还有就是因为玲玲也很孤寂，除了年老的祖母，这个奢侈的家在感情上对她是极其吝啬的。另

① 张泉：《梅娘小说散文集》，北京出版社 1997 年版。
② 张泉：《梅娘小说散文集》，北京出版社 1997 年版。
③ 张泉：《梅娘小说散文集》，北京出版社 1997 年版。
④ 张泉：《梅娘小说散文集》，北京出版社 1997 年版。
⑤ 张泉：《梅娘小说散文集》，北京出版社 1997 年版。

外，这两个女孩子从小就要好，长大后相互照顾、关心。她们一起真心地照顾生病的奶奶，一起读书，都有“靠自己吃饭才靠得稳”的心志。两个女孩又都长得美丽，并且能够相互欣赏。玲玲是“翠姐，你这样的好姑娘，谁都会喜欢你，我要是男的，我就娶你”，而小翠则是“玲玲嫁个官少爷，我就去给你做陪房”[①]。两人在相互安慰后，“玲玲把头贴在小翠的胸前，她感觉到小翠的心在跳”[②]。后来，当小翠被大家误认为勾引祥哥的时候，玲玲却坚定地相信绝不会有这事；而当最后小翠被其父卖给日本人中野失踪后，只有玲玲焦急难过到处去寻找小翠。可以说，在那个奢华无情的家里，只有玲玲与小翠两人在精神上可以相互对话，并从对方那里得到慰藉。

再如《小妇人》中的凤凰与李莹。从小学一直到中学毕业，两人都是同桌。李莹因为比凤凰大了几岁，所以从一开始就以母亲的姿态出现在凤凰的生活中，对凤凰爱护有加。而那未出场的李莹的母亲也把凤凰当成自己的女儿一样爱护。作者在文中这样形容二人的关系：这位在情感上包容她的好友，在思想上她们也是最相知的，两人亲密得甚至连秘密的梦境也互相倾诉，少女时代绮丽的幻想把友情渲染得更加美丽[③]。甚至，凤凰敢于与袁良私奔到陌生的关外，“使凤凰觉得是一个最大的依赖的就是她的‘姐’，怎样也不至于困在关外的，‘姐姐’据说是那样有钱而阔绰，只要凤凰有求于她，凤凰想李莹绝不会袖手的”[④]。李莹虽说长得不好看，可是她的容貌在凤凰心里却别有一番味道。“李莹的相貌在凤凰的心里早就丢失了美丑的意义。最初，凤凰觉得李莹如慈母，脸上罩着慈爱的光亮，那光亮一直温暖着她幼小的寂寞的心。后来，在凤凰逐渐成长起来的时候，虽然那慈爱的光辉一点点黯淡，但另一种无比的亲密、连着心的亲密代替了它，那脸是一件最宝贵的东西，在凤凰的心里，永远带着可爱的印象。至于五官怎样反倒模糊了似的。”[⑤] 开始是母女之爱，后来则是朋友之爱，女性朋友之间的爱。可以说，如果没有李莹，

① 张泉：《梅娘小说散文集》，北京出版社 1997 年版。
② 张泉：《梅娘小说散文集》，北京出版社 1997 年版。
③ 张泉：《梅娘小说散文集》，北京出版社 1997 年版。
④ 张泉：《梅娘小说散文集》，北京出版社 1997 年版。
⑤ 张泉：《梅娘小说散文集》，北京出版社 1997 年版。

凤凰的结局恐怕没那么幸运吧。这是一种没有沾染任何功利色彩纯粹的姐妹情谊。而这种爱，在作者笔下的异性之间是不可能产生的。

《春到人间》中的申若凤挽救了王玫病危的母亲，而后王玫的母亲又把王玫托付给申若凤。于是申若凤把王玫带进了一种完全不同的生活。虽然申若凤给王玫带来的生活并不愉快，但在那样的环境下，她能给的只有那样的生活。因为申若凤也一样是不得不靠那种手段获得生活的资本。然而，她并不情愿。她也“常和玫一样地躺在妈妈怀里流泪”[①]，是生活让她不得不这样的。像那个时代很多女性一样，无论多美丽、多有才华，现实对她们都太过残酷。由于这是一个短篇小说，所以情节没有展开太多，读者也无法看到更多的故事。然而，一对相濡以沫、相互帮助的女性同盟却已然成功建立起来。

《夜合花开》中的李黛琳与王梅兰也是一对相互帮助的女孩。李黛琳长得美丽而家境不佳，王梅兰长相一般却生在富康之家。两人的性格也相差很远。前者吃苦耐劳但常常显得固执而且十分独立，有主见；后者则是一个善良温柔的女孩。因为同学的关系她们经常在一起生活学习。王梅兰虽然时常想接济李黛琳，但黛琳却不愿意她们纯洁的友谊（后来是她与王爱群的爱情关系）沾染上一丁点金钱的味道，并且把她们的关系融入了双方的家庭。王梅兰从李黛琳的母亲那里得到了母爱，李黛琳又从王梅兰的哥哥王爱群身上获得了友谊与爱情。

在这些作品里可以清楚地看到，女性往往是在向男性世界寻求保护受挫之后，才把目光转向同性的。《蚌》中的女性是因为与男性世界相关的爱情或婚姻的失败；凤凰是婚姻与生活的失败；玲玲与小翠在家族男权掌控下无法主宰自己的生活；而申若凤与王玫更是可怜得连基本生活都无法得到保障。只有李黛琳与王梅兰是纯洁的相互欣赏。毫无疑问，她们都是弱者。在以男性为首的强者面前，她们的命运似乎只有失败一途。这种无法逃离的共同的失败把她们推向了同一条生命之船。所以她们结盟，她们互相安慰对方，共同面对生活与命运，共同迎接生活的挑战：“一个人——我只自己，我要同

① 张泉：《梅娘小说散文集》，北京出版社 1997 年版。

情，要安慰，要鼓励，我不是白痴，不是傻子，有机会，我会做出点什么来的，至少我要使我身边的女人们明白，只有女人才能同情、理解女人，只有女人联合起来才能自救。"[①] 梅娘的小说让读者感受到，其创作就像当代的林白、陈染们一样，"她们细腻地刻画了女性之间的爱情与友谊，表现了女人之间那种难以割舍的情愫，女人在同性之爱中，心灵得到抚慰，愤怒得以平息，生活趋于平和，美好的同性之爱是女人寻回自身的宁静港湾"[②]。对于女同性恋的意义，西方激进女性主义者有一句口号："女性主义是理论，女同性恋是实践。"她们的结论是，只有成为同性恋，妇女才可能是真正的女性主义者。法国女权主义理论家露丝·伊瑞格瑞则认为，它是结束父权文化的象征秩序的手段。她认为，在父权文化中，女性被当作物、当作男人之间可以交换的商品，无论是在语言领域还是在社会生活中，女性只能是物与客体，而同性恋则是一种颠覆这种社会文化秩序的方式。

正是这样，笔者认为梅娘小说的批判是有力的。

五四新文学运动将一大批女性作家推上文坛，以冰心、庐隐为代表的女性作家以她们的创作积极倡导女性解放。这一时期她们的解放内涵以获得自由的爱情和自主的婚姻为主。她们要改变的是女性无爱的人生，她们追求的是平等的异性之爱。可是当她们历经艰难获得了异性爱以后，她们又发现自己的人生并不幸福。离开了父权的压迫，她们又陷入了夫权的牢笼。如果说五四时期主要是"父亲与子女的矛盾"的话，那么此时，则不仅有"父亲与子女的矛盾"，也有"子与女的矛盾"。哥哥已经不再是拯救妹妹的天神，而姐妹情谊——女人们之间的相互帮助、爱护——只有这样，才能得到真正的幸福。因此，这也意味着对男权的抗争、对父权制文化的颠覆。

然而这种姐妹情谊十分脆弱，最终是要解体的。在异性爱占统治地位的社会秩序下，同性爱不过是女人短暂的避难所，她们"身在曹营心在汉"，虽然与女伴们在一起，可她们嘴里讨论的心里关心的无一不与男性有关，她们的目光也时刻离不开男性，一旦有了心仪的男性，她们又会毫不犹豫在走上

---

① 江啸声：《学生阅读经典·梅娘》，文汇出版社 2002 年版。

② 禹建湘：《徘徊在边缘的女性主义叙事》，九州出版社 2004 年版。

前去，飞蛾扑火，至死方休。所以这种女性联盟实在是极无奈之情形下出现的，是不牢固的，也是可悲的。

（四）女性的出路

“女性的出路在何方”是五四时期女作家在现实与文本世界都不得不面对的问题，对这一问题的回答也是多样的。走出家庭，追求自由的爱情、自主的婚姻，追求经济之独立，甚而女性从军、妇女参政这样的话题也得到讨论。但这一时期的作品，都带有强烈的情绪色彩，对女性解放的许多问题还缺乏冷静深入的思考。

20世纪三四十年代，由于社会环境的变化，阶级斗争与民族斗争成为时代的主旋律，也成了女性文学的重要乐章，对女性出路的思考也与整个时代联系起来，因为真正的个性解放离不开社会制度的变革与整个阶级和民族的解放。然而，阶级解放与民族解放却并不能取代性别解放，并且在20世纪三四十年代的中国，事实上，性别压迫与性别歧视比五四时期更为严重。少数女作家如萧红、张爱玲以及苏青，她们沿着五四女作家们开辟的道路继续前行，继续思考着女性的出路。较之于五四时期，此期的女作家对女性解放问题的认识有所深入。她们从女性立场出发，对封建男权意识进行批判，对女性自身也进行了深入的审视与剖析。

20世纪五六十年代是20世纪中国女性文学发展进程中的一个特殊阶段。这一时期的女性创作明显缺乏性别色彩，因此对女性出路问题的探讨也形成一个断层。新时期以来的女作家较之前的作家们更清醒地认识到，社会政治经济制度的变革，是中国妇女解放的必要条件，但社会意识的变革和女性本身的精神独立是同样不可缺少的。所以新时期女性创作由五四时代关注以婚恋问题为核心的人身自由、个性独立，到更为注重女性社会价值的实现，从较多由外部寻求妇女解放到自觉思索女性自身。

总观梅娘的小说创作，反复出现的是受过良好教育的现代女性，虽然因为自由恋爱一度拥有过幸福，可结果，这种爱情无一例外，如同昙花一现，瞬间的幸福却带来永久的疼痛——这一点与五四女作家们如出一辙。那么女性的出路到底在何方？梅娘也进行了多方面的探索。

1. 私奔/逃离

对20世纪中国女性文学而言，逃离这一情节并不陌生。

禹建湘在《徘徊在边缘的女性主义叙事》里总结：在五四时期，逃离主题几乎为所有女性作家涉猎过，这是对传统女性身份的一次打碎与撕破，“逃离”成为女性争取解放的一个重要文化母题①。

为什么这样说？他解释：

> 在古代宗族、宗法、夫权、神权的限定中，女性在主观上不具备完整的自我解放意识，客观上也不具备出逃的条件，偶尔的反抗，也是在闺房中想象一下爱情的自主或寄寓一下失意后的哀怨。但五四运动的暴风骤雨，女性将解放的想象变成了具体的行动，逃婚、私奔、进城、同居，躲开家长耳目，去争取婚姻自主和幸福，世纪初的女性文本中呈现出一派胜利大逃亡的景象：萧红的《生死场》、《呼兰河传》，庐隐的《海滨故人》、《归雁》，冯沅君的《旅行》、《隔绝》，丁玲的《梦珂》、《莎菲女士的日记》，白薇的《悲剧生涯》……表现了女性从死亡之路走向自我救赎的过程②。

虽然与世纪初已有不同，可是梅娘笔下的女人的命运似乎并没多大改变。她们大都敏感、忧郁，渴望自由也向往绚丽的情爱。不得已时她们可以决然背弃以父亲为代表的大家庭，与心爱的人一起出逃，到另一个地方建立她们的爱巢。因此，私奔几成梅娘文本中的一个习惯性场景。《蚌》中的梅丽、《鱼》中的芬、《小妇人》中的凤凰等，最后不约而同地选择了私奔。也许这是她们摆脱困境寻求幸福最简单最无奈的方式。这一方面是因为其时青年一代生存的艰难，另一方面也许是私奔情节的刺激性，成了作家有意识地采用的一种文本策略。私奔这一解决爱情问题的方式古已有之，但往往是作家结束故事的方式，而梅娘的小说往往以私奔开始，这是其小说的独特性。不幸的是，小说中的女人们的命运悲剧也从此拉开了序幕。所以，与其说私奔是

① 禹建湘：《徘徊在边缘的女性主义叙事》，九州出版社2004年版。
② 禹建湘：《徘徊在边缘的女性主义叙事》，九州出版社2004年版。

出路不如说它是末路。

值得注意的是，这种解放模式与五四时代亦无甚差别：女性的解放依赖于男性，“妹妹”解放的成功与否往往也由“哥哥”决定。一旦“哥哥”的情感发生转移，“妹妹”的悲剧也开始了。“梅丽”们的路仍是“子君”们的路。

2. 寄希望于其他男性或第二代男性

在此男人身上受到欺骗后，她们又寄希望于另一男性，妄图在其他男性身上获得拯救。比如《鱼》中的芬在对林省民绝望后就把希望转移到了琳，《小妇人》里的凤凰被袁良抛弃后一度曾想在年幼的勤身上找到爱情，《夜合花开》里的黛黛与丈夫的爱情冷淡后也想从童年的伙伴韩青云身上获得一份新的爱情。尤其是《小广告里面的故事》里的女主人公，在见到应征者祥以后，就孤注一掷地要把自己的心交付与他。因为在她眼里，他正直、热情、纯情，他是女性心目中理想的化身。但那不过是女性借以安慰的虚幻而已。因为他就是梅丽的哥哥，也是玲玲的堂兄（他们共用一个名字）。整个世界如此残酷，女性只有虚构一个爱自己、自己也爱的完美男人，以此抚慰那伤痕累累的心。

她们还常寄希望于第二代男性。如《鱼》中的芬在与林省民以及琳的爱情绝望后，就把希望寄予儿子小民。“我要教育起我的儿子来，我教他成一个明白人，这社会多一个明白人，女人就少吃一份苦”。又如《动手术之前》：“我要教育我的孩子，至少，在第二代的男儿中我要使他们有对女人的真正理解与同情。”《蚌》中梅丽在想及下一代时，也有这样的想法：孩子一定不会跟现在的人一样。他会明白妈妈、理解妈妈的，和妈妈一样遭遇的女人若都这样教育了她的孩子，未来的世界一定会成为合理的[①]。又如《雨夜》中的李玲就认为她的儿子如同救世主：“妈妈的心里充满了不能说出的满足和骄傲。揽着她的小儿子，她像怀抱了整个世界，整个的世界在她脚下逐渐变小，身侧只有她的儿子。她像一个伟大的艺术家看着她无疵的杰作，对眼前无知的人群发出了轻蔑的微笑，她直感到她的儿子可以凌越过一切人群，做未来人群的救世主，虽然他现在小得还不能直立自己的小身体。”[②] 然而，那襁褓中

① 张泉：《梅娘小说散文集》，北京出版社 1997 年版。

② 张泉：《梅娘小说散文集》，北京出版社 1997 年版。

的孩子又怎能有这样大的能量呢？谁又敢保证他们长大后不会与他们的父辈一样呢？所以这样的希望其实也是渺茫的。值得注意的是这一方法却是五四女作家所没有的。

3. 报复

这一问题前面已经分析，这里不再重复。这种两败俱伤的方法可以泄一时之愤，却无法从根本上解决女性出路问题。

4. 最理想的出路：经济与精神的双重独立

以上几种方法其实是没有什么实质性作用的，因此作家依旧不断地探寻。《小妇人》中除了女主角凤凰，另外两个女性形象，其实也意味深长。

一个是正面形象：凤凰的结拜姐姐李莹。李莹长相一般，在凤凰的眼里，她的人格魅力来自她的性格。“她天生慈蔼的性情给她的脸增加了可亲的光彩，她仿佛男性一样宽阔的额上，显露着正直，宽眉下的双眼里，流动着温柔的母性的光辉。她缺少女性的魅力，却有着女性的崇高的美——那美，不是用来赞颂而是应该来膜拜的一种纯情的光辉。”[①] 李莹的身上似乎缺少了女儿性，但她糅合了母性的慈悲与男性的大气，所以她选择的人生道路跟凤凰完全不同。她嫁给了一位富商做填房。她很幸运，那位百货店的经理对她十分忠诚，对她的家人也很关心。没有了经济上的压力，李莹过上了相对独立的生活。在稳定的婚姻生活中，她也在慢慢成长，她帮助丈夫写信，替他处理公司的秘密文件，成了丈夫的得力助手。

另一个女性形象，是袁良的出轨对象，校长张长庚的妻子婉莹。她嫁给张校长后，经济上很富足，可是感情上却一直郁郁寡欢，直至遇到袁良。她不顾一切地抓住了他。热恋之后，当她明白袁良不可能离开凤凰后，在爱情上重新获得生命力的她，开始尽量向袁良的生活方式靠拢。她让袁良担任教务长，同时代理校长。“在和袁良交往之后，生活的苦涩从贫困的袁良身上传到她心里。她开始觉得在生活的享乐之外还总该活得有点意义。她利用了她多余的钱，为了他的爱人，为了她身边接近的为钱所困窘的人，买来了快乐的生活。”[②] 为了

---

① 张泉：《梅娘小说散文集》，北京出版社 1997 年版。

② 张泉：《梅娘小说散文集》，北京出版社 1997 年版。

更有意义的生活，两人把学校办得越来越好。婉莹在工作中逐渐找到自身价值，她对学生们无微不至，对同事们特别关心，工作能力日益提高。她的快速成长令袁良惊叹，以至于更加不愿意离开。当袁良最终决定要回到凤凰身边去的时候，婉莹选择了放手。她让自己怀上袁良的孩子，并且让袁良给孩子取好名字，然后决然放手。在婉莹的身上，因为爱情，她确认了自己的性魅力，完成了性心理的成长；也因为爱情，她走出了幽闭的闺阁，走向了广阔的社会，并进一步完成了个体的社会化，找到了个体存在的多元价值。

对比凤凰，凤凰在爱情上很成功，但在婚姻中，她失败了。她的问题即在于没能走出传统女性生活的模式，从女儿成了妻子之后，没有了社会性的成长，所以在婚姻中会一败涂地。当丈夫出轨后，她更是失去了自信，并一度否定了自己生命的价值。在她心里，她的生命价值是袁良赋予的，被爱着，她有价值；不被爱，她就失去了存在意义。所以不难理解，在爱情失意的日子里，她差点要爱上勤。勤那么小，她自己也并未离婚。她之爱勤，不过是要在另一段爱情中重新确认自己的存在价值。幸好她还没有完全失去理智，否则又将变成《鱼》里的芬了。

《夜合花开》中，李黛琳在目睹了姐姐李黛黛由一个踌躇满志的少女陷入婚姻的泥淖并开始沉迷于奢华的物质生活而意志消沉后，清醒地为自己的生活选择好了方向，那就是无论多么艰苦，也必须用自己的双手去换来生活资料，决不无缘无故地用姐姐、姐夫的钱，也决不无缘无故地接受他人的帮助，哪怕是自己的爱人——这是她精神独立的表现。她的这种生活姿态，假如社会给予一定空间的话，应该是可以做到的。如此，她也许就可以从经济上独立起来——用弗吉尼亚·伍尔芙在《一间自己的屋子》里的观点，那么黛琳是可以从对男人的依赖的传统女子生活中断然撤离了！她就从经济与精神上都获得了独立，所以她后来的选择也就顺理成章。她希望自己“为主义为理想而献身”，到“青年的血和热的集合所，实现青年的梦的园地”去！这个地方也许就是其时的解放区。可惜小说很快中止了，但小说的发展已表达出梅娘认为女人应经济独立、精神独立才能最终获得解放的思想走向。

第二节　梅娘小说的精神分析阐释

受时代风气与人生经历的影响，梅娘的小说中存在比较鲜明的精神分析特色，其作品关注青年女性的性心理和性压抑，书写青年女性的同性情结。在艺术上，其鲜明的心理分析技巧与象征手法的熟练运用，都显示出梅娘小说浓郁的精神分析色彩。

一、梅娘与精神分析学说

西格蒙德·弗洛伊德是奥地利精神病医师、心理学家、精神分析学派创始人，1873 年进入维也纳大学医学院学习，1876 年入鲁克教授的生理学研究室做研究生，1881 年获医学博士学位。1882—1885 年，他在维也纳综合医院担任医师，从事脑解剖和病理学研究。1895 年，弗洛伊德和布洛伊尔共同出版《歇斯底里研究》，提出了精神分析学说的理论基础。1896 年，他正式提出精神分析一词。在对自身经验进行研究的基础上，1899 年他出版的《梦的解析》，标志着精神分析心理学的正式形成。弗洛伊德开创了潜意识研究的新领域，促进了动力心理学、人格心理学和变态心理学的发展，也奠定了现代医学模式的新基础，为 20 世纪西方人文学科提供了重要理论支柱。其精神分析学提出的潜意识、自我、本我、超我、俄狄浦斯情结、力比多等概念，为人类研究自身的精神世界开辟了全新的领域。其代表著作有《梦的解析》《精神分析引论》《图腾与禁忌》等。他被誉为“精神分析之父”，是 20 世纪最伟大的心理学家之一。

20 世纪早期，随着西方学说的大量引进，弗洛伊德及其精神分析学说也迅速传入我国。钱智修是中国第一位把精神分析学说引入的编译家。1914 年，时任商务印书馆编译所编辑的钱智修在《东方杂志》上发表《梦之研究》[①]。

① 钱智修：《梦的解析》，《东方杂志》第 4 卷 11 号，1914 年 5 月。

该文对弗洛伊德及其梦的解析理论进行了介绍。此后精神分析学开始在中国广泛传播。其影响之大，可能只有后来的马克思主义可以相比。而 1907 年，王国维在其翻译的海甫定的《心理学概论》[①] 一书中，已经提及了意识和无意识等概念。中国学人对精神分析学更具体的介绍是从 20 世纪 20 年代开始的。张东荪 1922 年在《民铎》上发表《论精神分析》[②]，该文详细介绍了精神分析的主要观点，但回避并批判了性欲等问题。1923 年，吴颂皋发表在《东方杂志》上发表的《精神分析的起源与派别》[③] 对弗洛伊德性欲理论的介绍更为全面和客观。该文认为弗洛伊德的性欲，其实是广义的，包含着一切的爱。同年发表的汤澄波的《析心学论略》[④] 最为接近弗洛伊德学说。作者在文中肯定了无意识理论的重要意义。总的来说，中国学者对精神分析学说的介绍，比较重视无意识理论和性欲理论。前者得到了肯定，后者则受到了更多的批判与否定。20 世纪 20 年代，精神分析学在中国的全面译介，对包括鲁迅、郭沫若、郁达夫在内的作家的创作产生了明显的影响。

对梅娘其人其作的研究，自 20 世纪 90 年代以来，已经积累了比较丰富的成果。就目前的成果来看，主要集中于女性意识与女性形象的研究，对其作品中蕴含的精神分析特色的关注几乎仍是空白。张浩在《书写与重塑——20 世纪中国女性文学的精神分析阐释》中写道：“以张爱玲、苏青、梅娘、杨绛、施济美等为代表的第三代女性作家，在精神分析的影响下，致力于女性情感的解放、思想的推进和精神的探寻，与积淀在民族文化心理深处的传统相遇，于是女性精神分析从民族危机的时代前沿到乡土中国背景深处，开始了更深层次的文化批判。”[⑤] 张浩认为，梅娘是受到精神分析影响的，而且这种影响已经渗透到了她的创作中。但是张浩没有从精神分析角度专门对梅娘的小说加以研究。那么，梅娘到底有没有可能受到精神分析学说的影响呢？答案是肯定的。

---

① [丹麦] 海甫定撰，王国维译：《心理学概论》，商务印书馆 1907 年版。

② 张东荪：《论精神分析》，《民铎》第 2 卷 5 号，1922 年 12 月。

③ 吴颂皋：《精神分析的起源与派别》，《东方杂志》第 20 卷 11 号，1923 年 6 月。

④ 汤澄波：《析心学论略》，《东方杂志》第 20 卷 6 号，1923 年 7 月。

⑤ 张浩：《书写与重塑——20 世纪中国女性文学的精神分析阐释》，北京语言大学出版社 2006 年版。

（一）时代的影响

和大多数同时代的作家一样，梅娘之所以会受到精神分析的影响，首先源于她所生活的时代。精神分析学说进入中国，始于五四，并很快渗透于各种文化学说和人们的思想观念中。“高觉敷、朱光潜等学者对弗洛伊德及其精神分析观点进行了系统的介绍，在国内产生了较大影响，引起了中国思想文化界的注意。”① 梅娘出生于1920年，从20世纪20年代末期到20世纪30年代，正是她接受现代化教育的阶段，而且她出生成长于长春这样的国际化程度较高的都市，这些都为梅娘与精神分析学说的碰撞创造了有利条件。特别是她留学日本的经历，为她接受精神分析学说带来了直接的影响。1937年，梅娘东渡日本，就读于神户女子大学。但“女大是专门培养贵妇人的学校，主要课程是美化生活的各种素养，追求的是怎样陶冶情操，构筑家庭。这些课业无需花费我很多的时间，我已经为自己觅到了一个崭新的起点：那就是到神田区的中国书店去看书。我做梦都未曾梦到过：在东京，这日本帝国的心脏，这侵华战争的决策源，会有中国抗日后方的书籍出售。那是一些什么样的书啊！邹韬奋的自叙、何其芳的《画梦录》、朱光潜的《论美学》《给青年的十二封信》、郭沫若的《屈原》《孔雀胆》等等”②。这段回忆表明，20世纪30年代末期，梅娘在日本读过朱光潜的《论美学》和《给青年的十二封信》。精神分析学说在中国的传播，到了20世纪30年代，已经进入全面而系统的学术研究阶段，其中朱光潜在本阶段发挥了重要作用。早在1930年4月，朱光潜就已在开明书店出版了《变态心理学派别》，该书完整地介绍了弗洛伊德的理论体系。《给青年的十二封信》一书，朱光潜写于留学英国期间，曾以“给一个中学生的十二封信”为题，分期发表在1926年11月至1928年3月的杂志《一般》上，1929年3月由开明书店出版。在书中的第九封信《论情与理》中，朱光潜说：“心理学上第二个反理智的倾向是弗洛伊德的隐意识心理学。”③ 随后，他在本文中介绍了弗洛伊德的意识和隐意识理论。但

① 车文博：《性学三论与论潜意识》，《弗洛伊德文集》，长春出版社2004年版。
② 江啸声：《学生阅读经典·梅娘》，文汇出版社2002年版。
③ 朱光潜：《朱光潜全集（第1卷）》，安徽教育出版社1987年版。

是，梅娘提到的《论美学》，应该是《谈美》，因为朱光潜在 20 世纪 30 年代包括以后都未曾出版过《论美学》。《谈美》写成于 1932 年，“接着我就写出了《文艺心理学》和它的缩写本《谈美》”[①]。《谈美》是继《给青年的十二封信》之后的“第十三封信”，1932 年 11 月仍由开明书店出版。梅娘在日本所读，应该就是这本书。该书的第四节——《希腊女神的雕像和血色鲜丽的英国姑娘——美感和快感》——介绍了弗洛伊德心理学在文艺上的应用，又重点介绍了由压抑的性本能而形成的“俄狄浦斯情意综”和“厄勒克特拉情意综”，并指出弗氏文艺观的问题在于“把快感和美感混淆，把艺术的需要和实际人生的需要混淆……弗洛伊德学派的错处不在主张文艺常是满足性欲的工具，而是把这种满足认为美感”[②]。梅娘既然读过《给青年的十二封信》和《谈美》，就必然读过其中所介绍的相关弗洛伊德理论——可以肯定，梅娘是接触过弗洛伊德的精神分析学说的。而在文学创作上，梅娘同样也受到过精神分析的影响。

梅娘在其回忆录《我的青少年时期》里提到，在日本留学期间，“我为自己制定了一个计划，首先把鲁迅先生的书读透”[③]。舒敏在《梅娘啊，梅娘》一文中也提到，“她酷爱鲁迅的文章，如饥似渴地读着鲁迅的全部著作。她觉得鲁迅的文章教给她观察人生、思索文学的使命，她的思想日益充实、成熟”[④]。梅娘阅读了鲁迅的全部著作，当然也包括鲁迅运用精神分析理论创作的小说《不周山》和《肥皂》。众所周知，鲁迅在日本学医期间就接触了弗洛伊德的精神分析学说，从中借鉴了弗氏的心理分析理论以及与其相近的心理学理论，并运用这一理论进行了相关的文学批评与文学创作。1922 年，鲁迅创作了小说《不周山》（后改为《补天》）。关于这篇作品，鲁迅先生说，“首先，是很认真的，虽然也不过取了弗罗特说，来解释创造——人和文学——的缘起。其原意是在描写性的发动和创造的”[⑤]。而在《肥皂》中，

---

① 朱光潜：《朱光潜全集（第 1 卷）》，安徽教育出版社 1987 年版。
② 朱光潜：《朱光潜全集（第 1 卷）》，安徽教育出版社 1987 年版。
③ 江啸声：《学生阅读经典 · 梅娘》，文汇出版社 2002 年版。
④ 舒敏：《梅娘啊，梅娘》，《又见梅娘》，人民文学出版社 2002 年版。
⑤ 鲁迅：《故事新编序言》，《鲁迅全集（第 2 卷）》，人民文学出版社 1981 年版。

“他用精神分析学说刻画假道学四铭的形象，写出他潜意识中的流氓根性”[①]。那么，梅娘受到这些小说的影响也是可以肯定的。

综上，笔者认为梅娘在理论与创作的双重层面都接触过精神分析学说，尽管其所有文字里均未曾提及“弗洛伊德”或“精神分析”等字样。

（二）早年的情感体验

梅娘的父亲是中华民国长春镇守使的女婿，他的事业蒸蒸日上，可是他与镇守使的女儿的感情却很不和谐。他与梅娘的生母相恋后同居并生下了梅娘，之后回到长春孙家大宅。在这里，镇守使的女儿逼死了梅娘的生母成了梅娘的娘。但是这个母亲从未给予梅娘慈母之爱，她把对梅娘生母的恨加诸幼小的梅娘。失去生母的苦痛与养母的冷漠、残酷使弱小的梅娘变得孤独、内向、敏感。“梅娘在充分享受着父爱的时候，她的心里存着一个大大的问号，为什么母亲对她总是冷冷的，从没给过她一丝笑容。为什么娘会在她犯错误时，用蛇皮拧成的细细的鞭子狠狠地抽她。幼小的梅娘还不知道这不是她的亲妈，她的生母已然死去。”[②]

精神分析学认为，儿童时期是一个人一生中最重要的时期。在出生后的5年里发生的事情，几乎是具有决定性的。成年以后，我们会一直葆有最初5年的生活经验，只不过我们没有根本地认识它罢了。按照弗洛伊德的理论，一个人一生中较迟发生的事，不论它们看来多么重大，都不能抹杀那些早期的影响力量。“家庭的破裂，早期情感性剥夺，社会的歧视，被父母抛弃等遭遇造成儿童心理上的伤害，使儿童在社会化过程中发生多种困难。目前不少研究即把这种社会因素看作是精神病态及其他行为异常的主要原因。”[③] 幸运的是，梅娘的父亲十分爱她，“父亲豪迈、坚韧、豁达的性格，在她心里留下了深刻的印象，对她的性格的形成和一生都起到了重要的影响”[④]。也许正是这位父亲才使得梅娘的性格没有朝着极端的一面发展。对梅娘而言，由于童年经验所产生的对家庭的恐惧和挣脱家的束缚、发泄被压抑的欲望，成为她

① 张浩：《书写与重塑——20世纪中国女性文学的精神分析阐释》，北京语言大学出版社2006年版。
② 舒敏：《梅娘啊，梅娘》，《又见梅娘》，人民文学出版社2002年版。
③ 张浩：《书写与重塑——20世纪中国女性文学的精神分析阐释》，北京语言大学出版社2006年版。
④ 舒敏：《梅娘啊，梅娘》，《又见梅娘》，人民文学出版社2002年版。

日后创作中潜在的根源。因此，梅娘作品中的很多故事表面上讲述的是他人的故事，却能从中看到记忆深处“家”带给她的阴影。这样的情感经历使得梅娘更容易在创作中认同精神分析学说。

（三）西方现代文学的熏陶

自4岁开始，梅娘就在家中学习英文。在吉林省女中就读期间，她开始大量阅读西方文学作品。“梅娘四岁开始在家念书。自幼受到不同于一般的教育，既古又洋。她有三个家庭教师：前清的拔贡秀才，教她读经写字；沙俄老太太，教她英语；新式教员，教她数学。她十岁时毫不费劲地考入吉林市的省立女中。上中学后，她受到五四新文学的启蒙，闻一多的诗、落华生的散文、冰心的《寄小读者》她爱不释手，还有易卜生、雪莱、罗曼·罗兰……这些西方的文学大师，更让她眼界大开。”① “在本世纪的思想家中，对西方精神世界冲击最大的，要算弗洛伊德了。第一次世界大战以后，他的学说猛烈地冲击了哲学、文学、艺术、宗教、社会风尚、道德伦理，激起一阵又一阵死水波澜。”② 尤其是西方现代文学史上的超现实主义文学、意识流文学，受到弗洛伊德主义的影响十分突出。梅娘大量阅读了西方文学大师的作品，受到潜移默化的影响也是顺理成章。

二、梅娘小说的精神分析特色

（一）对女性性心理与性压抑的书写

梅娘小说的精神分析特色首先表现在对女性性心理与性压抑的关注。性欲理论是精神分析学说的重要组成部分。弗洛伊德认为，性欲是决定人类思想、感情与行动的唯一最具威力的力量，是决定个人命运乃至决定社会发展的永恒力量。精神分析学说强调性欲是人类最重要的本能之一，并肯定性本能追求满足的合理性，进而对社会道德规范对性的过分限制所造成的个人痛苦和社会不安加以批判。

---

① 舒敏：《梅娘啊，梅娘》，《又见梅娘》，人民文学出版社2002年版。

② 胡经之：《西方文艺理论名著教程》，北京大学出版社1989年版。

中国现代意义上的女性文学诞生于五四时期。其时，大量的女性作家写下了很多婚恋题材小说。但是，这些女作家大都回避性。在爱情的灵肉双重性上，显示出鲜明的重精神轻肉欲的倾向。即使是被普遍认为在表现男女性爱方面颇为大胆的冯沅君笔下，恋爱中的男女主人公除了拥抱与亲吻，也再无更亲密的举动。经过丁玲《莎菲女士的日记》的大胆突破，到了20世纪40年代，无论是张爱玲还是梅娘，她们的小说均显示出对女性性心理和性压抑的深切关注，其表现也更为大胆。

梅娘的小说《蚌》堪为代表。小说十分清楚地写出了女主人公梅丽对爱情，不仅仅是精神层面的，也包括肉体层面的渴望与追求。当她与男友发生了性关系后，虽然传统的贞操观使她矛盾、痛苦，最后还是压抑的性欲取得了胜利。她在日记中写道："不，也不该怨自己，那是本性之一，谁都需要的，那是想拒绝而不得的事。"她的看法与精神分析理论完全一致。除了梅丽，她的女性朋友们也大体如此。雯、兰、秀文，这是一群"患着青春症"的女人。"雯姐二十六岁了，自然比我还迫切地需要异性的爱抚"，"兰从清早就跑出去，不知做什么，也许已经找到爱人了"。这些年轻的女子对爱情充满了渴望与追求，可是这种天然而正常的情感却遭到严重的压抑，于是她们都患上了"青春症"。这正是精神分析学说所相信的，性欲一旦受到压抑，人的精神就会出现病态。

对青年女性的性渴望与性压抑加以突出表现的还有小说《鱼》。主人公芬学生时代暗恋国文教师，在发现国文教师爱上别的女生以后，她的自尊心备受打击。毕业后，情感失落的她轻易地爱上了外表漂亮的林省民并很快与之同居。没想到，林省民其实早有家室。她只好做了他的情妇。在林省民的欺骗、冷落中痛苦挣扎的芬，又爱上了林省民怯懦的表弟。而导致芬一次一次失去理智的，就是性。

最初她会爱上国文教师，就是因为她正处于青春期。"那时候班上的同学，大多比我大，正是需要爱情灌溉的年龄。但在女学校，那种拘束你也许是知道的吧，住校的学生除了星期和例假是不准出去的，即或出去也不过是买点东西看回电影。隔绝了一切和外面交接的机会，那样蓬勃地生长着的活泼的姑娘们，那样尼姑似的生活是怎样捆压了丰富的还没经过折磨的纯洁的感情呀!” 19 岁的芬，正是需要爱情的年龄，在那个极度缺乏异性的环境里，必然把她的情感投射到仅有的男教师身上。男女比例的严重失调，使芬的单相思必然走向失败。而对爱的不可遏止的渴求，致使芬轻易地爱上了林省民。只经过两次相见，“我的单纯的心里印上那颀高的温柔的影子，我觉得我喜欢他甚于那位国文先生了”。当她收到林的信件时，“我高兴得雀跃起来，我在我的小屋子里走着，跳着……我虚拟了许多两人在一起玩乐的甜蜜的情景，我抱吻着我的枕头，床柱，还有我床旁的小小座灯”。芬对爱的获得有多欢喜，说明她爱的压抑有多深。她很快坠入爱河。写情书，赴情人的约会，她急急地把自己的爱奉献了。然后，她的悲剧开始了。她失了身，不得不与林省民同居。可是，林省民很快就背叛了她，并时常加诸家庭暴力。后来，琳出现了。对于正处于人生低谷的芬而言，琳无异于是个大救星。尽管琳对芬是同情多于爱情，但芬还是抓住了这根救命的稻草。温柔善良的琳，重新唤醒了芬对于爱的渴望。“琳，就只那一吻，我已经感激你了。那样温存地，它说给我一切爱情的甜蜜，它启示了我人与人之间的温暖的关系，你记得在你的双唇下我是为感激支使得怎样颤动么?” 当琳想要退出时，芬万般不舍，“我明白你，我知道我自己，但我不能放你走出去……我要那温煦的慰藉，我要一个存放我的丰盛的感情的地方。我知道我要的不是你，但我，琳，我身边只有你接近了我，我，琳，你原谅我吗，你生我气吗？你……” 芬对爱的渴望是人的本性与本能，可是隔绝的校园、封建的家庭，都使芬的渴望得不到满足。因为爱，芬对国文教师产生了单相思；为了爱，她轻易地投入林省民的怀抱；还是为了爱，她又紧紧地抓住了怯懦的琳。作者借芬的悲剧命运，既表达了自己对女性性压抑的同情、无奈，也对压抑隔绝女性的社会环境进行了温和的批评。

（二）女性同性情结书写

梅娘小说的精神分析特色还体现在同性情结的书写上。“弗洛伊德认为，女性有三种关键的人格特质：被动性、受虐性和自恋性，它们可以说是与生俱来的又是后天社会角色分配的结果，不同程度地存在于女性潜意识中，对外在行为构成极大的影响。”[①] 弗洛伊德又把性倒错者分为三种类型，完全性

① 张浩：《书写与重塑——20 世纪中国女性文学的精神分析阐释》，北京语言大学出版社 2006 年版。

倒错者、两栖性倒错者和偶然性倒错者。对于偶然性倒错者，他们“在特定的外在条件下，诸如得不到正常的性对象，或者主要是模仿，于是他们便以同性为性对象并在与他们的性交中得到满足”[①]。在弗氏看来，一般情况下，在性爱关系中，女性往往扮演被动一方，男性则为主动一方。而在特定环境下，当女性无法建立异性恋爱关系的时候，其自恋倾向往往占据上风，她们不得不把爱投向那些像自己的投影或映像的女友。20 世纪初，多数第一批冲出家庭牢笼的女性只是走到女子学校中，并没有立即走到一个男女可以完全自然交往的社会里。由于异性交往的相对缺乏和同性交往的相对自由，再加上对女性事业与婚姻难以两全处境的恐惧，有一部分女性的青春冲动就可能指向同性伙伴[②]。中国现代女性文学史上也有不少这样的作品。庐隐的小说《丽石的日记》、石评梅的散文《玉薇》、凌叔华的小说《说有这么一回事》都细腻地表现了女性之间的同性恋情。

梅娘的《蚌》写了五位女友的同性恋。不过，她们之间并不存在真正的性关系。莉莲·费德曼认为：“‘女同性恋’描述了一种关系，这是两个女人之间保持强烈感情和爱恋关系，其中可能或多或少有性关系，亦或根本没有性关系。共同的爱好使两位妇女花大部分时间在一起，并且分享生活中的大部分内容。”[③]《蚌》里有五个女性：倩、兰、雯、贞和秀文。她们因为爱情婚姻上共同的悲剧遭遇而走到一起，并组成了一个“合股的家”。当梅丽的恋爱遭遇阻碍与误解后，也产生了加盟这女性之家的冲动。这个家只有女性，她们平等相处，没有压制与被压制。这些家庭成员经常相互倾诉相互安慰。有时，这种安慰达到了非常亲密的程度。梅丽心烦时会去找雯。“雯把头贴在梅丽的胸上”，“梅丽望着外面水一样的蓝天，把脸贴着雯的脸”，“坐在妆台前的雯回过身来抱着站着的梅丽”——梅丽和雯的亲密行为已经达到了那个年代一般男女恋人之间所能达到的程度。当梅丽与男友发生性关系后，心烦意乱中，秀文来了，两人在一起谈了很久，梅丽“把头轻轻地靠在秀文的肩

① 车文博：《性学三论与论潜意识》，《弗洛伊德文集》，长春出版社 2004 年版。

② 乔以钢、林丹娅：《女性文学教程》，河北教育出版社 2007 年版。

③ 张泉：《梅娘：她的史境和她的作品》，《梅娘小说散文集》，北京出版社 1997 年版。

上”，“秀文轻轻地抚着我的秀发，我感到一种不能言喻的安慰，泪几乎流出来”，“我的泪不能遏止地流出来，扑在她怀中，尽情地抽搐着，几天来的委屈终于有了诉说的机会”。梅丽与雯、秀文之间的情感表达，与异性恋人之间十分相似。

《蟹》中的玲玲是孙家小姐，小翠是孙家女佣。二人从小就要好，长大后更是互相关心、相互欣赏。玲玲曾说：“翠姐，你这样的好姑娘，谁都会喜欢你，我要是男的，我就娶你。”玲玲恨不生为男儿身，好娶了小翠。而小翠则说：“玲玲嫁个官少爷，我就去给你做陪房。”身为佣人的小翠，自然不敢生出嫁或者是娶了玲玲的想法，她们的阶级差别是一道不可逾越的鸿沟，她能想出的最能表达她对玲玲的爱的，就是做她的陪房，一生一世陪伴玲玲，一生一世做玲玲的丫鬟。玲玲和小翠的感情正如异性恋人之间“厮守终生”的海誓山盟。其他如《小妇人》中的凤凰与李莹、《春到人间》的申若凤与王玫、《夜合花开》中的李黛琳与王梅兰，她们之间都有着同性之间没有任何功利色彩纯粹的姐妹情谊。

（三）心理分析技巧的运用

“心理分析方法是精神分析学在文艺审美方面最直接的应用。心理分析是20世纪初伴随着精神分析学说的译介而进入并影响中国现代文坛的。”[①] 在中国现代文学史上，鲁迅、郭沫若、郁达夫、施蛰存、张爱玲等作家都不同程度地接受并自觉在文学创作和文学批评中运用心理分析方法。根据心理分析理论，在小说创作中运用的心理分析技巧一般有三类：一是内心独白，二是自由联想，三是内心分析。

梅娘的小说对心理分析方法的运用，最突出的就是其小说存在大量内心独白，有的作品甚至通篇都是人物的内心独白。最具代表性的莫过于《鱼》《动手术之前》和《小广告里的故事》，这三个小说从头到尾都是女主人公的内心独白。《鱼》是芬向琳诉说她的爱情、婚姻与家庭情况；《动手术之前》是女主人公向医生讲述她感染性病的过程；《小广告里的故事》同样是女主人公向男子祥诉说心曲。这三个作品里，身为男性的琳、医生、祥都是倾听者，

---

① 张浩：《书写与重塑——20世纪中国女性文学的精神分析阐释》，北京语言大学出版社2006年版。

小说通篇回响着女性灵魂深处的声音。由于采用了内心独白的方式，女性主人公心灵的渴求、压抑都揭示得淋漓尽致。

《旅》运用了自由联想。在“我”乘坐的火车上，传言有一个手杀亲夫的荡妇也上了这趟车。于是，“我”对车上一位疑似凶手的女性展开了丰富的自由联想。“她的暧昧态度加强了我的猜想，我想她一定是那个荡妇，为了和爱人比翼双飞，在一时的感情昂奋下，杀了那愚蠢的丈夫……她的畏缩和忧郁的样子表现了她心中的追悔和不宁，我想象她的丈夫一定是一个过分糊涂的人。不然，他一定能聪明地让她出走，就是不然，也能巧妙地收回她不羁的感情。使别人憎恨自己到能够被杀的地步，一定是对方被逼迫得太厉害而促成这种残忍的举动的。”通过这段联想，可以看出，“我”和其他旅客是不一样的，一般人对这种荡妇都抱了憎恨的欲除之而后快的心态，可“我”明显地能够理解同情这不得不杀了亲夫的女人，而且认为她的丈夫一定也是有很大的责任的——作家的女权思想也在此明显体现出来。在《黄昏之献》里，诗人李黎明因一则征婚广告而浮想联翩，“在那小小的广告上做着天上人间的梦。他想起了许多大诗人怎样在结婚之外的爱上，产生了永垂不朽的杰作，为后人留下吟咏、回味、馨香的绝句。他想他所以直到现在还没有特别值得人赞颂的作品发表，最大的原因，就是因为没有这种精神上的刺激，以致他的诗思未能泛滥出来，而成功一篇惊人的作品”。在这个短篇作品里，类似的自由联想还很多。从整体上看，它就是李黎明的一个梦，以及与梦完全相反的现实所构成。

在《雨夜》中，对女主人公在初夏的傍晚，因孤独而涌现出的对孩子的爱对丈夫的思念，对结婚特别是为人母以后自身情感生活缺乏的体认，作家采用了内心分析法。“妈妈的心里充满了不能说出的满足和骄傲。揽着她的小儿子，她像怀抱了整个的世界，整个的世界在她脚下逐渐变小，身侧只有她的儿子……她直感到她的儿子可以凌越过一切人群，做未来人群的救世主，虽然他现在小得还不能直立自己的小身体。”“今夜她第一次在安静之外觉到了孤寂，邻家小姐脸上初恋的光彩使她觉到了桎梏。她明白她失去了自由飞翔的能力，她急切地盼望着一个聚会，宛如初恋时盼望一个秘密的约会那样焦灼。”尽管她有着丰盈的母爱，但这依然无法压制她对情爱的渴望，也正是因为她对于情爱的渴望，才有了险遭性侵的恶果。

（四）象征手法的使用

“根据精神分析的美学原则，象征与隐喻作为主客体的有机融合体，使小说的表现空间得到进一步的拓展，呈现出神话、传说和梦幻等寓言色彩，以及深邃的哲学本体意味。”① 象征在梅娘的小说中运用得也比较多，这也使其作品的意蕴得到了较大的提升。

梅娘的小说爱以海洋生物作为总体象征，以喻女人的不幸遭遇。她在《蚌》的题记中写道：潮把她掷在滩上，/干晒着，/她忍耐不了——/才一开壳，/肉仁就被啄去了。这是蚌的命运，也是小说中女人们的命运。梅娘了解蚌的命运，更知道女性的命运。它们与她们互证着各自的不幸。她们成长成熟，有了对自由、情爱的渴求，可是只要她们显露出这种需要，就会遭遇灭顶之灾。梅丽爱上了琦，可是不仅有同事的捉弄与流言，还有家长把女儿当成改变地位与现状的工具的残酷，于是梅丽——这只没有反抗能力的蚌，最终只有失去爱情失去自由，做一只被啄去了肉仁（灵魂）的将死的蚌！《鱼》没有题记，但文中有一段类似题记的话语：“网里的鱼只有自己找窟窿钻出去，等着已经网上来再把它放在水里，那是比梦还飘渺的事，幸而能钻出去，管他是落在水里，落在地上都好，第二步是后来的事。若怕起来，那就只好等在网里被提去杀头，不然就郁死，不是吗?”芬是林省民撒下的网中的鱼，除了做他的姨太太并忍受他给的生活已别无选择。为了活命，她又爱上了琳——又一个有家室的男人。“在家长制和封建贞操观编织的有形的无形的‘鱼网’面前，带有资产阶级个性解放色彩的反叛女性，往往最终仍在经济拮据和情感苦闷的双重压迫下苦苦挣扎”。《蟹》则在楔子里讲了一个捕蟹的故事。“捕蟹的人在船上张着灯，蟹自己便奔着灯光来了，于是，蟹落在早就张好的网里。”蟹虽然有着锋利的钳，然而它还是斗不过那捕蟹者。玲玲有着父亲孙二爷一样的智慧与能干，可是当那可以提供庇护的父亲死去，她也就成了一只任人欺压的蟹。

除此以外，作家还随时捡拾一些自然物象作为象征。

---

① 张浩：《书写与重塑——20 世纪中国女性文学的精神分析阐释》，北京语言大学出版社 2006 年版。

《小妇人》的第一章写到凤凰与袁良坐在开往长春的列车上，当凤凰正幸福地规划着她和他的未来时，一组窗外的景色却引起了她的注意。“车走在一块陌生的平原上，原上丛生着许多不知名的小树，那小树在温暖的春风中摇摆它们嫩绿的肢体，显得它们是那样充满蓬勃的生命力。晚霞低下来，低得几乎压到了小树的头上，正像小树的枝梢间开了红色的繁花。两只燕，迅速又轻俏地从那丛繁花中剪过，繁花逐渐减去了鲜艳的颜色，一组白烟幻成的猛兽飞过来遮盖了它们，烟后，伸展到无限远的大地吐着青春的喘息。”[①] 那两只燕子自然就是这对年轻的爱人，而那猛兽不就是阻碍他们的种种敌对力量吗？那“青春的喘息”也意味着他们在长春的种种艰难的遭遇。小说《雨夜》里，表面上，“雨夜”是故事发生的背景，但完全可以看成是其时女性艰难处境的总的象征，是其时女性身处男权中心社会的命运的总的写照：女人只要有一丝源自生命本质的冲动，马上就会招来意外之祸。与此类似的小说是《行路难》。虽然在小说中，那个女性过着一种差强人意的生活，可是那危机四伏的夜路何尝不是女性命运的象征？

无论是蚌、鱼还是蟹、浮萍，它们的致命弱点就是不能离开水，一旦脱离水，就会面临失去生命的危险。这就是女性，她们不可能离开男人而单独存在。因为其时大部分女性是没有独立生存能力的，她们依赖于自己的家庭、丈夫，甚至是孩子。少数受过高等教育与职业教育可以成为职业女性的女子又并不能学有所用，因为没有一个让女性工作的整体社会环境。即使是读了书、有了职业，但最后还是只有一种工作：婚姻。婚姻是她们一生的职业。如果一个女子顺从社会，那么她也许可以过上一种安稳但屈辱的生活。但是梅娘笔下的女人却有太多的渴望，她们是不安分的一群。她们不愿意做依附男人的藤，想拥有自己的意志，但总是事与愿违。她们从父亲的家里转到了丈夫的家里，走出了大家庭的桎梏又钻进了另一个牢笼，最后在现实面前撞得体无完肤。梅娘的众多文本就是一次一次地对“女人啊，你的名字就是弱者”的诠释！

---

① 张泉：《梅娘小说散文集》，北京出版社 1997 年版。

第三节 “野地”里的呐喊：梅娘、萧红小说中的性别意识比较

20世纪，中国女性文学发生、发展，并历经五四与20世纪80年代两次创作高峰。受五四新文化运动的影响，一批接受了新式教育的新女性顺势而起，加入文学创作队伍，积极倡导女性解放，寻求女性解放的道路。如果说20世纪20年代是以庐隐、冯沅君、冰心为女性写作代表，20世纪30年代则当以丁玲、萧红等人为代表——然而，当丁玲去了延安，其创作便离女性解放的探索渐行渐远了。而萧红不改初衷，坚持在这条注定孤独与艰难的道路上继续前行。到了20世纪40年代，张爱玲与苏青在上海孤岛异军突起。遗憾的是，当梅娘在文坛上声名鹊起之时，萧红已经在香港走到了生命的终点。

1937年，抗日战争的全面爆发将中国划分成三个大的区域：国民党统治地区、日本侵略者占领的地区以及中国共产党领导的解放区。在整个民族生死存亡的大背景下，部分女作家或直接投身抗日战场，或以笔为枪为民族解放呐喊。“战争导致了生存情势的危迫，但也会生成一些‘空隙’，有可能探索与生活、与艺术的多种连结方式，使艺术体验深度的加强有了可能。人的‘现代化’和创建现代民族国家的这一新文学的传统主题，依然得到继续。但是，它将不仅在严峻的背景上展开，而且会以更为‘个人化’的体验方式，并触及有关人性的深层问题，表现在这个期间的创作之中。”① “战争根本上导致女性群体的进一步失重，失重加剧了女性对男性

① 洪子诚：《中国当代文学史》，北京大学出版社1999年版。

力量的依赖性；但是，战争也磨砺了女性的独立意志，同时借助战争她们进一步体认了中国男权传统无所不在的事实，并促生出更为充分的挑战男权的勇气和信心。”① 正是在战争的复杂影响下，20 世纪 40 年代的中国女性写作中的反抗男权、追求独立的精神意向达到了空前的高度。部分女作家以比五四女性写作更加理性更加深刻的写作，开掘着文学领域的性别批判。在 20 世纪三四十年代纷繁的女性创作景观里，梅娘与萧红都是深具个性的作家。梅娘和萧红的创作都有着强烈的女性意识，这既有自身修养和地域文化环境方面的差异，也跟她们的人生境遇有关。

一、相似的人生境遇

同为东北女作家，梅娘与萧红的人生境遇有着太多的相似之处。

（一）亲情的缺失

1920 年，梅娘在距离哈尔滨不到 300 千米的长春出生。梅娘的父亲孙志远是长春很有影响的实业家。梅娘是他与情人的私生女。生母被父亲的正妻逼迫而死后，梅娘的人生也就与萧红有了大多的相似。梅娘在童年时期也经常受到继母的虐待。继母的冷漠让小小的梅娘对生活充满了迷茫与悲哀。幸好，她的父亲钟爱她，把她视为掌上明珠，为她安排了最好的生活和学习环境。其父豪迈、坚韧和豁达的性格，对梅娘性格的形成起到了重要的作用。跟萧红一样，梅娘 16 岁时，父亲去世了。父亲去世后，这个家对于梅娘就像一座死寂的墓地一般了。

萧红比梅娘大 9 岁，出生于黑龙江宁静而落后的呼兰县。萧红的父亲张廷举曾担任过当地的教育局长、商会会长。虽然家庭经济状况较好，可这个家给予小萧红的却是苦多于乐。萧红的母亲“常常打她，甚至用石头砸她”，

---

① 李有亮：《给男人命名——20 世纪女性文学中男权批判意识的流变》，社会科学文献出版社 2005 年版。

在萧红9岁时去世了。继母对她也很坏，常常虐待她。对萧红的心理造成创伤最严重的是她的父亲。这位父亲“漠不关心而又贪婪、小气、残酷”[①]。“对父亲的不满，是她日后作品中所表现的那种愤世嫉俗的根源。也因父女的不和使她产生对中国传统遗毒男权至上，以‘父母之命，媒妁之言’的婚姻制度的极端愤慨。”祖母对她“凶狠专横，曾经用针刺入她的指尖”。在这样一个无爱的家族里，童年萧红唯一的关爱来自祖父。1929年，萧红18岁时，老人去世。此后，萧红对于家没有了任何感情与留恋。

精神分析学认为，童年经验尤其是童年时期所受的创伤对个性心理形成有重大作用。“中国现当代的大多数作家，都过早地承担磨难和不幸，或拥有孤独悲凄、充满苦难的童年体验，或从小生长于单亲结构的家庭。由此造成的精神创伤，无意识中被压抑在内心深处，造成他们独异的个性心理气质，成为他们后来创作的重要动机因素。”[②] 萧红之所以成为一位体验型、情绪型的作家，童年父母双亲的亲切抚养和关爱的缺失，是其中主要原因。加上成年后不幸的情感经历，这一切使得萧红终其一生生活在寂寞与孤独的阴影之下，对人生与社会充满悲观与不安全心理。而梅娘由于父亲的疼爱，她的性格心理则显得较为乐观与健康。虽经历了童年丧母、少年丧父、青年丧偶、中年以后连失一子一女的人生至苦，经受了常人所不能经受之事，她的性格却在磨砺中日益坚强。

（二）教育：古典与现代的结合

由于父亲的钟爱与开明，梅娘自小就受到了较为全面的现代教育。“梅娘四岁开始在家念书。自幼受到不同于一般的教育，既古又洋。她有三个家族教师：前清的拔贡秀才，教她读经写字；沙俄老太太，教她英语；新式教员，教她数学。她十岁时毫不费劲地考入吉林市的省立女中。上中学后，她受到五四新文学的启蒙，闻一多的诗、落华生的散文、冰心的《寄小读者》她爱不释手，还有易卜生、雪莱、罗曼·罗兰……这些西方的文学大师，更让她

---

① 葛浩文：《萧红评传》，北方文艺出版社1985年版。

② 王源：《童年创伤体验与作家创作的深层关系》，《河南师范大学学报（哲学社会科学版）》2006年第3期。

眼界大开。”[①] 1936 年，父亲去世后，梅娘选择了东渡日本留学。在东京的中国书店和内山书店，梅娘开始大量阅读鲁迅的著作，思想逐步成熟。值得一提的是，在梅娘阅读的作品中，萧红的小说也在其中。正是受到同乡萧红的影响，梅娘下定决心，要像她一样，走文学创作之路。

萧红的文学启蒙来自祖父自然而随意的古典诗词教育。10 岁时，她进入呼兰县南岗小学学习；1925 年，进入县第一女子高小学习；1927 年，进入哈尔滨东省特别区第一女子学校学习，时年 16 岁。如果说祖父的诗词启蒙唤醒了她对文学最初的感知，那么在这里，她不仅开始接触新时代思想，并且有了最早的性别觉醒。萧红在这里受到“一连串新思想、新观念、新生活方式的洗礼”[②]。这所学校本来十分保守，校长孔焕书[③]的思想极为封建。但是进步学者楚图南[④]曾在此任教，虽然时间不长，却带了一定的进步思想。萧红的历史老师姜寿山，毕业于北京大学，他把那个时代最好的新文学介绍给了学生。正是在这里，萧红不仅经常阅读哈尔滨的《国际协报》[⑤] 文艺版，同时迷上了新文学，还接触了不少西方作品，得到了较好的文学熏陶。

良好的古典文学修养，加上五四新文学与西方现代文学的综合影响，推动着萧红和梅娘一步步走上女性主义文学创作之路。她们都是五四新文化运动的受益者。她们的人生也因此有着五四一代女作家共同的选择。

（三）逃离：坎坷的爱情奋斗之路

正是因为受到五四新文学精神的影响，像很多五四女作家一样，她们在

---

① 陈晓帆：《又见梅娘》，人民文学出版社 2002 年版。

② 葛浩文：《萧红评传》，北方文艺出版社 1985 年版。

③ 孔焕书，1895 年出生于黑龙江双城县，毕业于天津省立第一女子师范学校。1924 年 9 月，应聘出任哈尔滨第一所女子中学从德女子中学的首任校长，1926 年 8 月该校改名为东省特别区第一女子中学。1927 年，萧红进入该校学习。不过，孔焕书似乎并不像萧红印象中那么封建。据孔焕书孙女许承蕙回忆，孔焕书是一个具有“中国知识分子的传统人格”的教育家。

④ 楚图南，云南文山人。作家、文学翻译家、书法家。先后任暨南大学、云南大学、上海法学院教授。中华人民共和国成立后历任北京师范大学教授、西南文教委员会主任、对外文化协会会长、民盟中央代主席等职。1926 年春，在李大钊的指导下，楚图南到达哈尔滨，先后在哈尔滨三中、六中、省立女中、吉林六中等中学及长春二师等校任教。

⑤《国际协报》创刊于 1918 年，1937 年被日本关东军哈尔滨特务机关强令终刊。该报是哈尔滨市 20 世纪二三十年代出版时间最长、社会影响最大的一家民办报纸。该报文艺副刊名为《国际公园》，东北作家群主要成员刘军（萧军）、刘莉（白朗）、悄吟（萧红）等人先后在此副刊上发表作品。

文本与现实内外都书写着同样的主题：逃离——冲破父权的压迫，成为她们走向自主人生的第一步。

20岁那年，萧红的父亲将她许配给汪恩甲。面对这场包办婚姻，萧红选择了逃离，从此，过上了穷苦流浪的生活。在与萧军的情感纠葛中，她又受尽折磨；再加上长期的漂泊流离与经济拮据，使得萧红的一生打上了浓郁的悲剧性色彩。萧红这一生，不仅要抗争父权的压迫，也在持续地与夫权作着抗争。而梅娘，当她与柳龙光相爱，遭到以继母为代表的家族的强烈反对时，她毅然选择了与家庭决裂，走上了一条艰难的独立自主的人生之路。1937年，梅娘与柳龙光结婚。和萧红不同的是，梅娘与柳龙光短暂的婚姻生活是幸福的，他们的小家清贫但是很温馨。

当她们开始文学创作时，身为女性所遭受的性别压抑，加上两人都生活在远离抗日战场的沦陷区，这种创作语境使两位作家与时代主流话语都出现了一定的疏离。肖沃尔特在《荒原中的女权主义批评》一文中认为，“在人类文化史上，女人过着一种双重生活，她们既是社会总体文化圈的成员，又拥有女性自己的独特特征，其文化和现实生活圈子同社会主宰集团的圈子相重合，却又不完全被它包容，有一部分溢出这重合的圈子之外，于是‘前者可以用主宰集团控制的语言清晰地表达，而溢出的部分是女子独特的属于无意识领域的感知经验，它不能用主宰集团的语言表达，这是失声的女人空间，是野地’”[①]。正是这种独立的女性空间的存在加剧了她们与政治主流话语的疏离，给她们提供了从性别角度进行文学创作的可能，从而在文化夹缝中实现了对不平等性别制度的批判。

二、身体的美与痛：女性意识的觉醒

1975年，法国当代著名作家、理论家埃莱娜·西苏在《美杜莎的笑声》中提出“描写躯体”的概念，认为女性写作以“巨大的身体领域”为出发点，描写女性独特的生理愉悦或生理欲望。妇女“通过身体将自己的想法物

① 乔以钢:《多彩的旋律——中国女性文学主题研究》，南开大学出版社2003年版。

质化了；她用自己的肉体表达自己的思想”[1]。只有这样，女性写作才能回到没有被菲勒斯中心的象征秩序所污染的前俄狄浦斯的想象界去。此一概念的提出，为女性写作开拓了一个全新的领域，曾经被视为“禁区”的身体，成为女性写作中一个独具魅力的存在。

梅娘的小说大体分成两类，一类是都市风情小说。作家从女性感受出发，刻画了都市贫民和都市闲人的生存状态，如《黄昏之献》《春到人间》《行路难》和《侏儒》；二是家族婚姻爱情小说，这是梅娘小说中最具特色的部分，如《蚌》《鱼》和《蟹》等作品。这些小说中的女性多为城市女性知识分子。梅娘小说中的女性意识主要体现于第二类作品中。这些作品充满了对女性的关怀。她关心女性的悲剧性命运，关注她们的遭遇。更可贵的是，部分作品还肯定了女性本能欲望与身体之美，这在同时代的女作家中是较为罕见的。

在中国传统文化中，女性的生理欲望是受到严重压制的。可是，《蚌》的主人公梅丽与男友发生了性关系，面临着巨大压力的情况下，坚强地告诉自己：“不，也不该怨自己，那是本性之一，谁都需要的，那是想拒绝而不得的事。我不该惋惜我的处女的失去。”梅丽把自身的生理欲求看成是天然合理的本性，因此她拒绝父母给她定的婚事，显示出开放、现代的性爱观。《动手术之前》里的女人因为从未得到过丈夫的满足，因而投入了另一个男人的怀抱，并因此感染了性病。可是她不后悔，她说：“什么情爱，什么贞操，那都是骗人的东西，生命才最可贵！”处女、贞操，这些概念，都是传统中国男尊女卑的两性文化中，男性中心文化对女性的片面要求。对于这些观念的反叛，显示了梅娘小说中女性意识的觉醒。

与对女性生理欲望的肯定相伴生的，是对女性身体的赞美。《雨夜》的女主人公李玲，在独居的海边，在大雨之夜，细细地欣赏着自己年轻而丰满的身体，“在镜前，她反复地看着粉色的自己的躯体，如鉴赏一件悦目的杰作，骄傲飞到心上，也正因看到了自己的美，而愈意识到寂寞”。波伏娃在《第二性》中曾提出关于女性“自我陶醉”的理论[2]。她认为“女人从小就把自己

---

① 埃莱娜·西苏：《美杜莎的笑声》，《当代女性主义文学批评》，北京大学出版社 1992 年版。

② 西蒙·波伏娃著，桑竹影等译：《第二性》，湖南文艺出版社 1986 年版。

分成两个自我，她能自己满足欲望和需要，她所受的教育使她认识自己的身体，在发育期间，她会以一种情人的眼光默默地注视自己，感觉她的身体是被需要的”[①]。在波伏娃看来，女人自我陶醉的根源在于镜子的妙用，镜子对于女人认识她自己和使她自己的存在具体化，有着很大的帮助。对女人来说，镜中的影像就证实了她自己。波伏娃的这些理论对中国女作家创作的影响是很大的。在中国现代文学史上，丁玲的《莎菲女士的日记》就曾以镜子作为女性书写的道具。李玲对自己的身体美的肯定也是借助一面镜子。在镜子前，她确认了自己，发现了自己的身体之美。“对女性身体美的发现，也就是对女性生命力量的肯定和发现，这一发现在颠覆男权文化对女性身体压抑的同时，也建立了女性的自信、自爱与自觉。”[②] 与梅娘不同的是，萧红作品中的女性多是下层妇女。“她深切的目光始终关注着下层妇女的生存状态，用浸透血泪的笔描绘着中国普通女性的人生悲剧，为这些被压在男权统治的磐石下的中国劳动妇女喊出心中的不平，倾吐满腔的悲愤。”[③] 与现代其他女性作家相比，萧红作为女性作家最突出的贡献是，她极为关注女性身体在父权制社会中的悲惨遭遇。

在《生死场》里，萧红极力描写了农村妇女的生育、病痛与死亡，向读者展示了女性身体的痛苦与丑陋，以及由此带来的精神上的无望与麻木。

生育对人类自身繁衍有着重大意义，怀孕这一过程本来应该充满创造生命的喜悦，可是，“在乡村，人和动物一起忙着生，忙着死”——这些乡村妇女动物一般地活着，动物一般地生殖，最后像动物一般无价值地死去。作为村里唯一的接生婆——麻面婆，她接生的方法极其原始，对待难产的方法，是用挖菜的刀子把胎儿从娘的肚子里硬搅出来——产妇的身体就是这样被野蛮地对待着。在古老中国的文化里，女人不仅不可以学医，女人的身体也不能随便被男子触碰，哪怕是医生。所以，产妇们一旦遇上生产，就只能把命运交给这些业余接生婆。活下来自然很好，死了也无所谓。麻面婆自己的女

---

① 禹建湘：《徘徊在边缘的女性主义叙事》，九州出版社 2004 年版。
② 禹建湘：《徘徊在边缘的女性主义叙事》，九州出版社 2004 年版。
③ 尚静宏、王振军、王凤玲、陈永明：《中国女性文学教程》，现代教育出版社 2010 年版。

儿，3 岁的时候在草堆上被她的铁犁轧死，“血尽是向草堆上流呀！她的小手颤颤着，血在冒着汽从鼻子流出，从嘴也流出，好像喉管切断了”[①]。可是，身为母亲的麻面婆一滴泪也没流，穷苦的母亲连悲伤的资格也不配拥有。金枝在娘家的时候，母亲是爱她的，可是当金枝弄坏了菜地里的菜时，母亲便要去护着菜了。在这样的乡间，连一根茅草都要比一个女人的身体更有价值。在《刑罚的日子》一节里，作者将女性的生育之苦赤裸裸、血淋淋地呈现出来。“赤身的女人，她一点也不能爬动，她不能为生死再挣扎最后的一刻。天渐亮了。恐怕仿佛是僵尸，直伸在家屋。”产妇不仅要承受着因为胎儿迸裂、血肉模糊而带来的巨大的肉体上的疼痛，还要忍受着“一看见妻子生产他便反对”的丈夫的谩骂而带来的精神上的痛苦。金枝怀孕了，男人成业完全不关心她的焦虑与不适，“管他妈的，活该愿意不愿意，反正是干啦”。女人的身体在男人面前，只是一个交配工具。金枝的女儿生下来一个月，就被父亲活活摔死了。

打鱼村最美丽的女人月英病了，丈夫起初还替她请神求药，后来见没用便再也不管她了。当王婆带着一帮女人去探望她，萧红以几乎让人不能相信的笔墨，描绘了月英病中非人的情状。

> 月英坐在炕的当心。那幽黑的屋子好像佛龛，月英好像佛龛中坐着的女佛。用枕头四面围住她，就这样过了一年。一年月英没能倒下睡过……
>
> 月英说话只有舌尖在转动……
>
> 她的眼睛，白眼珠完全变绿，整齐的一排前齿也完全变绿，她的头发烧焦了似的，紧贴住头皮。她像一头患病的猫儿，孤独而无望……
>
> 她的腿像一双白色的竹竿平行着伸在前面。她的骨架在炕上正确地做成一个直角，这完全用线条组成的人形，只有头阔大些，头在身子上仿佛是一个灯笼挂在杆头。
>
> ……借着火盆边的火光去细看，知道那是一些小蛆虫，她知道月英

① 萧红：《萧红文集（第 1 卷）》，安徽文艺出版社 1997 年版。（后文《生死场》文本内容均出自此版本，不再一一标注）

的臀下是腐了，小虫在那里活跃。月英的身体将变成小虫们的洞穴！

后来，五姑姑借了一面镜子来，让月英看看自己。月英看了镜子里的自己，她“悲痛沁人心魄地”痛哭起来。可是她已经没有眼泪，打鱼村最美丽的女人，已经变成一只“鬼”了！在这里，镜子成了女人把自己确认为“鬼”的重要工具。面对自己“鬼”一样的身体，月英彻底失去了生之希望，三天以后，她凄然死去。

萧红用一支看似冷酷至极的笔墨精细地描写出这病中的女人。长期以来作为欲望的代名词的女体再也没有任何美感可言。萧红小说中的女性的身体备受摧残，充斥着血腥、死亡和腐败。遭受着自然残害、阶级压迫以及性别压迫的女人们的身体，没有幸福，没有美好。在她们面前，命运显得如此无情、冷漠。

三、对封建男权意识的批判

梅娘的小说往往直接暴露男性的丑陋，以达到对男权文化的批判。综观梅娘的小说，其中的男性形象大多自私、怯懦、可怜甚至可恶，与传统文学中万能、伟岸的男性形象形成强烈的反差。《黄昏之献》《阳春小曲》以及《春到人间》里的男性青年不愿意好好工作，整日幻想着婚外恋和艳遇有钱的女人，企图经此改变自己卑微的处境。小说《蚌》里面，梅丽的父亲白参议员，身居要职，却每日只会抽大烟搂姨太太；曾经的有志青年祥，最后也抽上了大烟。而长篇小说《蟹》展示的是孙家这个大家族的衰落，因为这家里的男人，除了过世的孙二爷，几乎没有一个不是身患“软骨症”——这些男人，哪里还有一点所谓男性气概呢？

对于两性的不平等，萧红有着极为清醒的认识。在文化散文《女子装饰的心理》一文中，萧红考察了原始社会与现代社会女子装饰的心理，其结论是：“在原始社会中男子的装饰较女子讲究，也是因为原始社会的人民，没有确定的婚姻制度，无恒久的配偶，而女子在任何情形中都有结婚的机会，男子要得到伴侣，比较困难，故必须用种种手段以满足其欲望。”“但在现代文明社会中，男女关系与此完全相反，男子处处站在优越地位，社会上一切法律权利都握在男子手中，女子全居于被动地位。虽然近年来有男女平等的法律，但在父权制度下，女子仍然是受动的。因此，男子可以自由行动，女子至少要受相当的约制。这样一来，女子为达到其获得伴侣的欲望，因此要借种种手段以取悦异性了。这种手段，便是装饰。”①

尽管萧红极少表达自己的思想理论，但这篇文章充分表明，萧红对于女权思想还是有一定了解的，其观点也十分准确。原始母系社会，女子的地位远远高于男性。而到了父系社会，女子的地位一落千丈。只有弱者才会千方百计地想要取悦强者，女子之要靠装饰取悦于男子，正说明了女子社会地位的低下。

童年的生活经验，以及后来的情感体验，都使得萧红对男权意识有着深刻的生命体验。对于男权意识对女性造成的身心伤害，她有着极为清醒的认识。在她的诸多小说里，她展示着性别压迫的真相，也揭示着男权意识对女性带来的痛苦。她的《生死场》《呼兰河传》《小城三月》这些重要作品里，底层妇女在近乎麻木的状态下受尽了男性的摧残。

月英之所以会变成一只“鬼”，是因为贫穷和阶级压迫，但直接原因却是那愚昧而无情的丈夫。就算是贫穷，至少也可以让病患干干净净、有尊严地走向死亡。金枝也是一个苦难的女性形象。她受成业的引诱未婚而孕，不得已嫁给他，生下的女儿才满月就被他摔死了。她长期被丈夫虐待，丈夫死后她去城里做工又遭遇强奸。悲惨的命运终于击垮了金枝的精神世界，也使她对女人的命运有了深刻的认识。面对日本侵略者的暴行，她说：“我恨中国人呢，除外我什么也不恨。”相对于日本侵略者带来的民族苦难，金枝这样的女人，她们的苦难更多的是来自丈夫和她们身边的男性同胞。她遭遇的性别苦难更甚于民族苦难。

《呼兰河传》里的小团圆媳妇，9 岁做了老胡家的童养媳。关于老胡家，作者在前面交代：“那家是这院子顶丰富的一家，老少三辈。家风是干净利落，为人谨慎，兄友弟恭，父慈子爱。家里绝对地没有闲散杂人。绝对不像

---

① 萧红：《萧红文集（第 3 卷）》，安徽文艺出版社 1997 年版。

那粉房和那磨房，说唱就唱，说哭就哭。他们家永久是安安静静的。”[①] 就是这样一家看上去特别富于传统礼教的家族，他们家的团圆媳妇，进门没几天，就打起来，而且打得厉害。后来还请大神、用烙铁烙，最后用开水洗澡——一个鲜活的生命就这样被折磨死了。而这一切的理由不过是她比别人大方、一餐能吃三碗饭、走起路来像风一样快！《小城三月》里的翠姨，也是因为家长包办婚姻无法实现爱情与婚姻的自主，在抑郁中走向了死亡。

四、对女性自身的审视与剖析

女性集体遭受的性别苦难，尽管很大程度上是由长期的封建礼教所导致，然而女性自身的性格弱点，更加剧了她们的苦难。

梅娘的小说主要批判了女性的依附心理。几千年的“男主外女主内”的性别文化，使得女性的生活被限定在家族里，她们没有受教育的权利，更谈不上工作的权利，因此，她们只有在物质上依靠男性才能生存下去。长期物质上的依赖，也使得女性在精神上形成了强烈的依附心理。在家从父，出嫁从夫，女性因此也慢慢丧失了独立人格。梅娘从小就看到太多身边的女性因为依附而造成的悲剧人生。“我的出生之家在这方面给予我的教训是太深刻了。我不能走我娘、我大姐那生活中锦衣玉食、精神上备受凌辱的老路。她们全部的生涯证明：女人只不过是一条藤，只有依附男人，才能占有世间的荣华；而她们的荣华，对我毫无价值。”[②] 《鱼》里的芬就是一个女人，当她失身于林省民，并知晓林省民已有妻室之后，还是选择了做他的情妇。甚至在林省民背叛了她，并且经常对她实施家庭暴力的情况下，她还是不愿意离开。相反，她居然又抓住了不爱自己且十分懦弱的琳，哪怕琳选择放弃这段感情之时，她依旧要缠住这个男人。因为她就是一条藤，没有男人她就没办法活下去。芬的悲剧，尽管主要是因为男人林省民的欺骗，但是也与她自身的依附心理有关。《夜合花开》中的黛黛也是这样。嫁给自己不爱的男人，虽

---

① 萧红：《萧红文集（第 2 卷）》，安徽文艺出版社 1997 年版。
② 陈晓帆：《又见梅娘》，人民文学出版社 2002 年版。

然有些勉强，但她还是嫁了，因为男方有钱；虽然后来知道男人并不怎么喜欢自己，甚至在外面寻花问柳，但她也假装不知道，最多不过是也学着男人，来一段无伤大雅的婚外小插曲而已。因为她不能反抗，不会像妹妹一样对那些虚假的施舍坚决抗拒。她要靠着这个男人才能生活下去。她的生活正是梅娘所要逃离的——“生活中锦衣玉食、精神上备受凌辱”。

在萧红的笔下，对于女性自身劣根性的审视，是通过挖掘、清理女性自身的封建思想意识得以实现的。《呼兰河传》里的小团圆媳妇的死固然主要是因为老胡家的摧残，但也跟周围的女性分不开。小团圆媳妇之所以遭到以婆婆为代表的老胡家人的摧残，很大程度上是由于邻居们觉得她“不像个团圆媳妇”。小团圆媳妇刚进门，一众邻居就开始评判这个小女孩了。有男人，更多的是女人，周三奶奶、杨老太太、“我”的母亲，都说小团圆媳妇不像团圆媳妇。如果没有邻居们的推波助澜，小团圆媳妇也许不会遭到如此残酷的折磨。传统礼教的压迫吞噬了无数鲜活的女性，也使很多“受害者”“被吃者”变成了“害人者”和“吃人者”，成为男权迫害女性自觉的帮凶，甚至会用比男性还残酷的手段迫害自己的同性。当小团圆媳妇的婆婆伙同周围的人们，将小团圆媳妇一步步推向死亡时，她们都没有意识到自己的罪恶；相反，她们觉得这是为她好，只是为了规范出一个像样的团圆媳妇来。为了救小团圆媳妇，老胡家尝试了各种办法，也因此花掉了倾家荡产的5000多吊钱，那个在地方上有着一定地位的老胡也从此走向了末路，这个婆婆自己也疯掉了。

在此，萧红成功塑造了一位“恶婆婆”形象，对男权社会中女性的“异化”现象进行了剖析。在男尊女卑的性别制度下，女性长期受到男性的压迫。作为一种心理补偿，当出嫁的女儿终于熬成婆，她就会更加残酷地迫害她自己的儿媳，因为儿媳是她唯一能够欺凌的对象。汉代的《孔雀东南飞》就是这一文化心理的最早反映。与萧红同一时代的张爱玲在她的《金锁记》中也塑造了曹七巧这个对儿媳妇与亲生女儿都进行迫害的女性形象。这些创作显示出现代女作家对男权意识批判的逐步深入，她们用自审意识把批判的矛头对准了女性自身。小团圆媳妇的婆婆就是这样一种心理：

做婆婆的打了一只饭碗，也抓过来把小团圆媳妇打一顿。她丢了一根针也抓过来把小团圆媳妇打一顿。她跌了一个筋头，把单裤膝盖的地方跌了一个洞，她也抓过来把小团圆媳妇打一顿。总之，她一不顺心，她就觉得她的手想要打人。她打谁呢？谁能够让她打呢？于是就轮到小团圆媳妇了。

有娘的，她不能够打。她自己的儿子也舍不得打。打猫，她怕把猫打丢了。打狗，她怕把狗打跑了。打猪，怕猪掉了斤两。打鸡，怕鸡不下蛋。

唯独打这小团圆媳妇是一点毛病没有，她又不能跑掉，她又不能丢了。她又不会下蛋，反正也不是猪，打掉了一些斤两也不要紧，反正也不过秤①。

这一段心理分析，深刻揭示了婆婆虐待儿媳妇的心理：媳妇是连畜生也不如的，因为只有虐待儿媳妇不用承担任何后果！

对于女性的依附心理，萧红的小说中也有少量涉及。萧红所批判的主要是女性在爱情中的被动心理。《牛车上》里的五云嫂对于爱情有着朦胧的期待，可是就因为她一等再等的被动心理，她一次次与爱情失之交臂。《生死场》里的金枝固然是可怜的，可是当她被男子追求时，她没有能够把握自己，任由那发情的男子一再得逞，加速了自己的悲剧。

萧红与梅娘，这两位东北黑土地滋养出的女儿，一生遭遇种种不平、冷遇。但是由于独特的人生经历与生命体悟，两人的女权意识的表现仍然呈现出细微的差别。尤其是萧红，童年不幸，成年后在爱情与婚姻上又饱尝痛苦。然而，也许正是这不幸的人生，才让她对“爱”和“温暖”怀着“永久的憧憬与追求”，才会对底层劳动妇女充满了深切的关怀与同情。而梅娘的情感经历相对简单，1948 年丈夫去世后独自抚养 3 个孩子的经历让她变得更加坚强和独立。父亲大实业家的身份，让梅娘的笔墨多集中于城市女性知识分子。萧红年纪轻轻逝于异乡，“留下半部红楼，由他人去评说”。梅娘于 1949 年后历经磨难，却一次次浴火重生，顽强地活了下来，20 世纪 90 年代再次拿起笔

① 萧红：《萧红文集（第 2 卷）》，安徽文艺出版社 1997 年版。

来，写下了大量文字。其迥异的人生结局，给后人留下了无尽思考。1996 年 11 月，在参加萧红纪念会之前，梅娘写了一篇题为《萧红笔下的女人》的随笔，梳理了萧红的《生死场》《王阿嫂之死》以及《手》的女性形象。最后她总结道："萧红在民族存亡的抗战大时代里，把她家乡挣扎在生活底层的芸芸众生推向读者，重点叙述了女人的痛苦。那众多体现着中华传统美德——威武不屈、富贵不淫——的人们，似乎仍在我们耳畔呼唤：呼唤着温饱、呼唤着自由、呼唤着女性的尊严。"[①] 这里评说的虽然是萧红，又何尝不是梅娘自己的写照呢？

① 张泉：《梅娘小说散文集》，北京出版社 1997 年版。

第三章

梅娘小说艺术研究

第一节　梅娘小说风景描写的类型与功能

风景描写，在传统小说创作中，一直比较受到小说家的青睐。古典小说家日本紫式部的《源氏物语》、中国的《红楼梦》，世界文学史上的托尔斯泰、蒲宁、塞万提斯，现代小说家如废名、沈从文，都对风景描写情有独钟。然而，综观梅娘的小说，风景描写不算多。有些作品，甚至通篇没有风景描写。比如一些短篇，《黄昏之献》《阳春小曲》《春到人间》，虽然小说的题目都跟风景有关，但其内容写到风景的地方几近于无。曹文轩认为，现代小说之所以正日益失去风景，原因有三：第一，人类进入现代社会后，由于科学的发展，对自然已经失去崇拜之心。第二，工业文明和日益增长的人口，正在令大自然快速退却和贫化。大自然自身正在失去风景，小说里当然也就没有了风景。第三，也是最根本的原因，是因为现代人的审美趣味，正在经历历史性变异：思想的深刻只能寄希望于对丑的审视上，而不能寄希望于对美的审视上[①]。审视梅娘的小说，风景描写之所以不多，或许跟梅娘一生大多生活于大都市有关：从长春，到日本东京，再在台北、上海的短暂停留，最后在北京生活了60多年。大都市就意味着现代化。梅娘的生活一直远离乡村，与自然有着明显的距离。

然而，梅娘的部分小说的风景描写依旧富有特色，其小说中的风景主要可分为自然风景与都市风景两大类。她的短篇小说中的风景描写很少，而长篇小说里的则相对较多。这些风景有的只是如实的素描，有的是人物心理活动的外化，还有的常常象征着人物的命运。这些风景描写较好地增强了

① 曹文轩：《小说门》，作家出版社2003年版。

营造氛围等功能。

所谓“风景”，是指“一定地域内由山水花草、树木、建筑物以及某些自然现象（如雨、雪）形成的可供人观赏的景象”①。一般来说，风景既有自然风景，也包括人文景观。大多数时候，“风景”一词主要是指自然风景，如自然界的季节变化，自然景观如山川湖海、森林原野，也有自然现象比如风霜雨雪、太阳、月亮、星星等。而人文景观则包括服饰、建筑、音乐等，是在自然景观的基础上，融入了文化特质而构成的景观。

中国古典小说里几乎是没有风景描写的，一般只讲故事而不涉及描写。五四新文化运动之后，受到欧化小说的影响，中国现代小说里开始大量出现风景描写。鲁迅、萧红、张恨水都是其中的重要代表。在众多现代作家中，废名对风景最为痴迷。他的作品《桥》完全就是一部关于风景的小说。在五四新文学滋养下成长的梅娘，其小说中的风景描写也有着自己的特色。由于其小说故事大多发生在都市，梅娘小说中的风景主要体现为都市景观。都市风景描写的存在，使梅娘的小说具备了强烈的现代性特征。

在梅娘的小说里，从标题到人物形象的命名，大多与风景有关。先来看梅娘主要小说文本的命名。

作品	人名	章节名
《傍晚的喜剧》		
《蚌》	梅丽	《一叶惊闻天下秋》《波》《两小无猜》《家》《长兄》《晴空》《母训》《夜会》《人言》《议论纷纷》《甬道上》《秋天里的春天》

① 中国社会科学院语言研究所词典编辑室：《现代汉语词典（修订本）》，商务印书馆 1996 版。

（续表）

作品	人名	章节名
《鱼》	芬	
《蟹》	玲玲、翠翠、祥	
《黄昏之献》		
《阳春小曲》		
《春到人间》		
《雨夜》		
《小妇人》		《双燕篇》《夜行篇》《西风篇》《白雪篇》《异国篇》
《夜合花开》	凤凰、小麟	

从标题来看，梅娘的小说几乎都与自然有关。季节性的比如春、阳春。时辰的则有傍晚、黄昏、夜。动物有蚌、鱼、蟹。天气性的比如雨夜。比如《小妇人》，其中的小标题，《双燕篇》《夜行篇》《西风篇》《白雪篇》《异国篇》——篇篇都与自然景物有关。

虽然在标题中能看到不少与风景有关的词语，但吊诡的是，部分作品在其正文部分竟完全没有风景描写，比如《阳春小曲》《黄昏之献》。而《傍晚的喜剧》与《春到人间》，虽然有风景描写，分量上也极其少。在梅娘这一类小说里，风景仿佛不存在一样。她不需要风景来引入故事或人物，不需要风景来过渡，也不需要风景来调整叙述的节奏。其作品总是开门见山，然后一路匆匆，很快就讲完了故事。但在另外一些作品里，比如《鱼》和《雨夜》，大量的风景描写让人惊叹。

一、风景类型

曹文轩在《小说门》一书里，把小说中的风景描写分成三大类，即如实的素描、心灵的风景以及象征的风景。以此观梅娘的小说，其作品中的风景描写类型大体如是。

（一）如实的素描：作为背景的风景

人类是一种具有情绪和情感的动物，这种情感往往缘自外在事物的刺激而产生。这里所说的外物，可以是人与事的刺激而产生的喜怒哀乐。然而，自然界的风景也能影响人的情感。在中国现代文学史上，对风景的感觉最敏锐的作家是废名。曹文轩曾评价说，他是现代文学史上少有的一个迷恋风景的作家。其代表作就是《桥》。这篇小说里几乎没有社会性场景，有的只是一个又一个自然风景。在自然风景的流动与变化中，进行着的是人物的心灵与情感的流动、变化。除了废名，沈从文的《边城》也是描写风景的代表性作品。

梅娘的一些短篇小说，如《傍晚的喜剧》《侏儒》《黄昏之献》《阳春小曲》《旅》，这些作品里的风景描写特别少，几乎到了零风景状态。在这些作品里，作者似乎急于为读者讲故事，故事讲完了，文本也就结束了。

《傍晚的喜剧》里，只有一处风景描写：“街上吹着凉风，似乎是一天的闷热都吹跑了，天上的云彩，红一块、金一块、紫一块，比大地里的野花还好看。”这一段文字，似乎就只为了描写故事发生的背景——这是一个天气晴好的傍晚。不过，再细读，又感觉这段文字有一种反衬的意思在里面。因为主人公小六子看到这样绚烂的晚霞后，“小六子可没有心思看云彩，心里一阵阵发燥，再凉的风也吹不透”。这是为了反衬小六子的心理，他害怕摔了少掌柜，因为这意味着他会“大祸临头”[①]。

小说结尾的时候，又写道：“天上那耀眼的彩云一块也不见了，一块又一块灰灰的云朵飘在头上”[②]。这里对于云彩的描写显然首先点明故事发生的时间是在傍晚，同时也表明故事的演进所花去的时间的长度，从傍晚刚刚到来时到傍晚快要结束。“灰灰”这一色彩的使用，也有暗示人物心情的作用。

与《傍晚的喜剧》这类短篇小说相比，作为一个中篇小说，《蚌》中的风景描写要稍稍多一点，但没有超过10处。出于点明故事发生时间的需要，

---

① 张泉：《梅娘：她的史境和她的作品世界》，《梅娘小说散文集》，北京出版社1997年版。

② 张泉：《梅娘：她的史境和她的作品世界》，《梅娘小说散文集》，北京出版社1997年版。

作者将小说第一节取名为《一叶惊闻天下秋》，这个章节名点出了故事发生的时节是初秋。行文中，作者写道："夕阳已经退到'忠魂碑'的背后去了，透过繁密的小榆树，异国姑娘的五颜六色的长袖正飘浮在黑的礼服之间，一个戴着小小的白帽子的男孩在俯身拾取着石块。"[①] 这段时间的描写也正是在说明故事发生的时间又是黄昏。为了呼应这个小标题，后来作者写道："一枚黄了尖的叶子悄然落在梅丽的发上。"这就是秋天了，树叶刚刚黄了一点尖，秋天刚刚到来。这篇小说里，梅娘对于风景的描写特别"小气"，往往只有一两句话。

梅娘的另一个小说名叫《黄昏之献》。故事发生的时间也是在黄昏时分。

看来梅娘特别喜欢将她的故事安排在天色将晚这样一个时间点。事实上，梅娘可能的确对黄昏有着独特的体验。梅娘的义子侯建飞在其散文《我和干妈梅娘先生》一文里，曾写到有一年梅娘因病住了院，侯建飞前去探望，他到达医院的时候正是黄昏，在病房门口，看到了这样一幕：

> 突然，楼道的顶灯亮了起来。灯光柔和地照彻周围的一切。梅娘先生的房间由此显得昏暗。此时干妈已经用完了简单的晚餐。但她仍旧坐在那里，静静地看着渐渐变黑的窗外。透过阳台的玻璃，依稀可以看到一两棵粗壮的杨树干和它随风摇曳的枝叶；再远些，是看不透的城市灰楼和混沌的世界[②]。

似乎作家对黄昏情有独钟。

黄昏本来只是一个时间概念，它是白昼和黑夜的转折点。黄昏的到来，意味着白天、阳光与温暖的逝去，更意味着黑夜、寒冷与恐惧的到来。由于这样一种特殊的意义，黄昏这一时间点，在文学创作中受到了很多作家的青睐。

在中国古代文学里，"黄昏""日暮"这样的诗歌意象就特别多，有人以《四部丛刊》为例，粗略统计了其中的"黄昏"意象，竟达 1189 处之多。可

① 张泉：《梅娘：她的史境和她的作品世界》，《梅娘小说散文集》，北京出版社 1997 年版。
② 侯建飞：《我和干妈梅娘先生》，《又见梅娘》，人民文学出版社 2002 年版。

以说，自《诗经·日之夕矣》到《楚辞》，至唐代诗人如杜甫，再至现代作家如废名的《桥》《竹林的故事》、沈从文的《边城》，黄昏一直作为一种意象深受中国文人们的喜爱。这深层次的原因是什么？当代学者对这一意象进行了较为广泛的研究，认为“黄昏意象起源于对温馨、圆满的渴望，发展于诗人们找不到人生的归依，类化于诗人之普遍不得意”[①]。

梅娘喜爱的日本作家芥川龙之介也是一位喜欢书写黄昏的作家。“黄昏意象在芥川的笔下极其凄凉，那本容易让人伤感的黄昏对他的心灵冲击无比剧烈。以黄昏、阴雨天等隐喻开篇，暗示小说故事的发展，是芥川惯用的创作手法，形成了一系列‘以黄昏开始的故事’。”[②] 芥川龙之介之喜好黄昏，是日本文化中“物哀”传统的映射，也是作家自身苦恼、悲哀和不安的内心世界的体现。

可以说，中国古典文学对“黄昏”这一意象的热衷，芥川龙之介对“黄昏”的青睐，加上梅娘自身命运与黄昏意象的契合，促使着孤独、落寞的梅娘，一再书写着这一象征着阴冷与绝望的黄昏。

风景描写最多的要算长篇小说《小妇人》。这个作品讲述的是凤凰与爱人袁良为了爱情离开父母到长春组建了自己的家庭，但是到了长春之后，由于孩子与家务的拖累，袁良的事业发展受阻。两人的爱情开始受到考验，袁良爱上了校长夫人。后来出于家庭责任感，他终于回归到凤凰身边，但是凤凰的心似乎再也无法回到从前。为了疗伤，袁良离开凤凰到日本工作。关于这部作品的风景描写，将在后文加以考察。

（二）心灵的风景

风景作为创作客体，与审美主体之间的关系是互动的，人可以如实地描摹自然。当人的心境发生改变，人对于自然的感受往往也会发生变化。这时，自然就成了“人化”的自然。这种风景可以称为心灵的风景。这种风景描写的方法是一种浪漫主义的手法。在描写方法上，浪漫主义者不在乎风景是否

---

① 唐瑛：《穿越黄昏的精神行吟——中国古典诗歌的黄昏意象论析》，《中南民族大学学报（人文社会科学版）》2006 年第 1 期。

② 蒋静：《芥川龙之介文学作品中黄昏意象的文化阐释》，《湖南人文科技学院学报》2013 年第 4 期。

具有实用性，他们只要这风景与作品在格调上达成一种和谐，所以这种风景更多是作者心中的风景，有着浓郁的主观色彩和抒情性。

《蚌》里有一段描写，就是梅丽心灵里的想象：“梅丽躺到枕头上去，眼睛望着白白的天棚，眼前出现了清清的蓝天，蓝天下是散开着红花的碧绿的山和原野，山坡上一对愉快的小伴，女孩子手中提着朱红的包，他们幸福地笑着，玩着。”① 这是梅丽的回忆，处于爱情幸福中的梅丽对于爱的回忆，让她觉得天是蓝的、山和原野是碧绿的。而当梅丽听到张同事说爱人琦已经回家，她以为他是回家定亲去的，所以她感觉：一个女人悲哀地唱着，强调的伴奏混合着女人悒郁的声音，充溢在顶上的太空里②。

当《小妇人》中的袁良独自处于异国，连一个说话的人都找不到的时候，他眼中的日本大都市的风景就变了味：“大的百货店都休息了，紧闭着铁栅的门，庞大得像一匹怪兽一样地惬卧在黑暗之中。屋顶的霓虹灯，做成好看的不同的新奇的图案，一明一灭变换着颜色，像满天升起的五彩的花炮，像空中开满了如锦的春花似的闪耀着。”“怪兽一样”的铁栅门，显然是人物内心的想象，充满了主观色彩。这也说明了袁良此刻的心情，感觉到被异国异乡排斥在外格格不入的悲凉。

《夜合花开》里也有这样一段文字：“回到自己的屋子里，黛黛没有开灯，她倚在窗前，看着夜幕降落，看着星星出现，听着嫩叶的絮语，嗅着槐花的香气，她觉得槐香比白天浓郁得多……银河一点点地显露了，黛黛在银河的两旁寻找着双星。可是找了很久，只找见了一颗。她不知道是牛郎还是织女。当然是织女，男人总是漠视妻的寂寞”③。

一切景语皆情语。不管是星星，还是树叶，又或者是槐花，它们都是黛黛感觉的产物。因为在家中，受着丈夫的冷落，黛黛很自然便认为连天上的星也是孤独的。

（三）象征的风景

“玫瑰象征着爱情、睡袋象征着子宫、一地的番茄象征着流血、火的熄灭

① 梅娘：《蚌》，《梅娘小说散文集》，北京出版社 1997 年版。
② 梅娘：《蚌》，《梅娘小说散文集》，北京出版社 1997 年版。
③ 张泉：《梅娘小说散文集》，北京出版社 1997 年版。

象征着生命的终了、一座耸起的石碑象征着男性生殖器、一枝荷花象征着出污泥而不染的品格……我们随时都可以从小说中发现象征。而在这些象征中，征用最多的便是风景。”[①] 《老人与海》中的大海显然不仅仅是一片大海。张承志的《北方的河》里的那些大河象征着力量与生命。梅娘的小说中，这样的象征也不乏存在。

梅娘的小说故事常常发生在夜里，如《行路难》，而且是大风大雨之夜，如《鱼》《雨夜》。《鱼》的主人公芬于大风雨交加之夜终于说出自己隐藏已久的心事。“雨这样大，风摇得屋子仿佛要倒了似的，雷响得震耳，我怕，我一人没勇气在这样的暴风雨里支撑着这样大的一所房子，我要你陪我一回，到灯来，到雨住，我会放你走的，你放心吧。”[②] “风突然吹折了一切似的怒吼起来。想着外面的冷雨，这时电光闪动着，跟着雷来，那样干裂的立劈下来的巨响……”[③] 这暴风雨是一种邪恶的力量，逼迫脆弱的芬向琳倾诉内心的渴望与不满。雨也是一种正能量，推动着芬鼓起勇气，告别这僵死的婚姻。

> 抚摩着残花，搜集着枯草，它们都与我有着同一的运命，不久就会蚀化成泥吧！我呢，时光不久也会带了我去的，我已经从时光的齿轮中转落出来，就要落到沟濠里去的。
>
> 日暮了，苍灰的暝色映到我的心上，瞧着哑哑的寻巢的乌鸦，我觉得家的可爱了，但我失去了它，我没有一个可以让我休息的地方。那个刚筑成的爱巢里是有着一只苍鹰的，我的自尊心支持着我，我不能屈服地回去。
>
> 天逐渐地黑了下来，夜无声息地沉重地从我的身边掠过，秋凉透了我的绸衫，在我的皮肤上撒下冰凉的颗粒，我开始轻轻地颤抖着[④]。

而《雨夜》里的雨更大，更猛烈些，也是梅娘的小说作品中，描写风景最多最浓的一篇。

---

① 曹文轩：《小说门》，作家出版社 2003 年版。
② 张泉：《梅娘小说散文集》，北京出版社 1997 年版。
③ 张泉：《梅娘小说散文集》，北京出版社 1997 年版。
④ 张泉：《梅娘小说散文集》，北京出版社 1997 年版。

这个故事也从黄昏时分开始。“初夏的傍晚，一切都安适美丽，酷人的暑热还没有来，是醉人的有花香又有鸟语的暖温的夏日。”[①] 这段文字作为作品的开篇，点明了故事发生的时间：初夏。“外边，暮色正在逐渐降落，远处的小山已经失去了最后的光彩，带着山上的树，变成了大小的不同的黑团。迎着落日的方向还余留着淡漠的金光。海上，晚霞追逐着，幻成了耀目的奇彩。”这一段告诉读者，故事发生的地方是在海边。然而，“黑团”的出现，让人多少有点不安。年轻的妈妈受不了海滩上的人和景的诱惑，终于一个人出门了。然而，暴风雨来了。“风呼啸得逐渐剧烈，青的月旁绘上了白晕，海上，一团黑影逐渐袭来。”“青”的月让人想起张爱玲《金锁记》里的月亮。“青面獠牙”，青色是一种让人很不愉快的颜色。而“黑团”越来越清晰，已经成了“黑影”——危险正在逼近，但是我们的女主人公还沉浸在自己的世界里。“海上的黑影逐渐前进，声势也随着逐渐增大，那正如一队荷着实弹的兵马，虽然衔枚疾走，但声势却不为之稍减，使人充分地觉到了暴风雨前的恐惧。”[②]“黑影”如今成了“荷着实弹的兵马”。“突然，一个霹雳自天横劈而下，天立刻被撕裂了，露出片片的黑影；很快地这些黑影连结在一起，沉沉地压到海上来。”[③] 很显然的，风景就是女主人公命运的隐喻。

气氛似乎越来越激烈了：

海啸起来，仿佛她真唤出了海中的妖精，一卷青色的水飞到沙上来，在沙上重重地摔开，做了美丽的白色的花朵，向距离尚在十码外的粉色的身躯上，投送过去腥冷的夜之海风。

海在她身后追逐着，恶意地恐吓地唱着，合着狂舞的风。

黑暗已经怀抱了整个的世界，滩旁的电灯也似乎摇摇欲灭，天上，第一条金蛇窜下来，带着震耳的雷声，雨就要来了[④]。

这样的海边，其色彩是浓郁的，这种风景往往也是充满了诱惑的。李玲

---

① 张泉：《梅娘小说散文集》，北京出版社 1997 年版。
② 张泉：《梅娘小说散文集》，北京出版社 1997 年版。
③ 张泉：《梅娘小说散文集》，北京出版社 1997 年版。
④ 张泉：《梅娘小说散文集》，北京出版社 1997 年版。

本该因此而退却的，可是她继续滞留在海边。她已经无路可退。

天气更加恶劣了：

> 周围黑暗的，只有海的吼声和着风啸，雨开始无忌惮地打下来，冰冷的，宛如秋末的冷雨那样冰冷的，使人感到战栗地落在身上。
>
> 又一条金蛇窜下来的时候，借着那闪亮的一瞬间，她看清了她正在海水浴场小屋的左侧[①]。

等她找到了避雨的地方，躲进海边的一个小屋，恐惧减弱，寒冷涌上来，这时，她看到外面的风景：

> 风和雨正在外边的世界中扭结着，发着可怕的震耳欲聋撕打声，海帮助它们，使整个的宇宙充满了恐怖的高唱，树被折断了，松悲哭着，海的精灵在沙滩上恣意地吼叫，恰如饥饿了的猛兽，带着使人心胆碎裂的喘息，吞噬着漫漫的沙地。

这可怕的风景诚然是建立在作家的经验之上的，然而其间充满着的恐惧之情，的确是李玲内心的写照。“海的精灵在沙滩上恣意地吼叫”——不经意间，梅娘抓住了浪漫主义风景描写的核心。

“精灵”——这是勃兰兑斯深入分析浪漫主义者的风景之后，所找到的一个极其重要的关键词。“浪漫主义并不在意自然万物的有形之体，而在意自然万物的无形之灵。‘精灵’的发现，使他非常有效地解释了浪漫主义为什么注重对自然万物的印象、为什么偏爱夜晚之景色：月光、夜莺的啼唱、风掠过黑色的枝头、远处草坡上一匹若隐若现的白马……浪漫主义者在写景方面所显示出的所有这一切嗜好，皆是因为他们迷恋于精灵——只有在梦幻、迷醉、朦胧状态时才会出现的精灵。”[②]

梅娘这篇小说中的风景就是精灵——海的精灵：海边的松树在悲伤地哭泣，海上的风恣意吼叫，如饥饿的猛兽在喘息在吞噬。它们是处于梦幻状态的李玲的心中之景。

---

① 张泉：《梅娘小说散文集》，北京出版社1997年版。

② 曹文轩：《小说门》，作家出版社2003年版。

如同万物盛极而衰一样，此番描写之后，小说中的风景从作者的心中慢慢退去了，当陌生男子想要侵犯李玲时，小小地描写了几句：“雨渐渐小了，风也像停止了呼号，海的啸叫一变为哭泣……”既是李玲的心情，也预示着故事就要结束了。

二、风景描写的功能

（一）强化作品的地方特色

很多作家的小说都具有浓厚的地方特色，构成这种特色的因素包括具有地方特色的语言、风俗、建筑物、宗教等，风景描写显然更能体现出一个地方的独特性。沈从文的“湘西世界”、萧红的呼兰河、汪曾祺的高邮，都是由当地的山、水、草与木所构成。不同的时代，不同的地方，不同作家的眼中，总是有着不同的风景。梅娘的小说亦然。

《小妇人》中的袁良到了日本之后，作品中的风景描写立即与之前的长春有了不同。

《异国篇》开篇写道：

> 开了屋门，恰好瞧见淡红的晚霞变深又变紫，公寓里的婆婆在喂鸡，美丽的白鸡鹤一样高傲地站在笼子里，啄食着撒在地上的谷粒。紫色的明亮的晚霞的光彩，停留在鸡的翎毛尖上。空气清新得如国内的清晨，凉的风，微微地吹着，街上响着清脆的木屐的声音，小女儿在喳喳笑语，突然，一个五色的大皮球从邻家的矮墙内飞起来，在空中转了几转之后，又飘飘地落下去。
>
> 地上，枝上还有残存的桂花，金黄的四瓣的小花朵，一堆堆地枯萎了，但依然保留着诱人的甜香。

这段风景描写作为开篇文字，起到了将小说引向人物的作用。“这种开头，避免了那种以对话开头突兀和一下子进入说人说事状态的急促。”[①] 写完

① 曹文轩：《小说门》，作家出版社2003年版。

这些文字，作家接着写道：“袁良双手插在裤袋里，看婆婆悠然地喂着鸡。”人物出场了。“木屐的声音”像一个标志，读者就知道这已经是在日本了。日本民族服饰上的一个特点，就是木屐。被日本占据多年的台湾，也有着这样的习惯，所以余光中在写小女儿夏天穿着木屐，在巷子里走来走去的样子的诗作《踢踢踏》中写道：踢踢踏/踢踏踢/给我一双小木屐/让我把童年敲敲醒/像用笨笨的小乐器/从巷头/到巷底/踢力踏拉/踏拉踢力……而这异国的黄昏如此静谧如此平和，显然已经不是正遭遇着异族侵略的长春所能具有的。而喂鸡的婆婆事实上也意味着一种温馨的家庭生活气息。离开了妻儿，孤身在日本任教的袁良，当他的目光聚焦于这种景物时，我们有理由认为，他其实是想家了。这是他对于家的想念的一种投射。

心情抑郁的袁良独自去街上行走，想排解内心的孤独：

> 路在寒冷的夜雾中濡湿了，踏上没有一点响声，偶尔有一枚小石子被踢起来，跟着就翻落下去。路灯亮着，彼此照出细长的身影。急行电铁带着亮的尾巴，在铁轨上，疯了的马一样，微微倾斜着身体，风一样地急驰而去，电线上迸出来蓝色的火光。

他一路走一路看着日本东京的都市景观：

> 银座在奏着繁华的夜曲，路两边陈设着不同的摊床。灯光下，五光十色的物品，美丽地罗列着，人们穿行在货物之间，挑选着，评判着，摊主带着微笑，夸示着自己的货物。

银座是位于日本东京中央区的一个主要商业区，以高级购物商店闻名于世。它是日本现代景点的代表，开设于 17 世纪初叶。它与富士山、京都一起，象征着日本自然、历史、现代的三大景点。其与巴黎的香榭丽舍大道、纽约的第五大道并列为世界三大繁华中心。这种风景描写有着极强的现代性和都市性，显示了鲜明的地方特色。从古老落后的中国来到东京，这样一个充满现代气息的大都市，袁良的内心一定会经受到强烈的文化震撼。这也是作者在这里对银座大书特书的重要原因。

这边，留在家乡长春的凤凰，周遭正下着大雪。《白雪篇》整篇被大雪所贯穿，这雪下得很大，作者虽然着墨不多，但也很容易让读者读出中国北方的味道。凤凰收到袁良的来信，回信那天，正是大雪纷飞："袁良的信写得很寂寞，看过一遍之后，凤凰悄悄地哭了。窗外在飞着雪，一种塞北独有的棉花一样的大雪。"[①] 在本篇的末尾，再次写到雪："外面的雪被风吹得飞旋起来，像海中的波浪一样，旋成了起伏的曲线，那曲线不停地变换着，翻滚着，正像在水中，不安地摇动着自己的身体。"[②] 凤凰差点不能自持，对小勤做出亲热的动作又忽然惊醒过来，不知道自己的行为到底是对还是错——雪花的不安其实就是凤凰自己的不安。这像大海中的波浪一样的大片大片的雪花只有东北才有。

《夜合花开》里也有一段，黛琳深夜回家，"车绕过了北海前的小拐弯，过了北长安街口，在景山的红墙间，拐向了景山的东大街，清冷的街，躺在高大的镶嵌着黄瓦的红墙下，黑衣警察，不耐寂寞地敲着鞋底。风吹着树梢，黑色的树，黯红的墙，一只鸟不知为什么惊了起来，飞起来，又飞落下来"[③]。稍稍了解北京城的人都会知道，这故事是发生在北京城里的。

梅娘出生、成长、工作，直到中华人民共和国成立，她的生活圈主要在北方：早年在长春，后来是北京，加上中间几年在日本。这些生活过的印象都在她的作品里得到了呈现。这些风景是她生活过的痕迹，也为她的作品增加了地方特色。

（二）营造氛围

一部好的小说，不仅有着出色的吸引读者的故事，往往还擅长营造一种氛围，让读者一读之下，更加欲罢不能。氛围的营造途径多种多样，比如将语言诗化、融入音乐等。然而，最基本的途径，就是描写风景。日本作家芥川龙之介的《罗生门》，有一种阴森、寒气逼人的氛围，因为作者特别偏爱黄昏与夜晚的风景；沈从文的《边城》的氛围是纯情而忧伤，充满了田园牧歌的味道，这是由湘西的山与水营造出来的。

梅娘的小说，《雨夜》对海边暴风雨持续的描写，自然地，就营造出了一

---

① 张泉：《梅娘小说散文集》，北京出版社 1997 年版。

② 张泉：《梅娘小说散文集》，北京出版社 1997 年版。

③ 张泉：《梅娘小说散文集》，北京出版社 1997 年版。

种恐怖而又充满了诱惑的氛围。前面已经分析，此处不再重复。另一部小说《鱼》也有着同样的特点。

《鱼》这部作品，是一部主人公李芬的内心独白，相关的男性角色一直都没有出场。只是在她的叙述中，我们有所了解。李芬对着琳哭诉自己的命运，诉说对他的爱恋。而这一切，发生的背景，竟是一场大雨之夜。

> 营造氛围，既是用来感染读者的，也是用来感染作品中的人物的。我们经常看到的人物行为，并不是因为事情的逻辑发展，也不是因为人物性格的延伸以及某一种思想的作用，而是因为氛围——用风景营造出来的氛围。一种氛围，令人不可思议地进入一种精神的、情绪的或美学的状态，从而使他们产生了一种忧伤，或一种冲动，或一种觉悟，并由此作出一些举动①。

对《雨》里的李芬来说：“雨这样大，风摇得屋子仿佛要倒了似的，雷响得震耳，我怕，我一人没勇气在这样的暴风雨里支撑着这样大的一所房子，我要你陪我一回，到灯来，到雨住，我会放你走的，你放心吧。”② 这段文字点明了背景，是暴风雨之夜；也知道女主人公，是因为害怕才想要琳陪伴自己。当然，李芬之前已经对琳有好感，换了大白天，她也许还能控制自己。可是风来了，雨来了，连电都停了，她的脆弱她的悲伤，跟随着风雨一起生发出来，再也不能克制。是这风雨，使人物做出了平常做不出来的行为。

“我羡慕风，那样自由地随心所欲席卷天空，把心中窝藏的雨滴洒下，就那样嚎哭的一瞬间，已经足以泄尽心中郁烦了。”③ 她之所以会不顾一切地哭诉，是受到了雨的驱动。“风突然吹折了一切似的怒吼起来。想着外面的冷雨，这时电光闪动着，跟着雷来，那样干裂的立劈下来的巨响，我不由得颤动起来，我没再犹豫地跑出去为淋湿了的你开了门。”④ 狂风和冷雨，让她不再犹豫。

---

① 曹文轩：《小说门》，作家出版社 2003 年版。
② 张泉：《梅娘小说散文集》，北京出版社 1997 年版。
③ 张泉：《梅娘小说散文集》，北京出版社 1997 年版。
④ 张泉：《梅娘小说散文集》，北京出版社 1997 年版。

（三）烘托与反衬

小说家在描述一个人的心态、心情，要展示一件事情的到来与转折时，会经常性地感觉到，直接的、全心全意的描述，并不能使他感到满意——不管他如何卖力地去描述，人物的心态、心情或事情的到来与转折，都未能达到他所希望的应该有的圆满程度……在长期的小说创作中，小说家发现了烘托与反衬的手法——这是行之有效的手法，它使小说家终于感到心满意足……而经常被用来作为烘托与反衬的，依然是风景[①]。

烘托性的风景描写，与要烘托的对象的情绪、情感的状态是同质同调的，它使热的更热，也会使冷的更冷。如《水浒传》中的《林教头风雪山神庙》，那自始至终相伴随的大风雪，烘托着林冲凄苦的心情以及他冷峻的性格。而反衬性风景描写恰恰相反，它与要反衬的对象异质异调，热的风景会使冷显得更冷，冷的风景会使热的更热。通读《鱼》，会发现这篇小说里的风景描写，基本上都是消极情绪，风景对心情起到的是烘托的作用，反衬相对较少。

第一次，当芬在火车上遇到林省民，当她感到羞涩时，有一段风景："窗外急骤地袭来了暴雨，车窗上一层又一层地印上了粗大的雨滴，在豪壮的雨声中，车的奔驰声被压了下去。"[②] 这应当是李芬初恋所感受到的内心的震动，是一种反衬。二人同居后，当林省民原形毕露，爱情成了明日黄花，李芬在公园里看到的风景又是这样的：

我抚摩着残花，搜集着枯草，它们都与我有着同一的命运，不久就会化成泥吧！我呢，时光不久也会带了我去的，我已经从时光的齿轮中转落出来，就要落到沟壕里去的。

日暮了，苍灰的暝色映到我的心上，瞧着哑哑的寻巢的乌鸦，我觉得家的可爱了，但我失去了它……

天逐渐黑了下来，夜无声无息地沉重地从我的身边掠过，秋凉透了我的绸衫，在我的皮肤上撒下冰凉的颗粒，我开始轻轻地颤抖着[③]。

---

① 曹文轩：《小说门》，作家出版社 2003 年版。
② 张泉：《梅娘小说散文集》，北京出版社 1997 年版。
③ 张泉：《梅娘小说散文集》，北京出版社 1997 年版。

这样的风景明显的是烘托，同时还有象征，一步一步，预示着李芬必然的悲剧性命运。全文唯一一段暖色调的风景，还是在李芬上学的时候，那时候，无忧无虑的她，眼中的风景是这样的：“我愉快地走着，晴明的蓝天上飘飞着白云，初夏特有的软软的小风，吹拂着我的白绸的短衫……”① 风景与人物心情同质同调。紧接着，她看到了她爱慕的老师正在和她的同学约会。从这一天开始，李芬的少女时代结束了，幸福生活也结束了。她因为萌动的春心，也因为情感的打击，竟不加选择地爱上了林省民，她的悲剧命运就这样开始了。风景，不仅仅是为人物的存在描摹了一个生活场景，更预言着人物即将到来的命运和一时一地的心情。风景并不多余。

同样为烘托，《小妇人》里的风景也有着相同的意义。

当袁良与凤凰决定私奔，并顺利坐上前往伪满洲的火车之后，此时的袁良对未来正充满信心，在他心里，未来的风景美好灿烂：“他想象满洲正像一片荒芜的草原，他和凤凰随着那些质朴的青年在那草原上种植了灿烂的花朵。美丽的太阳照着那辽阔的肥沃的大地，大地上黄色的大豆杂着红色的高粱，美丽得跟画一样。”而凤凰的心情也是一样的：“车走在一块陌生的平原上，原上丛生着许多不知名的小花，那小树在温暖的春风中摇摆它们嫩绿的肢体，显得它们是那样充满蓬勃的生命力。晚霞低下来，低得几乎压到了小树的头上，正像小树的枝梢间开了红色的繁花。两只燕，迅速又轻俏地从那丛繁花中剪过，繁花逐渐减去了鲜艳的颜色，一组白烟幻成的猛兽飞过来遮盖了它们。”② 除了最后两句，带着明显的预言，前面那些风景，都烘托着凤凰那幸福且满怀希望的内心。最后两句，则是在预示二人私奔不可避免的悲剧性收梢。

正如这风景所预示的那样，二人婚后的生活，因为经济拮据，在有了孩子后，日益窘迫，感情也慢慢变了味。凤凰用尽力量打理着家，依旧无法改变悲惨的遭遇。无奈的生活与现实挤压下，袁良有了外遇。为了改变这个境况，在结束了恋人的关系后，袁良到了东京。在异国的土地上，他感觉到了

---

① 张泉：《梅娘小说散文集》，北京出版社 1997 年版。

② 张泉：《梅娘小说散文集》，北京出版社 1997 年版。

孤独，在写给凤凰的信里，他这样写道："寂寞的地方，窗隔海对着远山，楼下面，太阳照着冷落的海水浴场，几只海上游艇裸着桅杆，在浴场边上漂浮着。""天逐渐地暗黑下来，仿佛听见了远远的海潮的响声，空气凉得沁人心里，不是觉得冷地那种战栗，但却是从心往外地觉得凉意透骨，心止不住地颤动着。"这冷显然有着自然界的真实的冷，但更多的是袁良内心的冷。袁良自从来到日本，虽然理智上强迫自己与情人婉莹断绝关系，但内心的孤寂与思念，却令他时时感觉痛苦不堪。

（四）孕育美感

文学作品的作用之一，是给读者一种特殊的审美体验。越是优美的文字，越能给读者美的享受。阅读一些经典美文，比如川端康成的《伊豆的舞女》、沈从文的《边城》，就会感觉到这些小说写得很美，让人心灵受到感染与净化。这些美感也许是因为主题，也许是由于优美的文字。"但，最主要的方面，却竟然是风景……它意味着小说中的风景描写不都具有实用性的目的，比如用于人物活动的背景，比如作为情节的一部分——小说中的风景描写，常在一种美学意义上。它们成为画，一幅一幅的画，镶嵌在整个行文中间，既可以供我们将它们与整个行文融为一体，也可以供我们将它们孤立出来加以欣赏。"①

同样是《小妇人》，在《异国篇》开头，袁良"开了屋门，恰好瞧见淡红的晚霞变深又变紫，公寓里的婆婆在喂鸡，美丽的白鸡鹤一样高傲地站在笼子里，啄食着撒在地上的谷粒。紫色的明亮的晚霞的光彩，停留在鸡的翎毛上。空气清新得如国内的清晨，凉的风，微微地吹着，街上响着清脆的木屐的声音……地上，枝上还有残存的桂花，金黄的四瓣的小花朵，一堆堆地枯萎了，但依然保留着诱人的甜香"②。

这素描般的风景，朴实，没有丁点夸张，正是回归之后，经历了婚外恋的冲动之后，袁良平静而悠然的心情的写照。自然地，这也给读者描画了一幅东京老百姓的日常生活图景。这样的风景自然为小说增添了几分美感。

---

① 曹文轩：《小说门》，作家出版社 2003 年版。

② 张泉：《梅娘小说散文集》，北京出版社 1997 年版。

梅娘的短篇小说一般比较注重情节和动作，可能是因为受到容量的限制。而在中篇与长篇作品里，其风景描写最多的要算《鱼》和《雨夜》。其他作品则比较平常。

值得一提的是，和同时代许多作家相比，梅娘的小说里，出现了不少现代都市风景。这一现象突出表现在长篇小说《小妇人》中。这篇小说在多个地方描绘了属于现代化都市的风景。凤凰曾在孤独的夜里行走在都市繁华的街道：

> 小巷终于走尽了。巷口展开了另一条繁盛的街，街的两旁竖着白色的铃兰花形的街灯，灯下，许多精巧的咖啡店的小门罗列着，诱人的音乐夹着酒的香气从不时被推开的门缝中挤出来……在咖啡店之外，专卖化妆品和衣料的铺子夹在桃色的灯光间①。

袁良的情人婉莹家外边的风景：

> 天黑下来了，这是一条新辟的道路，路是近代式的柏油路，路旁立着美丽的灯，灯的清洁的银色，给人爽快的感觉。两侧，许多尚未完成的各种各式的住宅，显露着工程师的聪明，婉莹的西班牙碉堡似的小楼夹在这些不同风味的住宅中②。

街灯、咖啡店、化妆品专卖店、柏油路、欧式住宅——这一切都已经不是传统中国社会的产物。这一切，显示出故事发生的时代，已经进入了现代社会。

---

① 张泉：《梅娘小说散文集》，北京出版社 1997 年版。
② 张泉：《梅娘小说散文集》，北京出版社 1997 年版。

第二节　梅娘小说的叙事话语与性别

综观这些年以来的研究成果，一般都认为梅娘的小说在思想内涵上具有较为显著的女性主体意识，其小说形式也是特色鲜明的女性文本。然而，其小说的叙事话语是否具有女性特色则缺乏专门的分析。因此，笔者拟以梅娘最具代表性的水族系列小说——《蚌》《鱼》《蟹》为例，从叙述者的位置、叙述者的感知程度、叙述权威、叙述视点等角度着手，对其小说叙事话语的性别倾向进行考察。

一、叙述者的位置

在叙事作品中，叙述者往往扮演着最重要的角色，它是叙事文本进行叙述的“人”或“主体”。按其在叙述中是否参与故事，一般可以分为“异故事”，即不参与故事；“同故事”，即参与故事。还可以按叙述者是否在故事内叙述，分为“故事外”和“故事内”。将上述两种分类法加以组合，便形成了四种不同位置的叙述者：一是“异故事+故事外”，这种叙述者既不参与故事又在故事外叙述，也就是所谓的“全知”叙述者。它“熟悉人物内心的思想和感情活动，了解过去、现在和将来，可以亲临本应是人物独自停留的地方，还可能同时了解发生在不同地方的几件事情”[①]。二是“异故事+故事内”，叙述者不参与故事，但是在故事内叙述。这类叙述者根据故事的逻辑发展进行叙述，知道的只是局部情况，与人物之间保持较为平视的位置，不以超然的姿态出现。三是“同故事+故事内”，叙述者参与故事且在故事内叙述。参与故事的程度往往有一定的差异，它可以是一个在场的旁观者、回忆者或转述者，也可以是“人格化”的故事人物甚至是中心人物，常常以“我”

① 陈顺馨：《中国当代文学的叙事与性别》，北京大学出版社2007年版。

“我们”等语气进行叙述。四是“同故事+故事外”，既要参与故事又在故事外叙述，这样就形成了叙述的矛盾，所以这种情况一般不多见。

从以上四种叙述者的位置来考察梅娘的水族系列小说，《蚌》的叙述者位置应该是“异故事+故事内”。因为本文的叙述者没有参与故事，其叙述行为基本上是跟随女主人公梅丽的生活场景与意识活动进行叙述的，自始至终没有离开梅丽，对于梅丽视线以外的事情着墨极少，所以它是在故事内叙述。《蟹》的叙述者也没有参与故事，其叙述行为主要是以玲玲这个女主人公为线索展开的，然而有时候也会出现一些不同的状况。比如作品的第七、八节，主要叙写了玲玲的堂哥祥对玲玲的女友翠翠的爱，这股爱从萌发到结束都是在祥的意识世界完成的，所以在这里叙述人是站在祥的位置上的，叙述者知道祥心里的想法。而且很多时候，叙述人可以随意进入任何一个人物的内心，洞悉他们的所有想法。对于玲玲无法看到的外部世界，小说也常有提及。因此，实际上这个作品的叙述者应该是“异故事+故事外”，也即全知视角。《鱼》是一部独白体小说，叙述者就是作品的主人公芬，因此叙述者参与了故事，芬就是“我”，“我”就是小说的叙述者，也是小说的中心人物，所以其参与程度很高，因此这部小说叙述者的位置应该是“同故事+故事内”。陈顺馨在研究中国当代十七年小说的叙事与性别时得出结论：“在异故事的叙述者之中，出于男作者之手的大都在故事外进行叙述，而出于女作家之手的则大都在故事内叙述；在同故事的叙述者当中，出于男作家之手的故事参与程度大都较低，而出于女作家的则有较高程度的参与。”[1] 可见，在叙述者的位置上，梅娘的小说与其他女作家是不大一致的，有明显的女性倾向，但也有男性倾向。

二、叙述者的感知程度

叙述者的感知程度一般主要由叙述者与受述者或隐含读者之间的沟通方式来确定。其按感知程度的强弱也可分为四种类型：一是“在场者”，这类叙

① 陈顺馨：《中国当代文学的叙事与性别》，北京大学出版社 2007 年版。

述者完全暴露自己的叙述行为，它和受述者“你”或者隐含读者如“各位读者”直接对话。二是“缺席的在场者”，这种叙述者没有直接向“你”打招呼，但读者能够感觉到一个不现身的叙述者在说话，而且他会在叙述中加入许多非常主观的评论，如阐释、概括、判断、教训、定论等，这些评论会影响读者的阅读，也会干预故事的发展。三是“半隐蔽者”，这个叙述者也会在叙述中加进一些评论，但其在表露自己的观点时比较有节制，态度比较客观，语调相对平和。四是“隐蔽者”，这类叙述者会比较客观地描写人物、叙述故事，很少自己站出来说话，采取的是含而不露的叙述方式。

考察梅娘的这三部小说，可以发现，《蚌》的叙述者应该是一个“缺席的在场者”。因为这个叙述人虽然没有直接向隐含读者说话，但是它常常会在故事叙述进程中加入一些比较主观的评论，以表明作者的立场与观点。比如小说中写道：“……这社会原不是给女人预算的，原想还可以读书、做事，现在连那样一点小希望都没有了。读书去，一天六点钟功课有三点钟家事，做事，女人是低能的，只配端茶水，一天八点钟两手不闲着，给你一块钱还觉得太多。可是我们已经是幸运的了，我们有一个能感到苦闷的心，若是所有的女人都感到这样苦闷，那我们就有救了……”① 这是梅丽向女友雯抒发自己的不满，实际上也是作者在借人物之口表达自己的思考，体现的是作者对女性不公平社会地位的不满。又如：“恋爱的时候不容你选择，结婚头几天还新鲜，过几天发觉满不是那么一回事，于是就吵，于是男人就出去荒唐去，女人活受罪。”② 类似的话语还有很多，这也是作者在借人物之口表达自己对女性在爱情婚姻里的不幸遭遇，充满了对女性的同情。其态度比较尖锐，清楚地显示了叙述者对两性所遭遇的不平等待遇的愤怒，也表明了作者同情女性的立场。这个叙述者虽然没有和读者直接对话，但它有自己的观点，而且这些观点是以一种定论的方式说出来的，构成了一种明显的“文本的暴力”，使读者无法抗拒。《鱼》的叙述者“我”也即作品的主人公芬，直接以“我”的语气讲述故事，其受述者“你”是她的男性知己琳。其小说采用的独白体，更

---

① 张泉：《梅娘小说散文集》，北京出版社 1997 年版。
② 张泉：《梅娘小说散文集》，北京出版社 1997 年版。

完全暴露了“我”的所思所想。所以这个叙述者的感知程度非常强，是一个“在场者”。而《蟹》的叙述者则显得比较客观平和，既没有直接站出来说话，也没有借人物之口发表自己的评论，只是客观地讲述故事，因此这个叙述者应该是一个“隐蔽者”。

三、叙述权威

叙述者的位置与感知程度最终可以概括为叙述权威的问题。一般而言，全知叙述者的叙述权威最高，因为这类叙述者能够控制真实和虚构、内在与外在的任何世界。比如《蟹》，这个叙述者既可以随意进入任何人物的内心世界，也可以对叙述人无法亲临的时空中发生的事情进行叙述。因此这个叙述者的权威很高，像一只无形的手控制着所有的人和事。相对来说，故事内叙述者的权威性则要低一点。《蚌》就是这样的作品。由于叙述者在故事内叙述，所以其不能跳出文本世界，故事本身限制了叙述框架。梅丽的生活视野是有限的，所以叙述者的能力也是有限的，叙述者不可能超越梅丽的生活进行更加广阔的叙述。而以不同程度参与故事的“同故事”叙述者所表现出的权威则是有差异的。如果叙述者在故事中扮演转述者、回忆者或者旁观者的角色，他们就会与全知叙述者一样有较高的叙述权威，因为他们与真正的故事是有距离的，距离使他们可以叙述更广阔的世界。然而，如果叙述者非常投入故事，则权威就会显出不同。叙述者越投入故事，越认同故事中的人物，叙述者与人物间距离就会越小，那么其叙述权威就会越低。《鱼》即是这样的小说。因为其叙述者就是中心人物，叙述者与中心人物之间的距离可以说是“零距离”，所以这个叙述者的叙述权威也几近于零。总之，从叙述者的位置来看，梅娘小说的叙述权威有的高，有的则比较低。

而从叙述者的感知程度来考察，往往越是暴露自己的“在场者”与“缺席的在场者”，其权威性则越高；而“半隐蔽者”和“隐蔽者”，其叙述权威性则相对较低。对照梅娘的作品，《鱼》的叙述者是“在场者”，《蚌》的叙述者是一个“缺席的在场者”，《蟹》的叙述者则是一个“隐蔽者”。前两部作品的叙述权威较高，后者叙述权威较低。

从以上分析可以看出，角度不同，得出的结论也会不同，而且两组结论似乎还有些矛盾。“所有暴露的‘在场者’和‘缺席的在场者’均出自男作家之手；反过来，所有出自女作家之手的叙述者都属于不在场的半隐蔽者和隐蔽者。”[①] 显然梅娘的创作有些不太符合这一结论，她应该属于一种“中间地带”：身为女作家却既采用了“在场者”“缺席的在场者”，也采用了“隐蔽者”。

四、叙述视点

叙述视点是指表达时所采取的角度。“影响视点的因素多种多样，叙述者的性别意识是其中之一。一般而言，在叙述同一题材的故事时，男性的眼光和观察点与女性有明显的差别，不过，男性的眼光也非仅属男作家的叙述者所有，有些女作家在某些作品的叙述中也会呈现男性化视点，相反亦然，即某些男作家的叙述者也会自觉不自觉地倾向女性化视点”[②]。那么男性和女性到底有什么差别呢？“一般而言，男作家笔下的叙述者倾向外部视点，着眼于影响人物命运的外在因素，也就是说集体本位的；女作家笔下的叙述者则倾向内部视点，站在人物本身的位置上看待人物的命运，也就是说是个体本位的”[③]。“女性叙述者往往采取内部视点方式，深入人物的心理甚至潜意识领域，解剖她们的精神和心理变化”[④]。以之看梅娘的小说，《蚌》以女主人公梅丽在爱情上的遭遇为主线，写出了新一代知识女性在爱情、婚姻、职业上的无从选择而经历的彷徨、挣扎与苦痛。小说对故事发生的时代现状的关注比较少，更多的笔墨都用在描写梅丽及其女友们在家庭与社会上的遭遇，关注的是她们内心世界的变化。为了更方便进入人物的内心，小说在叙述中插入了一段日记，细腻地记录了梅丽的所思所想。可见这个作品在叙述视点上有着明显的女性倾向。《鱼》的女性化倾向更加明显。如前所述，这个作品在外在形式上采用的是独白体，通篇是女主人公芬在独白，向受述者倾诉她在

① 陈顺馨：《中国当代文学的叙事与性别》，北京大学出版社 2007 年版。
② 陈顺馨：《中国当代文学的叙事与性别》，北京大学出版社 2007 年版。
③ 陈顺馨：《中国当代文学的叙事与性别》，北京大学出版社 2007 年版。
④ 陈顺馨：《中国当代文学的叙事与性别》，北京大学出版社 2007 年版。

爱情婚姻上的变故与痛苦。可以说，对于人物内心世界的展示，这个作品达到了一种极限。《蟹》稍稍有些不同。女主人公玲玲在父亲去世后，在家族中的地位也随之下跌。小说叙写了玲玲及其家族在纷乱时代的遭遇，其间也插入了很多心理描写；另外，也常常会对其他人物的意识活动加以描写。可见，这个作品的叙述视点同样有女性特质。不过，与前两个作品不同的是，这个作品也涉及了故事发生的社会背景，对女性内心世界之外的世界也有些关注，可以说这多少也体现了作者从叙述视点上的一点男性倾向。因为“在主导意识形态的影响下，更多的是女作家在叙述故事时自觉或不自觉地采取男性视点”[①]。

综上，笔者从四个方面考察了梅娘的水族系列小说的叙事话语与性别之间的关系。总的来说，在叙述者的位置上，梅娘的三个作品具有一定的女性倾向，但也有男性倾向；从叙述视点上，女性倾向比较明显；从叙述者的位置与叙述权威的角度看，有女性倾向，也有男性倾向；但从叙述者的感知程度与叙述权威的关系上看，则具有一定的男性倾向。不过，总的来说，男性倾向所占分量是较少的。所以从整体上看，其叙事话语的女性倾向比较明显。

当然，梅娘之所以会以这样的状态写作，跟她身处20世纪三四十年代的现实处境以及传统中国女性的生存状况有关。因为“权威、空间与性别差异在话语上的表现其实是现实社会和历史文化的反映或折射”[②]。在现实处境上，梅娘是生活在20世纪三四十年代的知识女性，在家庭与学校教育中受到了一些女性解放思想的影响，因而在她的叙事话语方面，常常显示了新女性对女性主体的发现、认同与回归。从历史文化角度来看，与男性相比，中国女性长期处于社会生活的边缘，她们没有机会也没有能力以权威的方式领导他人，这种状况作为一种集体无意识必将对中华女性的现实生活带来长远的影响，梅娘也受到此种文化的浸染。在进入小说创作领域进行话语建构时，这种意识自然也会进一步施加影响。所以少数情况下，梅娘小说的叙述话语也符合其身为传统女性的特征——其作品自觉或不自觉地出现了男性化倾向——这正是传统儒家女性的“阳性崇拜”的体现。

---

① 陈顺馨：《中国当代文学的叙事与性别》，北京大学出版社2007年版。

② 陈顺馨：《中国当代文学的叙事与性别》，北京大学出版社2007年版。

第三节　梅娘小说的女性文本特征

一般而言，由于生而为女性，更由于后天社会环境、文化教养的不同，女性文学的确存在着不同于男性文学的独特审美特征。梅娘作为一位女性作家，虽然受到过很好的现代教育，其生活阅历也十分丰富，但是其小说文本还是有着鲜明的女性文本特征。

一、艺术视角：从小处着眼

世上之事，有所谓的大与小。作为生活的反映，文学可写大事也可写小事。作品的好坏与题材的大小也并无必然的联系。纵观20世纪的女性文学创作状况，有丁玲的《太阳照在桑干河上》等反映宏大题材的作品，但更多的则是像茹志鹃的《百合花》一样从小处着眼的作品。“女性文学独特的艺术视角是在对生活的关切点、题材选择的角度、题材处理的侧重点等方面均显示出一个‘小’字”[①]。

梅娘身处沦陷区的复杂处境，和大多数作家一样，并没有屈从于日本法西斯，也没有丧失中国人的良知。可是，“从文学自身的特性来看，说教式的、宣传口号式的作品，在任何时代都是作家和读者两个方面难以接受的，在沦陷时期也不例外。贴近直接现实、反映抗日斗争的内容又很难面世。于是，表现内心体验、讲述身边故事、谈往忆旧的作品在数量上占据了绝对优势。日常性得到了勿庸置疑的承认和淋漓尽致的表现”[②]。正是身为女性与身处沦陷区的主客观原因使梅娘的大部分作品关注的是一些小市民的生活面貌和世间众多不幸的女人们的苦难。如《傍晚的喜剧》《侏儒》《行路难》《黄

① 王春荣：《女性生存与女性文化诗学》，辽宁大学出版社2002年版。
② 张泉：《梅娘小说散文集》，北京出版社1997年版。

昏之献》《阳春小曲》是关于小市民的日常生活。前三个作品着重反映的是城市贫民困苦的生活，《傍晚的喜剧》以在洗衣店做学徒而受尽欺侮的少年小六子的目光，展示了城市有钱人家庭的龌龊肮脏；《侏儒》则讲述了一个在非人道的生存条件下成长与生活的一个畸形儿的故事。后二者则描写了都市有闲青年寻找精神刺激的各种无聊行径。《蚌》《鱼》《雨夜》《小广告里的故事》《动手术之前》《小妇人》《夜合花开》则均与女性相关。《夜合花开》描写了北平上流社会中的情场纠葛。《小妇人》讲述了一对为了争取婚姻自主而私奔到东北沦陷区的青年的艰难经历。

二、女性第一人称叙述视角，独白式语体

梅娘的小说偏爱女性第一人称叙述视角和独白式语体。这样的文本特征明显地带有五四女性文学的风格。林丹娅在对五四时期女性作家研究时就发现：“她们似乎是不约而同地、情不自禁地、可能是最为得心应手地重复使用以第一人称为主的，与书信、日记、自传体结合的叙述形式。”[①] 虽然这里总结的是五四女作家，同样也适于梅娘。

比如小说《侏儒》与《行路难》。两部作品的叙述者都是年轻的知识女性，运用的都是第一人称。这种视角容易让读者将主人公与作者等同起来，从而获得一种较为真实的感受。

《蚌》中出现过日记体。“日记不单是作为一种外在的文体形式，已经作为女作家揭示人物，尤其是女性心灵世界的艺术视角的技巧。”[②] 当梅丽与琦的关系出现了误会，父母又要把她嫁给朱少爷时，梅丽的心情十分郁结，为了更好地展现她的内心世界，作家在小说中加入了一段日记。这段日记名叫“三日记”[③]。第一天记录了她与时时对她加以监视的后娘的一次交锋；第二天记下了她对自己与琦的关系的反省，重点是对她与琦发生的性关系的思考，

---

① 林丹娅：《当代中国女性文学史论》，厦门大学出版社 2003 年版。

② 王春荣：《女性生存与女性文化诗学》，辽宁大学出版社 2002 年版。

③ 江啸声：《学生阅读经典 · 梅娘》，文汇出版社 2002 年版。

她一会儿“我不该惋惜我处女的失去”，一会儿“不，我不该现在给琦，至少应该再过些日子”，显示了她极度矛盾的心绪以及对失去贞操的恐惧感。第三天记录女友秀文探望她的经过。其实这三天日记的核心作用就是表现出梅丽想挣脱家庭束缚走自己的路，又苦于离开后找不到出路时的困惑。

在梅娘的小说里，常常看到作家借文中人物之口以独白的方式表达自己的各种想法。《蚌》里，作家借梅丽之口说：“不，我去做马路天使，我以为与其卖给一个男人去做太太，去做室内的安琪儿，还不如去做野妓，不如去做马路天使好呢。”此时，梅丽正不得不嫁到朱家去，有心反抗而无力反击的她只有发出这样愤怒的声音。梅丽也曾说：“我不是白痴，不是傻子，有机会，我会做出点什么来的，至少我要使我身边的女人们明白，只有女人才能同情女人、理解女人，只有女人联合起来才能自救。”《鱼》里面，芬也说：“我要的是爱，从心底涌出的真正理解的爱。拥，抱，吻，抚摩，那算得了什么……人们不拿我当人，只当我是林省民的一个附属品。”《动手术之前》中的“我”认为“我只不过是他公寓器物中的一部分，一个活的器物”，在她动手术前她对医生所说的一番话，完全是梅娘女性思想的畅快淋漓的抒发。这些话语洋溢着女性追求自由、追求独立以及对真正的爱情的向往，还表露出女性解放离不开女性的姐妹情谊等女性意识。最具代表性的是《鱼》《动手术之前》《小广告里的故事》。这三个作品从头到尾都是女主人公的内心独白，可以说，完全具备了意识流小说的主要元素。正因为这种方法的使用才使作品将女主人公意识深处的生理与心理欲望表现得十分深刻与大胆，把她内心的各种渴求表现得淋漓尽致。假如换上第三人称以旁观者姿态进行叙述，就很难洞悉主人公真实的内心世界。

而小说《蚌》《蟹》也被认为是按作家自己的生活所写成，带有自传体的意味，从中可以看到作家自己的形象以及生活的片段。“女性文学的‘自叙传’不是个别作家偶尔采用的文体，而是一种普遍的现象，甚至可以武断地说，大凡成功的女性文学都具有较强的‘自叙传’特征”[①]。

梅娘的这些小说“常以女性作为叙述者，女性经验容易得到更多的表现，

① 王春荣：《女性生存与女性文化诗学》，辽宁大学出版社 2002 年版。

改变了男人讲故事、女人听故事的局面”[①]。

然而，这种在五四时期就十分流行的被林丹娅定为“她即文本”的现象，在20世纪40年代的梅娘笔下依然出现，意味着什么？“对艺术家来说，这种意识到她自己就是文本的感觉意味着在她的生活和她的艺术之间几乎没有什么距离可言。妇女作家之所以那么偏好个人抒情的形式如书信、自传、自白诗、日记以及游记等，恰恰是生活被体验为一种艺术或是说艺术被体验为一种生活的结果。”[②]

是啊，这意味着虽然身处20世纪40年代，但女性介入社会的程度与五四时期并没有太大的不同。五四时期妇女解放的呼声因为接踵而至的民族矛盾与阶级矛盾而中断了，因此，时至20世纪40年代，女性的问题依然停留在五四时期就已经达到的阶段。

三、散文化小说

“女性文学在文体上的特点是普遍的散文化倾向，这与男性文学形成了鲜明的对照。男性作家一般都天然亲近重大题材并善于把握和处理重大题材……而女性作家一般不具备那种运筹帷幄、纵横捭阖的能力；不善于多向思维、立体架构，重感受，轻理性，故而能够以漫不经心的艺术构思和清新散漫的语言文字创造出极富韵味的艺术作品。”[③] 可以说，女性作家都是“天生的抒情散文家”：一方面，女性作家在散文创作上较男性作家更有优势，冰心、萧红、唐敏、王英琦等女作家们为我们创作了太多的美文；另一方面，女性作家在散文以外的其他文体创作上也表现出鲜明的散文化，冰心的《春水》是诗也是散文，陈衡哲的《小雨点》、萧红的《呼兰河传》是小说也是散文。

同她们一样，梅娘的小说是小说也是散文，散文化倾向十分明显。

一是其小说侧重于揭示人物的心灵世界，并不过分追求情节的曲折、复

① 张首映：《西方二十世纪文论史》，北京大学出版社1999年版。
② 林丹娅：《当代中国女性文学史论》，厦门大学出版社2003年版。
③ 王春荣：《女性生存与女性文化诗学》，辽宁大学出版社2002年版。

杂和完整，不大注重多侧面地、客观地塑造人物形象。“女性写作擅长心理描写，在孤独、寂寞、痛苦、愤怒、神经质、歇斯底里、性欲、性压抑或欢悦、真挚、忍耐、觉醒、狂热、热烈等情感世界中，刻画人类存在的潜意识、意识和自我意识。”[①] 的确，这种创作手法正是大多数女性作家所喜好与擅长的。从20世纪上半叶的庐隐、丁玲到世纪末的陈染、林白等几乎都对这种方法情有独钟。当然这绝不是偶然，这与作家身为女性的性属有关。这种现象在很多“女性批评家看来其实隐含着一种极强的文化上的隐喻：男性写作的文本是雄性的，其内在体现出一种男性的霸权意识；而女性写作出来的文本特点是柔弱的、被动的和体验的，她们的文本不具有进攻性、给予性以及命令性的话语霸权，它只是讲述女性的体验与感受”[②]。

可以说，这种对心理世界的执着表现，其实源于作家的女性特征以及她们所处的话语位置。

小说《雨夜》的情节很简单，讲述了一个年轻女性遭遇性侵犯的过程，却用了大量的文字刻画女主人公的心理活动。初夏海边一个美丽的傍晚，年轻而孤独的母亲，她所想所思是她那刚刚会笑的婴儿，她那为了前程过海而去的丈夫、她那寂寞的身体对情爱的渴望，以及当她遭遇性侵犯时的恐惧与愤怒。

《小妇人》共由七个小篇章结构而成，其中的大部分内容都是主人公的心理活动。第一章《双燕篇》即通过凤凰与袁良各自的回忆与联想，交代了两人出走的原因以及他们对未来生活的美好设计；第二章《夜行篇》则通过凤凰的联想把两人在长春的生活现状进行了勾画，那是一种艰难、孤独、困窘、劳苦、无望的生活，与他们最初的想象有着天壤之别；第四章《西风篇》则重在通过袁良的回忆，揭示了他外遇的经过以及之后的挣扎与内疚。

《夜合花开》《春到人间》《阳春小曲》《黄昏之献》《动手术之前》等作品都在不同程度上展示了人物的心理世界。

---

① 张首映：《西方二十世纪文论史》，北京大学出版社1999年版。

② 刘雪峰：《女性文学文本特征的基本范畴界说》，《东北师大学报（哲学社会科学版）》2001年第6期。

二是其小说文本具有强烈的抒情色彩。梅娘的小说往往采用散文的抒情笔法，但又不失故事性，行文舒徐，文字清通，字里行间流露出女性纤细敏锐的感受，有着诗一般的意境与散文一般的韵味。

如《雨夜》暴风雨来临前作者对初夏傍晚的温馨与暴风雨来到后对海滩的描写，就是一篇美丽的写景抒情散文。“外边，暮色正在逐渐降落，远处的小山已经失去了最后的光彩，带着山上的树，变成了大小的不同的黑团。迎着落日的方向还余留着淡漠的金光。海上，晚霞追逐着，幻成了耀目的奇彩。”这是多么宁静而美丽的黄昏啊！然而，天将黑时，“海啸起来，仿佛她真唤出了海中的妖精，一卷青色的水飞到沙上来，在沙上重重地摔开，做出了美丽的白色的花朵，向距离尚在十码外的粉色的身躯上，投送过去腥冷的夜之海风”[①]。海啸来了，女主人公命运转变的高峰时刻也到了。

又如《动手术之前》主人公的心理叙述。当她向医生申诉她患病的原因以及决定向医生求助的经过时，她的故事虽然有些惊世骇俗，但小说的情调依然是芳香醉人的。“看！太阳照射得这样温煦美丽。我要太阳，我要在温煦美丽的阳光下继续我的生命。这好看的花！你为什么要摆这样一盆繁茂的迎春在你的桌上？啊！它开得多么蓬勃！我嗅到了春那诱人的气息，我听见小草在苏醒的大地中茁长的声音、我听见了蛰居了整个冬天的小虫在打呵欠。”——这如诗般的倾诉是女主人公对生命深深的眷恋。“那一天，我记得星星是闪烁得如此可爱，无数个纯净小个体在蓝得透明的天空里眨眼、一丝风也没有，我们公寓前的桂花开得正盛、散发出醉人的甜香。那是怎样一种诱惑人的香气啊！一切金秋成熟的魅力都包含在花香之中了，夜是轻柔的，景物是和谐的；甚至乍起的小风也哼起呢喃的小调……”在少妇眼中，一切都是美且醉人的，她对美好爱情的期待就像这秋天一样，可惜，她的丈夫却一夜未归。正是这种绝望促成了她的反抗、她的悲剧。

---

① 张泉：《梅娘小说散文集》，北京出版社 1997 年版。

第四章

梅花香自苦寒来：梅娘散文的主体性建构研究

新时期以来，梅娘的散文表现出较强的女性主体性建构，这种建构是通过三个层面得以实现的。作为社会主体，梅娘对历史、生态环境以及文化进行了富于女性生命特色的理解和把握，从而完成了女性社会自我的认同。作为个人主体，梅娘通过对自我的性别意识和爱情观的审视，肯定了女性作为有性别的个体，其生命的价值和意义，从而走向对女性性别自我和个人自我的认同。作为话语主体，梅娘的散文表现出较鲜明的女性视角和知性思维，由此走向对女性语言自我的认同。

1979 年，梅娘蒙难结业，在一篇名为《为什么写散文》的小文章里写道：

> 一脉心声，构不成故事，也不想构成故事，就这样开始写散文；这是凝聚着渴望的载体——渴望坦诚的心灵、渴望向善的事物、渴望深邃的爱情，等等等等。
>
> 几十年颠簸在七灾八难的壑谷之间，这萦系着身心的渴望却从未须臾离去。遗憾的是文笔欠缺功力，总是逊色于那闪光的渴望、逊色于那热切渴望下的执着追求……

如今，双鬓霜染，时不我待，我却又增加了新的渴望，渴望笔能生辉，为复兴的多彩的祖国抒写沧桑。为此，我在磨砺，幸福又痛苦地磨砺着[①]。

自1979年6月10日在香港《大公报》发表《新美人计》以来，凭着这不老的渴望，梅娘在新时期发表了数十万字的散文作品。然而，对这些散文的研究却明显滞后了。目前，中国期刊网收录的对梅娘散文进行研究的学术论文只有3篇，这与梅娘的创作成绩是不相称的。对于梅娘颇具特色的散文创作来说，这一点成果显然是不够的，尤其是对梅娘散文的主体性研究至今尚是空白。

在20世纪中国文学的研究中，散文研究一直比较滞后。对于女性作家散文作品的研究充斥着各种片面性的评价。杨珺在《二十世纪九十年代女性散文的主体建构》一书中指出，造成这一状况的主要原因在于研究者对女性散文与女性主体性之间的关系认识不足，对女性主体性认识不够全面。基于此，杨珺指出“女性散文的发展，本质上是女性主体意识的发展”[②]，并对女性主体性进行了界定：女性主体性即“女性对于女性自我身份和自身在整个社会文化中的地位、价值的肯定，它包括女性对于自身作为社会主体、个人主体和话语主体的自觉”[③]，进而认为，女性散文对女性主体性的建构主要表现在三个方面：第一，作为社会主体，女性作者对外部世界进行审视，对历史、社会、文化进行富于女性生命特色的理解和把握，最终走向对女性社会自我的认同；第二，作为个人主体，女性作者对女性自我内在生命世界进行审视，肯定女性作为有性别的个体其生命价值和意义，最终走向对女性性别自我和个人自我的认同；第三，作为话语主体，女性作者摆脱十七年散文的僵硬模式，充分发挥汉语言本身的弹性和张力，在对散文文体的探索中肯定女性作为话语主体的地位，走向对女性语言自我的认同[④]。

由此理论出发，笔者力求在全面研读梅娘散文的基础上，对梅娘散文的主体性建构加以考察。

---

① 江啸声：《学生阅读经典·梅娘》，文汇出版社2002年版。
② 杨珺：《二十世纪九十年代女性散文的主体建构》，河南大学出版社2009年版。
③ 杨珺：《二十世纪九十年代女性散文的主体建构》，河南大学出版社2009年版。
④ 杨珺：《二十世纪九十年代女性散文的主体建构》，河南大学出版社2009年版。

第一节　梅娘散文的社会主体性建构

梅娘的散文大体上可以分成两大类。其中一种为回忆类散文，这些散文占据了梅娘散文的绝大部分，在对其坎坷一生的持续性回忆当中，反映了作者对国家、民族、历史、政治等宏大话题独具特色的认识，表现出作者对女性自我社会主体性的建构。

一、重返民国：梅娘散文的历史叙述

20 世纪 90 年代是一个充满回忆的年代。丁玲、杨绛这些五四女作家亲历了半个多世纪的历史，卷入过数不清的运动，如今步入暮年，正是她们回望一生的时候；那些出生于 20 世纪 50 年代的女作家，因经历了“文革”，尤其是“上山下乡”运动——当一切尘埃落定，回忆遂成 20 世纪 90 年代女性散文的突出景观。有过东北沦陷区成长、工作的政治背景，年轻时又曾赴日本留学，加上丈夫柳龙光的海难，这些都构成了中华人民共和国成立后梅娘受难的原因。历经重重磨难的梅娘劫后余生，写下了大量回忆性散文，是对 20 世纪 90 年代散文创作景观的一个回应。

1931 年九一八事变后，长春被日本占领。1932 年成立了日本“大东亚共荣圈”的重要组成部分——伪满洲国。梅娘居住的长春成为伪满洲国的首都，改名新京。在日本高压下的伪满洲国，梅娘见过太多的悲剧。在这种政治环境下长大的梅娘有理由对日本侵略者怀着深深的仇恨。但是，由于其贵族化的家庭背景，锦衣玉食的她并没有遭受普通百姓所经历的民族压迫。也由此，在梅娘的多篇散文里，她表达了对日本普通民众的好感。在梅娘眼里，日本老百姓是跟中国人一样的人，他们有爱，懂得苦难，也可以和中国人交朋友，甚至为了中国人可以献出自己的生命——它源自作者与日本人民的亲身交往，体现了一个成熟的中国知识女性对日本民族的真切认知。

在《松花江的哺育》里，梅娘回忆了她吉林女中的老师村田。在她看来，这个来自日本的老师是她们的“严师加慈母”[①]。同学山口澄子的妈妈山口，“山口妈妈是那种只知道奉献的人……她太善良了，善良到不愿承认还有坏心肠的人”[②]。而同学澄子，“她为满足我渴望的书籍提供了方便”[③]。《我的大学生活》一文中也有这样的日本人。留学期间，梅娘住进了日本一户普通百姓的家里。“吉野太太对我们非常友好，招呼得十分周到……和君临满洲的日本人相差实在是太大了。”[④]“创办东亚日语学校的松本老人，是个中国通；他一直反对政府侵略中国，是中国人的真朋友。”[⑤]《我与日本》里还提到柳龙光在日本早稻田大学就读时的一位棋友竹内义雄，因营救中国青年李克异，被日本当局处决。李克异被逮捕后，“交由竹内审讯，经过唇枪舌战的交锋，竹内欣赏起李克异那一往无前的精神和那优秀的文学素养来，不愿意残害一个人类菁华”[⑥]。竹内之所以要营救李克异，理由竟是如此的简单。

对于那段给两国人民造成了深重灾难的战争，身处日本的梅娘看到的却是另一面，也看到了战争给日本国民带来的伤痛。《我的大学生活》里，作者对日本朋友，甚至是日本的动物寄予了深切的同情。“奈良温婉的小鹿呦呦地叫着走过来接受人们的抚摸时，我总是泪在眼眶里转，把自己的宵夜——白薯干送到小鹿的唇边。那时，日本人果腹的白米已经短缺了”[⑦]。“我注意到了忧愁已经悄悄爬上了这群淑女的眉梢，她们中的亲人——哥哥或弟弟，甚至是未婚夫、丈夫，出征后已经做了他乡之鬼。再恬淡，也无法脱开这种亲人遽亡的伤楚。”“她们和我一样，悄悄地品味着民族的苦难”[⑧]。

对于梅娘而言，战争是残酷的，但人性是有共通性的，哪怕身处敌对的两国，这些百姓有坏人，也会有好人。

---

① 侯建飞：《梅娘近作及书简》，同心出版社 2005 年版。
② 侯建飞：《梅娘近作及书简》，同心出版社 2005 年版。
③ 侯建飞：《梅娘近作及书简》，同心出版社 2005 年版。
④ 侯建飞：《梅娘近作及书简》，同心出版社 2005 年版。
⑤ 侯建飞：《梅娘近作及书简》，同心出版社 2005 年版。
⑥ 侯建飞：《梅娘近作及书简》，同心出版社 2005 年版。
⑦ 侯建飞：《梅娘近作及书简》，同心出版社 2005 年版。
⑧ 侯建飞：《梅娘近作及书简》，同心出版社 2005 年版。

二、走向自然：先进的环保意识

1978年，梅娘重新回到中国农业电影制片厂。工作期间，她得以有机会去祖国各地采访写作，撰写了一批科普性知识小品与旅游文学作品。这些科普知识小品文，鲜明地表现了梅娘对自然的悲悯情怀与环保意识，体现了梅娘对自然的独具女性特色的认识。

写于1980年的《红松林的故事》是一部科普电影文学脚本，讲述的是东北红松的繁殖、珍惜与利用，有科学的严谨，也有童话的美好，更有先进的环保意识。作者认为“砍光头”式的采伐方式是“杀鸡取卵的做法”，“不但出不了木材，而且破坏了大自然的生态平衡，将招致大自然的报复，引起一系列的恶果”[①]。20世纪80年代的中国，正被改革大潮裹挟着大踏步前进，没有人注意到国人的很多行为正在对大自然构成一种无法恢复的破坏。作为一个作家和编剧，梅娘的声音显示了一份难得的清醒与科学性。同样的思想体现在写于1981年的《春城游》里。在《滇池与造田》一节中，针对云南人民填掉滇池以造田这一行为，梅娘认为“‘向滇池要粮’是无视自然规律的蠢事，五百里滇池行将失去茫茫之状，远非亩产200斤稻谷所能补偿，这也是严重教训之一吧”[②]。写于1990年的《“知音”寄语》也是这样一篇文章。20世纪80年代初期作者回到家乡长白山林区采访一个会议。在那个会议上，人们讨论了如何采伐林木，到底是“皆伐”还是“择伐”。进山的路上，下起了大雪。面对这翩翩而来的雪花，作者想到了环境污染问题：“说是大气已经被工业的有害飘尘污染了，那翡翠般的雪片，会不会已经裹住了冻僵的硫磺颗粒呢？”[③]幸好，“择伐”派得到了更多支持，因为我们“不能吃祖宗饭造子孙孽”！

三、文化意识：基于阶级与性别的思考

广义的文化是指人类创造的一切物质产品和精神产品的总和。文化在人

① 侯建飞：《梅娘近作及书简》，同心出版社2005年版。
② 侯建飞：《梅娘近作及书简》，同心出版社2005年版。
③ 侯建飞：《梅娘近作及书简》，同心出版社2005年版。

类的生活中无处不在，对文化的理解毫无疑问地打上了阶级与性别的烙印。

《长春忆旧》一文中，作者回忆了儿时在长春生活的场景。那时候，梅娘家被法国、沙俄、英国以及美国的各种公司重重包围着——这正是其时中国国际地位的一个象征。

> 夹在卜内门与胜家两大公司之间的是个土著的贩马大店，黑漆大门上贴着门神秦琼的彩色像，院门右侧是座泥塑的财神像，像前的铁香炉里终日香烟缭绕。进大院的生意人，面对神像有跪下叩头的，有鞠躬的，也有作揖的，那诚惶诚恐的样子十分滑稽可笑……[①]

财神是汉族民间传说里主管财源的神明，财神信仰属于汉族民间信仰。门神也是汉族民间信奉的神仙，属道教。秦琼是唐太宗的大将秦叔宝，元代以后与他的战友尉迟恭演化成门神中的武门神。对于这些神仙，普通百姓往往恭敬有加。对于这些生意人在神仙面前的恭敬样，梅娘却显得十分不屑。与那些每天为生计奔波操劳甚至缺衣少食的老百姓不同的是，梅娘有一个实业家的父亲，这位父亲为她提供了优渥的物质条件。她不需要为稻粱谋，自然就不需要神灵的庇佑，也敢于亵渎神灵。

在日本留学期间，梅娘曾就读于神户女子大学家事系，对于该系开设的花道课程，梅娘表现出了格外的热爱：“花道是个酬答天籁的课业，是再现自然和谐的美育课”[②]。对于真正的美，梅娘能够摒弃政治与战争的影响，并对其加以客观的审视。对于古文学课上所学紫式部的《源氏物语》，作者评说道：“书里讲述的爱情坚贞得肝肠寸断，和我们中国的帝王一样，帝王可以移爱四方，皇妃和姬却总是忠于一身，非常非常的缠绵悱恻，非常非常的男性中心，我不喜欢书中那些仪态万方的女人，因为她们距离现实太远了，这当然是我对古文学的无知。”[③] 作者对《源氏物语》首先进行了颇具女性意识的把握，随后又进行了自我否定。显然，作者后来认识到了这部小说的价值。对中国古典小说《红楼梦》里的林黛玉，梅娘表达了类似的看法：“虽然我很

---

① 侯建飞：《梅娘近作及书简》，同心出版社 2005 年版。

② 侯建飞：《梅娘近作及书简》，同心出版社 2005 年版。

③ 侯建飞：《梅娘近作及书简》，同心出版社 2005 年版。

欣赏她那不肯随波逐流的性格，我却不想效法她去埋葬我的蔷薇……我完全没有伤逝的情怀。”[①] 林黛玉是中国古典文学长廊里独具个性的女性形象，梅娘却用自己的女性眼光表达了对这一形象的否定，表现了作者立足于女性主体的思考。每一个真实的女性，肯定都不希望自己拥有林黛玉式的身体与爱情。

对于同时代的张爱玲及其创作，梅娘也有着自己独特的思考。

在散文《我与张爱玲》里，梅娘回忆了与张爱玲的交集：1942 年，在北京中南海的一次赏花游园会上，看到了疑似张爱玲的女子，因其被很多人包围着，梅娘没有前去搭话；1944 年冬，张爱玲在上海兰心戏院亲自改编并参与排练《倾城之恋》，待梅娘赶到戏院，排练已经结束，梅娘看到的又是前呼后拥的张爱玲，也不便上前搭话；1995 年初夏，梅娘旅居美国，请朋友帮忙联系张爱玲被拒。“南玲北梅”终于无缘得见！

> 第一本读的是《倾城之恋》，张爱玲这样塑造了倾城之中的女主人公流苏：“怯怯的身材，微风振箫般的声音……”多么的传神！这是个十足令男人怜爱的女人。掩卷之余，一缕惆怅兜上心来，仿佛流苏在我耳边絮语：“倾城之际，你要抓牢男人！”我反问了，为什么是抓牢男人，而不是与男人共同奋进呢？再读《金锁记》，曹七巧从贪恋黄金到被黄金吞蚀，只余了一种最最可怕的情感——复仇！凡是自己未曾拥有的，谁也不准拥有，哪怕是自己的女儿。这是魔鬼的逻辑！……张爱玲，你是揭露得多么淋漓[②]！

对于同时代的张爱玲，梅娘对其作品的把握应该说是准确的，当然这中间有过波折，经历了从不认同到认同的过程。这里同样显示了梅娘对于文学作品的解读，其角度仍然是女性主义的，她关注的是女性形象。当然，梅娘没能找到白流苏和曹七巧她们性格形成的因素，这是梅娘女性意识的局限性。

---

① 侯建飞：《梅娘近作及书简》，同心出版社 2005 年版。
② 侯建飞：《梅娘近作及书简》，同心出版社 2005 年版。

第二节　梅娘散文的个人主体性建构

“女性的主体建构必须要进入社会公共领域，实现其社会角色的认同与完善；同时，在个人生存领域，女性必须冲破父权文化施予女性的诸多歧视性规定，重新认识自我，塑造自我。”[①] “具体说来，1990 年代女性散文在个人生存领域的主体建构表现在如下几方面：一，对传统的两性关系模式进行思考，反思其中的主导——从属本质，在此基础上，试图建立一种男女两性人格绝对平等，在具体关系中互为主客体的新型的主体间关系……四，对女性日常人生进行新的价值厘定，彰显现代知识女性在完善家庭角色、安排衣食住行的过程中体现出的主体性因素，将女性的主体建构落到踏实的生存论根基上；五，对每一个体都要遭遇到的生老病死等人生命题进行探究，这是女性作为主体具有反思性和能动性的生存实践，它推动着女性作为个人的自我理解自我担当。”[②]

在梅娘相当多的回忆性作品中，有一部分文字跟她的小说一样，也有着鲜明的女性意识，显示了历经劫难后，身为女性对家庭、亲情、女性人生的看法，体现出鲜明的个人主体性的建构。

一、“我忘了，我是女人”：梅娘散文中的女性意识

梅娘是个有着自觉女性意识的作家，从早期的小说创作，到中华人民共和国成立后的散文，其间都可看到她对于性别问题的思考。写于 2004 年的

① 杨珺：《二十世纪九十年代女性散文的主体建构》，河南大学出版社 2009 年版。
② 杨珺：《二十世纪九十年代女性散文的主体建构》，河南大学出版社 2009 年版。

《我的“女权主义”》，作者集中表达了自己的女性观。朋友赠送的青州菩萨引出作者对女性人生的看法，她认为女人的一生应该是这样的：

> 小女儿时段，是父母的开心宝贝，是全家的爱宠；大姑娘时段，是兄弟间的平衡，是父母的期望，更是少男追逐的对象；小媳妇时段，是家庭的核心，是欢乐的源泉，更是事业有成的动力；作为母亲，孕育着民族的未来，是民族的仰赖，散发的爱博大深远……[①]

由此可见，梅娘虽然认为女性对于家庭、民族有着巨大的作用，但总体上，她的思想没有摆脱男权文化的影响，女性在家庭生活中的被动性较大，而主动性不够。不过，这并不影响梅娘对于女性的关怀与同情，也不影响她对男权文化的批判。这与她小说创作中的基于人道主义思想的女性意识是一致的。

写于1953年的《十座贞节碑》极具代表性。作者在一个村庄采访时，见到了一座“用十座贞节碑搭成的石桥”，“一直从清乾隆延续到民国十九年”。这时候的梅娘，正感受着新生的社会主义中国的美好，所以，她说：“在作为一个挣脱了封建礼法压迫过的女人，我更加深切地感觉到挣脱了封建枷锁的幸福”。而房东大娘也抱持着同样乐观的想法：“像慕贞遇到的那样的事，可再也不会有了。”[②] 此文虽小，但意义重大，为梅娘女性意识的发展历程提供了参照。

20世纪40年代的梅娘，和张爱玲、苏青一样，在小说中对旧社会的性别压迫进行了无情的揭示与批判。到了20世纪50年代，“男女平等”的国策让梅娘乐观地以为，中国的性别压迫随着新的社会制度的建立从此终结了。在一篇名为《对白云》的散文中，梅娘回忆了当时的心情：“我年轻的沸腾的心，反复思索、权衡，认定只有一条路好走。解放包括我这个年轻的小寡妇在内的全体妇女……只有在以解放天下为己任的社会结构中才能实现”[③]。然而，“男女平等”作为一项从上而下的国策，由于其文化上的先天性不足，并

---

① 侯建飞：《梅娘近作及书简》，同心出版社2005年版。
② 侯建飞：《梅娘近作及书简》，同心出版社2005年版。
③ 侯建飞：《梅娘近作及书简》，同心出版社2005年版。

没有让女性在政治解放后得到真正的解放。在一切向男性看齐的时代，女性反而失去了自我，女性最终成了和男性一样的人。

到了新时期，梅娘终于领悟，性别问题不仅没有消失，反而更加严重，这当中也包括她自己。对于这一问题的认识，《我忘记了，我是女人》很有典型性。20世纪90年代初期，梅娘前往长春出席东北沦陷区文学国际研讨会。在会场上，衣着随便的她被老友梁山丁、日本学者岸阳子的精心打扮所触动，赶紧换上了女儿从国外买回的“十分考究的丝质长衣”。在穿与不穿之间，梅娘有过挣扎：“我还不能立即从‘工蚁式着装’的习惯心态中突围出来”，“虽然我早就明白，被西方人讥笑的大陆的‘工蚁式着装’并不等于就是男女的真正平等，那只不过是物质匮乏时的一种权宜”[①]。但梅娘还是不敢穿，她领悟到“可悲的是：我忘记了我是女人，这才是我真正的自我丧失”[②]。一番斗争之后，终于“我勇敢地穿上了我的丝质长衣，伴随着穿衣的动作，细小的悉索声流溢出来，这悉索声可以说富裕的潜台词”[③]。

当女性自我勇敢地回归之后，梅娘开始重新打量人间，对当下社会中存在的性别问题进行了尖锐的批判：

> 一种难以纷说的悲怆之感；因为我不时尖刻地感觉到：尽管已经有了各式各样的男女平等的世相，有些女人仍然处在被男人消遣的境地。痛心的是：容忍男人消遣，是她们的自愿选择。这种世相，媒体给了一个颇具辛辣的界定：“包二奶”，这个“包”字，你能漠视它的“臣”的属性吗[④]？

女人甘为“臣”“妾”，甘为男人的性消费品，正是当下中国非常普遍的一种现象。

在这篇散文里，梅娘还对所谓的“女性美”发表了自己的看法：

> 因为所谓的不老对女人来说，就是高扬的女性、母性。生命赋给女

---

① 侯建飞：《梅娘近作及书简》，同心出版社2005年版。
② 侯建飞：《梅娘近作及书简》，同心出版社2005年版。
③ 侯建飞：《梅娘近作及书简》，同心出版社2005年版。
④ 侯建飞：《梅娘近作及书简》，同心出版社2005年版。

性的天职就是要把美播撒到她所在的任何角落。高扬的女性、母性是那种执着于创造性劳动的不懈。只有葆有对生命的热爱，女性、母性才能闪光。不能只单单地赞美青春，青春只是生命的一段流程，正像花蕾必定化为果实一样。持久不衰的是女性的宽宏与深邃，是母仪天下的风范。——女性之美不关乎年龄，重要的是智慧与风度①。

女性之美，美在智慧，美在内在与外在的高度融合。

在《赵树理与我》一文中，梅娘同样清楚地表达了对女性美的看法："我以为男女不应一样装束。男女一样装束，不等于就是男女真正平等，而是对两性美的冒犯。女人就该有不同于男性独特的着装，当然不仅仅限于衣着。"②换上了美衣的梅娘终于找回了自己，找到了自己的女性："我为我复归为女人心颤不已，我曾为使女人不受欺凌呐喊过、痛哭过。我相信，这个无数代女人上下求索的古老话题必将在富裕的社会中一步步实现，因为这是文明的归循，是时代的归循。"

新时期以来相对自由的话语环境，让梅娘找到了自己，真正地开始以女人的姿态生活，并因为这样一种回归感到自豪："我拣回了自我，我是女人。"梅娘的女性意识正是对 20 世纪 90 年代这个时代的呼唤。"在叶梦的探索之后，尤其是 20 世纪 90 年代后，女性散文中才有了女性对于自身性别身份积极快乐的认同。这种认同不再是一种被动的接受，而是一种主动的选择，是女性获得了经济独立、人格独立之后主体渐趋稳健的一种体现。"③

二、灵魂的独舞：梅娘的爱情观

自 20 世纪 40 年代末期柳龙光去世之后，梅娘一直独身。对这样一位青年时代就受到过五四个性解放思想和女性主义思想影响的女性作家来说，这多少有点不合情理。现代文学史上的女作家比如丁玲、萧红、张爱玲，她们

---

① 侯建飞：《梅娘近作及书简》，同心出版社 2005 年版。

② 侯建飞：《梅娘近作及书简》，同心出版社 2005 年版。

③ 杨珺：《二十世纪九十年代女性散文的主体建构》，河南大学出版社 2009 年版。

的爱情生活都比较丰富，有着较多的罗曼蒂克史。从生理到精神层面，对于人生伴侣的需要都是可以理解的，但是梅娘一直没有新的婚姻。阅读梅娘的散文，多少可以管窥梅娘的情感世界。也可以说，对于爱情，梅娘从压抑到释放，经历了很长的过程。但一直到最后，梅娘都没有冲破世俗的勇气，选择了孤独终生。

《远方的思念》里，梅娘收到了年届 83 岁的中学老师孙老师的来信。从文章可知，孙老师对梅娘是有爱情的。梅娘对他也有感情，但是两人都将这份情感埋在心底，一直没有说出来。这位孙老师就是梅娘就读于吉林女中时期的国文老师孙晓野，是他的推动促成了梅娘第一部文集《小姐集》的出版。在另一篇散文《情到深处》中，梅娘收到了孙老师的讣告，由此又引发出对二人交往的回忆。和前文一样，再次提及两人相爱却一直不敢敞开心扉，不敢冲破世俗的束缚，“而我又碍于世俗的一切，没有前去与他交往。如果我去，我相信我有能力使他的止水重泛涟漪。可是，我没有去，没有主动前去，使我们的相知停滞在我的花季之中。我只是个囿于世俗的凡人，过多地考虑了周围的一切，没有去捕捉生命中这抹金色的晚霞。其实我很孤独，他当然也是，书和笔抵御不了孤独，就是全身心地投入，孤独也在悄悄地啃噬于你”。现在他去了，“我所能做的，只有浴着我的孤独，怅望云天了”①。这份爱仍然保持着传统知识女性的冷静和矜持。

在《回忆赵树理》里作者回忆了自己与赵树理的交往。1952 年春天，梅娘因体验生活到了山西省平顺县川底村，并和赵树理住在同一户房东家里。初听这一消息，梅娘十分开心，“我高兴极了，相信他会在以后的共处中给予我众多教益，他一向的坦诚将使我毫无疑虑地吐露心曲”②。但是相处没多久，梅娘就发现自己和赵树理有着太多的不同。这不同阻碍了两人情感的发展。在《赵树理与我》里梅娘提到自己之所以会翻译日本学者釜屋修的赵树理研究论文，是因为“出于对赵树理的深深怀念”。在此文中，她再次提及当年一

① 侯建飞：《梅娘近作及书简》，同心出版社 2005 年版。
② 侯建飞：《梅娘近作及书简》，同心出版社 2005 年版。

起在山西体验生活的场景，并写道："他那津津有味的吃相，总是使我心动不已。"①

如果只是读到这里，读者大概还不清楚，梅娘对赵树理的感情到底是同志之谊还是男女之爱。另一篇题为《一封未寄出的信》则清楚地显示，梅娘深爱着赵树理，而赵树理也深爱着梅娘。梅娘尽情地向隐形读者——赵树理表达了对他的深情以及情感得不到回应的疑惑。"我一直猜不透你为什么拒绝我。我很清楚，你是那样喜欢我，对我一直怀着深深的眷恋。"一对相爱的人，只是因为世俗的束缚错过了爱，错过了相守。让人意外的是，在文章的末尾部分，作者说自己曾有一次故意把自己打扮得很漂亮，为的是激发赵树理爱情的勇气。当赵树理差点泄露自己的心事又极力隐藏的时候，梅娘说：

> "不是我的衣裳漂亮，是我这个人漂亮，我穿什么衣裳都打眼。"——我不穿衣裳更诱人——这句挑逗性的话我没说出来，因为我的字典里没有"勇气"！但也还是自嘲式说了句："女为悦己者容么！"你无言，且悄悄地低下了头。这正是我意料中的反应。我难受极了。就想一把揪着你，捶打、摇撼，盖上去我战颤的双唇……②

如此勇敢直率的表达，抵得上沙菲，也抵得上 20 世纪 90 年代那些女诗人的呐喊了！

无论是对性别问题的批判、对女性美的回归，还是对爱情的呼唤，都体现了梅娘对自己作为一个生命个体、一个具有主体性的女性的建构。"宣示对女性自我隐秘世界的发现和确立，对自己性别属性和生命权利的体验、正视与认同，对男权世界的疏离、叛逆与抗争。"③

三、语言的女性自我认同

"要建构女性的主体性，不可避免要进入语言，父权话语系统内女性的长

① 侯建飞：《梅娘近作及书简》，同心出版社 2005 年版。
② 侯建飞：《梅娘近作及书简》，同心出版社 2005 年版。
③ 任一鸣：《中国当代女性文学简史》，广西师范大学出版社 2009 年版。

期沉默，更加说明了只有自觉进入语言，改变被言说的地位，女性才有可能呈现并领悟自身的存在，进而改变这种存在。”[①] 梅娘的散文重视自我、追求真实、抒发心灵的特点，表现出其散文摆脱陈规、书写自我，对女性语言自我的认同。

（一）叙述：女性的视角

叙述者是一篇散文得以完成叙述的重要层面。“散文的叙述者、真实作者与隐含作者三者往往是合一的”，“由于以前对散文的叙述讨论较少，再加上十七年一直强调所谓的大我，几乎所有散文的隐含作者都被自居为真理代言人的大我所取代，女作者的性别身份往往被遮蔽。20 世纪 80 年代尤其是末期以来，散文观念的革新带来了散文叙述的多样化，女性散文作为散文革新的重要部分，在这方面的探索尤为重要，它不仅具有文体学的意义，还具有女性主体建构的意义”[②]。阅读梅娘的散文，细心的读者会发现，在很多篇章里，在字里行间，总是不期然间显示出一个女性作者特有的视角。

20 世纪以来的现代散文体式主要是“闲话风”和“独语体”，20 世纪 90 年代以来的女性散文在叙述方式上大体沿袭了这两种风格，而“闲谈强调叙述者与读者之间的平等性和话题的随意性，以及氛围的自由宽松。多是叙述过去的见闻、经历或者某种个人的生命感受”[③]。梅娘的散文大都采用这一叙述方式。《梅娘近作及书简》将梅娘的全部散文分成生命流程、工作留踪、生活随想以及往事依依共四辑，其中生命流程和往事依依主要是回忆其人生经历，工作留踪主要是工作见闻录，生活随想就是一些个人生命感受。1979 年，梅娘蒙难结业，她在《为什么写散文》中写道：

> 一脉心声，构不成故事，也不想构成故事。就这样开始写散文；这是凝聚着渴望的载体——渴望坦诚的心灵、渴望向善的事物、渴望深邃的爱情，等等等等[④]。

---

① 杨珺：《二十世纪九十年代女性散文的主体建构》，河南大学出版社 2009 年版。
② 杨珺：《二十世纪九十年代女性散文的主体建构》，河南大学出版社 2009 年版。
③ 杨珺：《二十世纪九十年代女性散文的主体建构》，河南大学出版社 2009 年版。
④ 江啸声：《学生阅读经典 · 梅娘》，文汇出版社 2002 年版。

梅娘的散文是随意的、片段式的，是她表达自己内心各种渴望的载体。读梅娘的散文，就像与一个经历丰富、充满智慧、爱心满满的知识女性在交谈，听她谈人生、家庭、爱情、婚姻、旅行。作者没有虚张声势的套话，没有居高临下的说教。《我的大学生活》开头一句："说起来惭愧，我的大学不是读过来的而是混过来的。"[①] 一个调皮的"混"字一下子拉近了作者与读者的距离，然后以时间为序，不紧不慢地讲述自己去日本留学的前前后后。

梅娘的散文在对创作客体进行观照时，往往也显露出了作为女性的视角。在《纪念田琳》一文中，对于好友田琳的纪念，作者把重点放在爱情上。田琳去世了，因为有老伴陪守，梅娘相信她是"含笑而去"的，"因为，她终于获得了真正的爱情"[②]。只有女人，尤其是在爱情路上尝尽孤独的女人，才把爱情看得如此之重——圆满的爱情足以让人死而瞑目。《回忆赵树理》一文中，老房东家的儿子"参军七年仍无消息"，可是儿媳妇夏景依旧守着二老。当时梅娘就很困惑，夏景为什么不离婚改嫁。1956 年，梅娘得到了夏景被评为省级劳动模范的消息，梅娘的反应却是"盼望这个殊荣对她是解脱而不是捆缚"[③]。梅娘的隐忧是有道理的。夏景有了这样一个莫大的荣誉，怕只能无止境地奉献她的生命了，而个人的幸福，更再无实现的可能。这种担忧也只有同样身为女性的梅娘才能想到。那个夏景，不就是梅娘的镜像吗？

在《正定怀古》中，作者细腻地描绘了观音像：

> 正中的那尊彩色观音，头戴珠冠，身披瓔珞，一足踩莲，一足踞起。那神态，简直神妙绝伦。正面、右面、左面，无论从哪个角度看过去，都美丽得难以描画。这完全是少女而不是神。脸上的表情活泼又不失轻佻，美目流盼，情切切而不失放荡。连微微翘起的手指，都洋溢着健康的气息。塑像人是把对女性美的赞颂，对青春的讴歌，对美好人生的憧憬全部溶塑在雕塑之中了[④]。

---

① 侯建飞：《梅娘近作及书简》，同心出版社 2005 年版。
② 侯建飞：《梅娘近作及书简》，同心出版社 2005 年版。
③ 侯建飞：《梅娘近作及书简》，同心出版社 2005 年版。
④ 侯建飞：《梅娘近作及书简》，同心出版社 2005 年版。

狄德罗认为“美在关系”，美是审美主体与客体之间所产生的一种极其微妙的感觉。也许这尊观音像在他人眼中并不美，但梅娘却认为她是美的。不仅美，而且美得像个妙龄的少女——简直就是东方的“维纳斯”——这显然与梅娘本人良好的艺术涵养有关，也与她身为一个女人有关。

（二）知性思维

“女性对于世界和自我的认识往往是经由切实的生活经验实现的，这使得女性的思维方式带有浓厚的经验性特征，这种以女性个体经验为起点的思维可称为知性思维。”[①] 综观中华人民共和国成立以来的散文创作，17 年的散文普遍重理性而贬抑感性经验，创作主体的个性被全盘否定，散文创作的生命气息荡然无存。到了 20 世纪 90 年代，散文，尤其是女性散文，创作中的活力逐渐恢复。“作为 1990 年代女性散文的一种重要思维方式，知性思维是以生命作为媒介、载体的思维方式，它融合了感性经验的鲜活性和理性思维的思辨性，是经验与智慧、情感与思想的交融。”[②] 杨珺提炼概括了 20 世纪 90 年代女性散文知性思维的四个特点，即内倾性、直觉性、穿透性和浑圆性[③]。

通读梅娘新时期以来的散文，可以发现，梅娘的散文不同程度地与 20 世纪 90 年代女性散文整体创作保持了同一性，具有鲜明的内倾性和直觉性。

“所谓内倾性，指女性散文常常以自我体验为叙述的起点和归宿，注重对自我体验的发掘与表达，它强调创作主体在观照对象面前所表现的心态及所采取的表达策略。”[④] 梅娘的散文正是体现出了这一特点。其作品或直接书写她的个人生活和内心世界，或者以自己的个人生命体验出发观照社会历史。前者如《远方的思念》《情到深处》《一封未寄出的信》。《远方的思念》与《情到深处》回忆了自己和孙晓野相爱却不敢表白的怅惘和遗憾。《一封未寄出的信》则回忆了自己与赵树理的情感故事。后者如《长春忆旧》《松花江的哺育》《我的大学生活》《我与日本》《记忆断片》等作品，都是基于自身的人生经历，对历史进行的充满个性的回忆。

---

① 杨珺：《二十世纪九十年代女性散文的主体建构》，河南大学出版社 2009 年版。
② 杨珺：《二十世纪九十年代女性散文的主体建构》，河南大学出版社 2009 年版。
③ 杨珺：《二十世纪九十年代女性散文的主体建构》，河南大学出版社 2009 年版。
④ 杨珺：《二十世纪九十年代女性散文的主体建构》，河南大学出版社 2009 年版。

“女性的直觉主要表现为情感直觉和经验直觉，即在认知过程中往往根据个人的情感倾向和生活经验对事物的意义进行选择性认知。这体现在女性散文中，即是女作者们不约而同地表现出对认知过程中的情感因素和个体经验的彰显。”[①] 对于生命的创造者女性来说，对生命的敬畏是女性散文中常见的直觉。在梅娘创作的科普性作品中，这种特点表现突出。《八百年后的蘑菇新一代》介绍了香菇的人工栽培过程。对于人工化的香菇，梅娘像母亲对自己的孩子一样理解它们的命名：“叫它们春菇和它的妹妹冬菇，或者你愿意倒转来称呼它们也行，那就是冬菇和它的妹妹春菇。”[②] 在另一篇《爱情的千古见证》里，梅娘把这种深海奇鱼看成是一对情侣，描写它们雄雌“双宿双游”的生活习惯。其他如《红松林的故事》等作品同样对自然界的其他生物有着强烈的敬畏之心，并没有人类中心主义的姿态。

几十年的磨难没有打倒梅娘，而是让她的作品变得更有深度更加美丽。正如她的笔名所昭示的——就像一朵梅花，经历了寒冬的折磨，反而迸发出更加醇美幽远的香气。

① 杨珺：《二十世纪九十年代女性散文的主体建构》，河南大学出版社 2009 年版。
② 侯建飞：《梅娘近作及书简》，同心出版社 2005 年版。

第五章

犹恋风流纸墨香：梅娘书信研究

新时期以来，重返文坛的梅娘，创作上焕发出勃勃生机，人际交往也一派繁荣。曾经的老友，后来结识的青年朋友，自己的孩子以及义子，甚至是在读的学生，他们以梅娘为中心，形成了一个良好的人际网络。这个活跃的人际圈充实了梅娘的晚年生活，也催生了大量的书信。虽然身处互联网时代，但是梅娘依然热衷于纸笔往来，“犹恋风流纸墨香”[①]，为读者领略其优美的书简，了解其日常生活、真实的内心世界提供了坚实的基础。

目前已经公开出版的梅娘书信共123通，大体上可分为致友人书、致研究者书和致家人书三大类型。这些书信真实地展现了梅娘深沉的家国情怀，表达了对不平等的两性关系、落后的性别文化的批判以及对于文学的独到理解，具有重要的文学史料价值和美学价值。不过，当前学术界还没有开始关注梅娘的书简，相关研究亟须展开。

2005年，同心出版社出版了《梅娘近作及书简》，收录梅娘书简88通。这些信件的写作时间跨度为1994年11月至2005年7月。2011年，人民文学出版社又出版了《邂逅相遇：梅娘·芷渊·茵渊书札》。这是一部完全意义上

---

① 侯建飞：《梅娘近作及书简》，同心出版社2005年版。

的书信集，是梅娘与香港两位正在成长中的女孩黄芷渊、黄茵渊的对话，时间跨度为1997年8月至2011年8月。这中间，芷渊从一名小学生长成了凤凰卫视记者，而妹妹茵渊也已经长成为香港树仁大学的学生。在这14年间，梅娘写了35通信，两位女孩给梅娘写了42通，是与梅娘通信最频繁的。以这两部书信集为据加以统计，居第二位的是写给丁景唐、丁言昭父女的，共31通。第三位是与家人柳青、柳如眉的，为19通。第四位是友人惠沛林的，共10通。义子侯建飞夫妇6通。其他人，包括一些学者、朋友，一般为1～2通。目前已经披露的梅娘书信总量为123通。

第一节　梅娘书信的类型

书信内容广泛，写作灵活，有着十分突出的实用性。在交通不甚发达的古中国，书信是人们日常交流的重要工具，为历代文人所青睐。20世纪以来，受五四新文化运动“个性解放”思想的影响，现代作家们更加重视书信表露心声的功能，写下了大量文学气息浓厚的信件。《傅雷家书》《沈从文家书》《徐志摩情书：致陆小曼》、王小波写给李银河的情书集《爱你就像爱生命》等书信集，都成了影响深远、感人至深的经典之作。

梅娘的书信内容广泛，记载了一段极具时代感的历史，一个横跨两个时代的复杂人生，表现了一颗仁慈、乐观的心灵，是了解梅娘、走近梅娘的重要途径。

一、与友人书

与友人书是梅娘书信里的重头戏。梅娘这一生跨越两个时代、两个世纪，是一位真正的世纪女人。在漫长的人生道路上，其积极的生活态度与高尚的人格，令梅娘的致友人书相当丰富。大体情况如下：致黄芷渊、黄茵渊35通。致丁景唐父女31通：丁景唐曾是中共地下党员，中华人民共和国成立后曾任上海文化局领导，是著名的诗人、学者和出版家。其女丁言昭也是一位作家，以传记文学创作为主。致惠沛林10通，惠沛林是新华社知名记者，为梅娘劳教时的难友之一。致朱堃华信2通，朱堃华笔名蓝苓，是与梅娘同时期的女作家。致无名友人信1通。致邢小群、丁东夫妇信1通，此夫妇二人为北京知名文化人，也是梅娘“知心的文友”[①]。致张莉信1通，张莉是梅娘

① 侯建飞：《梅娘近作及书简》，同心出版社2005年版。

单位的同事。其余还有留美知青刘瑞虎、诗人成幼殊、《法制日报》文艺部负责人高红、《当代》杂志的编辑刘小沁、上海连环画收藏家韦泱、上海文艺出版社编辑秦玉兰等人。由于数量较多，内容庞杂，笔者仅以致丁氏父女的书简为例，对其主要内容加以考察，具体情况见表5-1。

表5-1 与友人书

类别 内容 对象	现代文人	当代文人	当代学者	文坛佚事	民间习俗	社会批判	人生经历	日常生活
致丁景唐、丁言昭书	关露、赵树理、康濯、雷妍、萧红、萧军、罗洪、冰心等	刘索拉、秦玉兰等	釜屋修（日）、张泉、刘洁、涂晓华、岸阳子（日）、张志晶、渡边澄子（日）等	第三届东亚文学者大会等	关公像、满族人对女儿的珍视、北方木偶剧等	官员作风、出国热、传媒的“霸道”作风	吉林女中、柳龙光、童年、早夭的大女儿、连环画脚本创作等	美国疗养、赴日座谈等

由表5-1可以看出，梅娘与丁氏父女的通信除了日常生活交流之外，涉及的人和事比较广泛。其中出现了大量的现当代文人。当代学者也不少，主要是中国和日本的。在文坛佚事上，主要涉及当年梅娘在南京受到日本嘉奖的第三届东亚文学者大会。除此，还有对北方民间习俗的关注，也有不少对当下社会弊端的批判。总体上，梅娘与丁氏父女的通信内容跟文学的关系最为密切。通信是一种由寄信、收信人之间的互动而引发的写作行为，“并且由于表达方式的特殊性、灵活性，诸如写作目的、彼此间身份、地位、上下级关系等的不同而具有了别样的色彩，打上了深深的个体烙印”[①]。丁景唐虽然身居要职，但他同时也是一位诗人，其女丁言昭本身就是一位作家。身为作家的梅娘与他们的通信自然就离不开文学了。

① 张丽杰：《明代女性散文研究》，中国社会科学出版社2009年版。

二、致研究者书

20世纪90年代中后期以来，梅娘的小说开始受到当代学者的持续关注，如日本著名汉学家釜屋修、北京社会科学院文学所所长张泉、西北师范大学教授刘洁、日本早稻田大学教授岸阳子等，这些学者在研究工作的开展过程中也同健在的梅娘有过会面和通信交流，具体通信情况见表5－2。和致友人书一样，因为面对的是一群学者，与这些研究者通信时，梅娘的信件主要还是围绕研究工作展开叙述的。由于梅娘早年留学日本的经历，同时其创作也受到了部分日本作家如与谢野晶子的《贞操论》、夏目漱石小说的影响，还翻译过多部日本小说，如久米正雄的《白兰之歌》、丹羽文雄的《母之青春》和石川达三的《母系家族》。中日关系恢复之后，梅娘的创作开始受到日本学者的关注。日本著名汉学家釜屋修、日本早稻田大学教授岸阳子是其中的代表，他们不仅研究梅娘的小说，也同梅娘建立了深厚的友谊。

表5－2　致研究者书

收信人	职　务	内　容
釜屋修	日本著名汉学家、大学教授	“孙嘉瑞”姓名辨析；柳龙光在早稻田大学求学时的情况；对日本学者中园英助所著《在北京饭店旧馆》记者高森对自己“华衣俗女”的评论的回应；神户地震等
张泉	北京社会科学院文学所所长	柳龙光遗著《和平与祖国》；北美旅行见闻；会见大陆畅销书《逆风飞飏》的策划者甘琦；表达对张泉的感谢
刘洁	西北师范大学文学教授	表达对“南玲北梅”之说的反感，更反感商家以张爱玲来张扬自己；表达对张爱玲的《秧歌》与《赤地之恋》的肯定
岸阳子	日本早稻田大学教授	肯定岸阳子对《侨民》的评说，承认自己对该作品的修订有急功近利的因素

三、致家人书

梅娘一生经历坎坷，最后与女儿柳青相依为命。柳青有过两次婚姻，第一次在国内，育有两女，一名柳如眉，另一个在离婚后随父姓取名胡雁。夫妻离异后，长女柳如眉跟随柳青去了国外。后来次女也被柳青接到身边。姐妹二人在加拿大接受了良好的教育。在给家人的通信里面，最多的就是梅娘晚年生活最重要的两个人，柳青和柳如眉。20 世纪 90 年代末期，梅娘结识侯建飞，并于 1998 年 5 月举办仪式认其为义子。侯建飞是昆仑出版社发行部主任。此后，二人也开始通信联系。

从表 5－3 来看，在跟家人的通信中，最多的是家人之间的问候、关心，关心晚辈的健康、爱情、家庭、工作。由于其时柳青已经移民加拿大，梅娘旅居国外的日子有所增加，写回国内的信里就有了很多旅行见闻。还有一些关于身边友人的情况介绍，对文化、政治的评说都十分精彩。

表 5－3　致家人书

收信人	身　份	内　容
柳青	女儿	商议《梅娘小说散文集》出版事宜；中园英助《北京的贝壳》出版；惦念蓉蓉；对蓉蓉生活方式的评价；参加赵树理诞辰 90 周年座谈会；家居生活；教育女儿珍惜爱情，善待丈夫；渡边澄子及其女性传记一书；自身健康；张泉夫人去世
柳如眉	外孙女	“代沟”问题，探讨了对事业、爱情、婚姻的看法
侯建飞、刘海燕	义子、义儿媳妇	旅外见闻、事业观、学习观、亲情关系、侠文化、时事评论等

总之，梅娘书信涉及的内容比较广泛，时事政治、旅途见闻、文坛佚事、文学评论、评述人物、追念友人、倾诉个人遭遇、教育子女，以及日常所见所思，都有所表现。其内容包括社会生活、个人生活的方方面面，广泛多样。

第二节　梅娘书信的思想内涵

刘勰在《文心雕龙·书记》里说："详总书体，本在尽言，言以散郁陶，托风采，故宜条畅以任气，优柔以怿怀；文明从容，亦心声之献酬也。"① 刘勰认为书简的写作应当灵活自由，从容抒发内心的声音。当代学者也发现，"书信材料作为研究史料的优势，显而易见，它不像那些公共领域的文字，经过了沉淀、推敲和修饰，直感式、不事掩饰、雕琢，真实而生动地反映了写作者的思想情感、学识涵养、秉性爱好，正是其个性化所在"②。综观梅娘一百多封书信，她那颗对于家庭与祖国的关心，对长期处在性政治弱势地位的女性的关注同情，对文学不息的热爱，以及她坦荡的内心世界，独立、乐观、仁慈的性格都毫无保留地呈现出来。

一、家国情怀

梅娘这一生，虽然受到了太多的磨难，但老一辈知识分子对祖国的热爱之情并没有减弱半分。柳青定居加拿大之后，曾一再请求梅娘去加拿大定居、母女团聚，却遭到梅娘的一再拒绝。每次探亲她都只做短暂的停留。这一方面是梅娘强烈的自尊心所致，更多的却是梅娘内心深处对祖国的爱。正如中华人民共和国成立前夕舍弃日本一样，梅娘自始至终深爱着自己的祖国。

早在1998年12月9日她写给劳教时难友惠沛林的信中，梅娘就表达了家国难离的情怀。在信的开篇，梅娘即说："离开了生我养我的大地，我便失去了情结之根，一切都在漂浮，甚至是身体也像是失重了，总是浑浑噩噩，真

① 刘勰：《文心雕龙注释·书记第二十五》，中华书局1986年。
② 万宇：《中国现代学人论学书信研究》，浙江大学出版社2013年版。

正的混日子。”[1] 国外的物质条件虽然远远好过国内，但梅娘并不舒心。2003年12月20日她写给丁景唐的信里说：“痴望良久，心中是割也不断的故国深情”[2]。虽然身处美国黄金海岸，风景优美，女儿也能提供优渥的物质条件，但是梅娘心中却想念着大洋彼岸的祖国。就算身在祖国，这颗赤子之心依然滚烫。1999年2月5日，梅娘在写给惠沛林的信中，提到了知识分子问题。因看到中国大批知识分子移民后的奢侈生活，梅娘不禁为国内那些默默奉献的知识分子鸣不平：

> 我这一介穷儒，吃着、喝着，不禁苍凉丛生：想想那些为祖国效力贡献毕生精力的偌大知识群体，一月工资只不过是此处的一次便宴……知识与所得不等价，如何前进！“特色”不能用滞后来诠释。这一切我们都无能为力，空有“国家兴亡，匹夫有责”的历史胸怀[3]！

内中一股不平之气，完全出于对祖国发展的担忧。

2004年3月24日，刚刚回到北京的梅娘收到了丁景唐寄赠的《犹恋风流纸墨香》，读至“愿化作蚯蚓、把贫瘠的土壤变成沃野”时，梅娘在信中写道：

> 我多么盼望我们的“官”们拥有这样的意境。化作蚯蚓，也许太难，能有蚯蚓疏通板结的功能也会造福弱势群体吧[4]！

虽然作者自嘲这天真的“书生意愿”，但对弱势群体的关注，对国家发展的担忧，已是了然。

二、女性意识

梅娘小说中的女性意识早已为学界公认。其实梅娘不仅仅是在创作中有所表现，在生活中也时时观察思考。哪怕身至晚年，也没有放弃对社会的观

---

① 侯建飞：《梅娘近作及书简》，同心出版社2005年版。
② 侯建飞：《梅娘近作及书简》，同心出版社2005年版。
③ 侯建飞：《梅娘近作及书简》，同心出版社2005年版。
④ 侯建飞：《梅娘近作及书简》，同心出版社2005年版。

察与批判，显示出老一辈知识分子对五四新文化现实战斗精神的传承。在梅娘的书信中，同样闪现出女性主义思想的光辉。

2002 年中秋，在给丁景唐的信件中，梅娘由余秋雨的一段文字“两个老人，一男一女，并肩而坐，肩与肩之间，隔着人生的千山万水”，引发出感慨：

> 老男人可以找年轻的女人作朋友，作陪伴；世俗允许这个。老女人要找年轻的男人作陪伴，那是准天方夜谭。独身的这半个世纪，尝尽孤独，充分领略了这个民俗的况味，我是女人，而且是老女人①。

这是梅娘一生的体会，也是当下中国不争的事实，更是“男尊女卑”思想的复活。2003 年 11 月 15 日写给留美知青刘瑞虎的信充分体现了梅娘对妇女尤其是劳动妇女的生活与性关系状况的思考：

> 劳动妇女在弱势群体中是弱势中的底层，由于物质加精神的双重捆绑，临近崩溃的边缘，志士、仁人有见于此，才有了农村的妇女节。这世态的形成非一日之积，改善也非一蹴可举，靠的是善行的积累，也靠妇女本身的觉醒……至于性，更是我们民族精神中的瓶颈。日本电影《望乡》中的阿琦婆付出青春，付出女人的一切，为祖国的现代化赚取金钱却被世俗认为是肮脏的利润的情况，在我们那些为改善生活而出卖自己仅有的财富——青春加健康的女人们身上，遭到的蔑视、打击更加残酷（包括她立意为之改善生活条件的亲人）……男人逞本能泄欲，女人无奈承受……有了钱，玩玩女人，是我们的典型世态②。

梅娘以她一以贯之的人道主义思想，关注底层妇女的生活，关注她们的精神状态，并对社会上的不正之风进行了批判。

对女人的同情并没有让梅娘失去理性的评判。1997 年 6 月 5 日，在写给外孙女柳如眉的信中，梅娘说：“没有一个完整的合乎理想的男人，当然也没有一个合乎理想的完整女人。”她的性别理想是：“事情就是这样铁定，男人

---

① 侯建飞：《梅娘近作及书简》，同心出版社 2005 年版。

② 侯建飞：《梅娘近作及书简》，同心出版社 2005 年版。

离不开女人，同样，女人也离不开男人，希望在平等的基石上，男女并进。”[①]

对于女人，尤其是好女人，梅娘素来评价甚高。2002 年 11 月 25 日写给丁景唐的信中，因有感于他对妻子的深情，梅娘对女人进行了赞美：“很多哲学家都说过，家里有个好女人，全家安泰。我相信每个女人都有一份观世音的情怀，那是不计后果不图回报的真正的女人之情。”[②] 对那些勇敢的女性，哪怕是日本的女人，梅娘也毫不吝褒扬之词。2004 年 9 月 20 日，在给丁言昭的信中，梅娘提到该年 9 月 8 日参加日本“我与日本文学”座谈会的见闻，看到日本女人已经摆脱日本大男子主义文化的束缚，开始走出别样的人生，梅娘写道：“可敬的日本女人，已经从大男子的氛围中脱逸出来，敢于向世俗挑战，显示了女人的自尊、自信，走着和我们相同的曲折之路。”[③]

三、文学思想

对于有着丰富的创作经验的梅娘来说，在与亲朋好友通信中，常常也会表达对文学创作的看法。住在美国硅谷的梅娘读到了国内朋友 D 寄来的自传，1999 年 2 月 5 日在给好友惠沛林的信中写道：

> D 写了一部自传，文字还可以，只是观点仍停留在过去的价值观上：对旧社会不敢说有好人，对新社会不敢说有坏人。非黑即白的两极论阴魂不散。看了之后，很不舒服。跨不出那个时代的“是非观”的怪圈，不可能流溢出真情，自然也就无法打动读者[④]。

这位被梅娘化名为 D 的作者，从后来的一些信件来看，可能是佟颐贞。她是原中共中央高级党校干部，是梅娘劳教时的难友之一。在梅娘的创作观里，“真情”居首位，特定的时代政治所衍生的文学价值观是不足取的。

梅娘虽幽居一寓，搁笔多年，但一直关心文坛。20 世纪 80 年代末期，王

① 侯建飞：《梅娘近作及书简》，同心出版社 2005 年版。
② 侯建飞：《梅娘近作及书简》，同心出版社 2005 年版。
③ 侯建飞：《梅娘近作及书简》，同心出版社 2005 年版。
④ 侯建飞：《梅娘近作及书简》，同心出版社 2005 年版。

朔走红文坛，梅娘“特意买了他的书来看，又看了由他作品改编的电影，感觉是‘世事沦亡，生命虚无’，想不出他为什么走红？后来找了一些分析的文章看，明白了他走红是迎合了当时那股逆反的思想潮流，是应天时、地利而来”[①]。这则往事一方面说明了梅娘对文坛动态的关注，也说明了梅娘的创作观相对来说比较传统，对于王朔这样的商业写作搞不懂也看不起。

复出之后，不少学人、作家表达了为梅娘作传的意愿，但梅娘一直没有答应。2001 年 4 月写给佟颐贞的信中，有很长一段文字，可以说明她的理由，同时也体现了她的文学思想：

> 总结生活感受，写写回忆录，是生命中一件有意义的事；如果以为受过苦、蒙过难就有了写回忆录的“家底”，怕也写不出什么感人的东西来，真能写出自身承受的时代的原罪，从中悟出为人之道，肯定精彩……其实，所谓文学功底，就是结构的流畅，与文字运用的准确，主题是要赋予人的神魂[②]。

写回忆录是可以，但是不能贩卖苦难，重要的是领悟为人的道理，写出传主的精神。

20 世纪 40 年代，梅娘走上文坛，很快以一系列小说赢得了读者的喜爱。“1942 年末，北平的马德增书店和上海的宇宙风杂志联合筹办了一项读者调查‘谁是最受欢迎的女作家’。结果，张爱玲和我双双名列榜首，从此，就有了‘南玲北梅’之说。”[③] 重返文坛之后，也常有人以此来抬高梅娘的地位。对于这一问题，梅娘有着十分难得的清醒的自我定位。

2002 年 11 月 1 日，梅娘写信给西北师范大学文学教授刘洁，因刘洁写有题为《不同语境下的“南玲”与“北梅”——试比较张爱玲、梅娘的文学创作》（《甘肃高师学报》2003 年第 4 期）一文。梅娘在信中说：

> 至于我和张爱玲，我自己从来未作过对比的观照……张爱玲的大红大紫，是社会接纳了她。我之被冷落，是我没有她作品中所展示的意境。

① 侯建飞：《梅娘近作及书简》，同心出版社 2005 年版。
② 侯建飞：《梅娘近作及书简》，同心出版社 2005 年版。
③ 侯建飞：《梅娘近作及书简》，同心出版社 2005 年版。

我不喜欢利用“南玲北梅”这种商业意义的炒作来借张扬梅。我只是一只草萤，而且安于草萤的生活[1]。

2003 年 9 月 30 日写信给刘洁时，她再次表明自己的立场：

我很讨厌那些借张扬梅的文章，经过生活的淘洗，我很明白我与张爱玲的差距。我不喜欢借张来膨胀梅娘的哗众取宠[2]。

在梅娘的心里，她坚持认为张爱玲的作品比自己的更优秀。两位女作家到底谁优谁劣暂且不论，梅娘这种直面现实与历史的勇气值得人们肯定，也是当下这个浮躁、功利时代的人们最为缺乏的。

① 侯建飞：《梅娘近作及书简》，同心出版社 2005 年版。
② 侯建飞：《梅娘近作及书简》，同心出版社 2005 年版。

第三节　梅娘书信的价值

葛兆光在《思想史的写法——中国思想史导论》中曾有问："碑刻、书画、信札、日记、公文、书籍等等，是否也可以作为分析文本进入思想史的视野？"① 答案显然是肯定的。尽管目前学术界对于书信的研究不算太多，但是已有的研究可以充分证明，书信，不论是学者的，还是作家的，都具有一定的史料价值和美学价值。廖梅的《阅罢即焚的书信——浅谈汪大燮的生平与晚清历史》、万宇的《中国现代学人论学书信研究》都是极好的实例。梅娘的书信同样也具有一定的文学史料价值和审美价值。

一、文学史料价值

"从书信中了解这些学人的家庭背景、求学过程、师友关系及人际脉络，以求索各种可能对研究对象的学术思想造成影响之因素，也同样具有重大意义。"② 读梅娘的书信，最大的收获，就是这些书信记录下的历史烟云。

梅娘的书信提及了很多20世纪以来，在文化文学史上产生过一定影响与争议的人物。如表5－1所呈现的，梅娘的信件提及现代文人关露、赵树理、康濯、雷妍、萧红、萧军、罗洪、冰心等，当代文人如刘索拉、秦玉兰等，当代学者釜屋修、张泉、刘洁、涂晓华、岸阳子、张志晶、渡边澄子等——这些人共同构成了梅娘的师友关系和人际脉络。梅娘的书信还对当年的一张老照片——第二届东亚文学大会的合影进行了详尽说明。尤其是女作家关露，梅娘花费了大量笔墨证明她的清白。对于田村俊子，这位当年在南京创办

① 葛兆光：《思想史的写法——中国思想史导论》，复旦大学出版社2004年版。
② 万宇：《中国现代学人论学书信研究》，浙江大学出版社2013年版。

《女声》杂志的日本女性，梅娘亦不遗余力地梳理证明她是真正的中国友人。这些与其散文《我与日本文学》《两个女人和一份妇女杂志》可以形成互文。

在谈及丈夫柳龙光的政治问题时，梅娘也涉及了自己童年生活、当年求学吉林女中的往事，对研究梅娘创作思想的生成提供了研究方向。还有柳龙光和早夭的大女儿的故事等——这些都为研究梅娘的家庭关系、家庭背景提供了真实可信的证明。梅娘的《我的青少年时代》《我的大学生活》《长春忆旧》等回忆性散文，这些书信中涉及的事实，对于研究梅娘的生平与创作、思想起到了较好的旁证、补充作用。

二、美学价值

梅娘的书信不仅是实用层面的书信，读她的书信也是一种美的享受。梅娘把实用的书信审美化了，其美学价值是多方面的。对于收信人来说，收到梅娘的来信，首先看到的就是梅娘用心写就的充满了美感的书法与信纸所构成的艺术品。

> 梅娘的信，一概书写在四百格的稿纸上。然而她没有受格子的束缚，去一字一格循规蹈矩，而是随意地一行行书写着，那浅浅的绿色方格，映衬出文字的灵动与流畅，显示出了深淡相宜的视觉美感。再看字体，一笔端庄、清秀的钢笔行书，大小搭配相宜，既不呆板地一笔一划，又不潦草得龙飞凤舞[①]。

书法是中国特有的艺术。自古以来，“流传下来的尺牍墨迹，名人手迹也有相当部分的内容属于书信，如陆机的《平复帖》，王羲之的《丧乱帖》《孔侍中帖》等，至于唐宋元明清各朝的名人尺牍，更为众多”[②]。近现代以来文化名人的手札书简，很多也是书信艺术珍品，具有一定的艺术和欣赏价值。梅娘曾师从我国著名书法家徐一达学习书法，“我师从他学字的时候，他教我

---

① 侯建飞：《梅娘近作及书简》，同心出版社 2005 年版。

② 万宇：《中国现代学人论学书信研究》，浙江大学出版社 2013 年版。

在特制的方砖上，蘸水写字之后，总是把湿漉漉的手拄在那根手杖上，手杖润泽得很，甚至能反映出柔光”[①]。可见梅娘有一定的书法功底。尽管其价值目前没有定论，但对于读信人来说，首先就构成了一种美的享受。在互联网盛行的21世纪，这样认真写就的书信更是难能可贵，在艺术上具有真正的不可复制性。曾跟梅娘有过通信联系的上海连环画收藏家韦泱说：

> 梅娘的信，是我读到的最令人倾心的信，最值得保存收藏的信，亦是最可玩味的信。85岁的梅娘，依然以给友人写信为乐。这是前辈作家的翰墨书香留下的手泽，从今往后，渐成绝响[②]。

已故厦门大学中文系教授应锦襄在《给梅娘的信》里也说：“因为您特精于书札……像世人一样，我也非常喜欢读您的书札。”[③]

2013年5月7日，梅娘去世，这些书信已然绝响矣！

当然，评价梅娘的书信，主要还是要从文学角度入手。

2004年11月18日，梅娘写给丁景唐的信里有这么一段文字：

> 北京叶落纷纷，已入冬令，比邻的农科大院，红枫灿火，黄栌闪金；玫瑰仍在绽放，一朵朵，有洁白的、有粉红的、更有鹅黄的，初冬美景如画[④]。

又如2002年10月7日梅娘写给丁景唐的信：

> 不过狂风没有忘记北京，沙化了的塞外草原也仍然眷恋着北京；假期中，风来了，沙也来了。从窗纱渗进来的荒漠的细沙，擦去上层，又覆上了一层。正像生活中的琐细一样，擦也不尽[⑤]。

语言优美，描写、议论、抒情相辅相成，最后对于人生的感悟，水到渠成。类似的文字，在梅娘的书信里，可以说俯拾即是，正如韦泱所说的：

---

① 侯建飞：《梅娘近作及书简》，同心出版社2005年版。
② 侯建飞：《梅娘近作及书简》，同心出版社2005年版。
③ 应锦襄：《给梅娘的信》，《厦门文学》2007年第7期。
④ 侯建飞：《梅娘近作及书简》，同心出版社2005年版。
⑤ 侯建飞：《梅娘近作及书简》，同心出版社2005年版。

其实，梅娘的信，全可当作美文赏阅。她娓娓道来，谈她自己的所见所闻，所思所想，谈读书，谈友情，谈人生，一任无羁的思想在稿纸的原野上奔驰。既信手拈来，又涉笔成趣[①]。

除了优美，梅娘的书信与其散文一样，也充满了哲理。应锦襄也评价梅娘的信说：“您的字里行间洋溢着对生活，对自然的爱，和那独自拥有的清劲明彻的独立观念。”[②]

人到晚年，梅娘常常将自己对于人生的感悟写入书信中，这尤其体现在写给家人的书简中。作为这个家庭唯一的长辈，梅娘常常在信中规劝晚辈。1996年农历小寒之夜，梅娘写信给柳如眉，陈述了自己对工作、爱情、婚姻、处世的看法。她说：

与人合作时，先把所得讲明，绝不扭扭捏捏。这是市场性格，我不但认同而且赞赏。我只能盼望你在这些行动中，融进我们那一代的道德取向：生财无可厚非，但要取之有道，绝不坑蒙拐骗[③]。

这是老一代知识分子对义与利的看法，对财不反对，但要以不伤害道德为前提。对于爱情，梅娘说：

在爱情上，却绝不能发挥市场性格，爱本身是种包容。只顾自己，以我为中心的人不可能有真正的爱情。选择了婚姻，就要悉心培养。随着世风风向，随着意外的暴风骤雨，婚姻需要不断的“添加剂”，最有效的是体贴，是见之以诚，诚是婚姻和谐的基石[④]。

这是梅娘尽一生所领悟的人生哲学。今天视之，依然不过时不流俗。1997年2月写给蓉蓉的信里，她再次表达了自己的爱情观：

天下一见钟情的故事多得很。真正在钟情之后能够互相融合，互相理解的不多。爱情绝不是春花秋月，这包含着牺牲与责任，是不是你已

① 侯建飞：《梅娘近作及书简》，同心出版社2005年版。
② 应锦襄：《给梅娘的信》，《厦门文学》2007年第7期。
③ 侯建飞：《梅娘近作及书简》，同心出版社2005年版。
④ 侯建飞：《梅娘近作及书简》，同心出版社2005年版。

经意识到这一点了，我很怀疑[①]。

晚年的梅娘，甘于清贫，“我不愿意干扰她们的夫妻生活，又有种不愿吃女婿饭的己见”[②]，因此她不愿意移民海外，以苦为乐住在自己的小屋。这样一种心态也使得梅娘的书简颇具情致。2002 年 10 月 21 日，她写给丁言昭的信里，说到北京的气温：

> 北京低温只有三度，夜凉不是如水而是如冰了，我们厂正在改建天然气锅炉，送暖还需时间，好在空调有暖风，一开便迎来了春暖，我是提前迎春了[③]。

面对低温的侵袭，老人以调皮和乐观应对。2002 年 11 月 3 日，她写给丁言昭的信里再次论及气温：

> 我是太阳的女儿，有阳光，我就快乐，我去北美时，“孙”字发音与太阳相似，我就以太阳的女儿自封了，够浪漫的吧[④]！

这样的话语出自少年、青年，我们自当欣然接受，然而由一位已然 82 岁的老人说出来，不是觉得尤其难得吗？这是一份多么可贵的童心与诗心！

---

① 侯建飞：《梅娘近作及书简》，同心出版社 2005 年版。
② 侯建飞：《梅娘近作及书简》，同心出版社 2005 年版。
③ 侯建飞：《梅娘近作及书简》，同心出版社 2005 年版。
④ 侯建飞：《梅娘近作及书简》，同心出版社 2005 年版。

第六章

梅娘佚文及年表补遗

第一节 梅娘佚文整理

1942年春天，梅娘与丈夫柳龙光自日本回到北平，柳龙光受聘至北平《妇女杂志》担任编辑部长，而梅娘受聘为杂志社顾问。《妇女杂志》是北平武德报社旗下的一份大型妇女刊物，创刊于1940年9月15日，停刊于1945年8月，共出版了6卷60期。

工作期间，除了文学创作，梅娘还写作了不少访问记与随笔。这些作品的大部分已经被学术界整理出来，并收入《梅娘散文小说集》等作品集。笔者在北京大学图书馆翻阅当年的《妇女杂志》和《国民杂志》时，惊喜地发现了几篇佚文。

一、文学创作

由于梅娘以小说与散文创作闻名，因此笔者主要整理她的文学类作品。

漂亮的女人群

晚上十点钟过，在中原公司门前，看见一群漂亮的女人，她们是六位，也许是七位，也许是五位，穿着五光十色的衣服，带着晶亮的臂饰。美丽的脸上带着可爱的微笑，有两条微颦着的双眉。

我底天津一天的常识不能使我断定她们究竟是怎样的人，她们仿佛是在等人，又仿佛不是，像是买东西，又不看背后的窗饰。总之，那是一群漂亮的女人，在北京，我还不曾见几个女人，年青的女人纠结在一起，在最热闹的街头伫立。

（1942年9月《妇女杂志》第三卷第九期）

1942 年 10 月，《妇女杂志》举办了青岛妇女名流座谈会，除了刊登座谈会成果，还发表了《旅青杂记》，执笔者为赵今吾、孙敏子、张训昭。赵今吾为杂志主编，张训昭是该社编辑，孙敏子是嘱托（相当于今天的杂志顾问）。《旅青杂记》第二部分即是孙敏子所作。《旅青杂记》刊登于第三卷第十期，原文如下：

旅青杂记（二）

晨起，朦朦在听见晓钟的声音，拉开窗帘，彩霞正照着玻璃，霞后，天主堂的尖屋顶，剪贴画一样精巧地贴在蓝天上。晨风带着可爱的海的气味吹过来。一夜的郁热都吹跑了，那样地觉得轻爽而愉快。

喝一杯牛乳权当早茶，怎样醇厚的乳呀，那样香，我像第一次喝着牛奶似的怪舍不得地把余沥喝干。幸福的青岛人，就这一杯牛奶，已经使我羡慕你们了，在北京，乳质是和水差不许多，再用一倍钱，也买不了青岛的一杯牛奶，可爱的凌晨的海风，令人留恋的清晨的一杯牛奶啊！

九点钟到市公署去，为了座谈会的事去找社会局的夏小姐，夏小姐在青岛的女子职业阵线上，是一位差不多领袖一样的人物。当然，夏小姐对青岛市妇女界是再熟习也没有的。很快地我们就拟好了欲请的人名单，把她拿去呈给教育局尹局长看。

（1942 年 10 月《妇女杂志》第三卷第十期）

1942 年 11 月，散文《海滨细语》发表于《妇女杂志》第三卷第十一期，署名梅娘，为“女性散文特辑”之一。全文如下：

海滨细语

你不是要听关于海底的故事吗？那么，你坐好，让我讲给你。

你刚才还称赞过眼前的景致你说他沁入了你的肺腑，使你忘记了一切忧郁和难堪，觉得心灵澄清了似的静美，假如，换一个人，不是你，不是从城市中背负着尘埃与年轻的忧郁，企图到海边来冲洗这重荷，有着美丽的家庭而刚被爱情无意刺伤了的你，而是……

你瞧，你不是见那被落日的余晖沐浴着的，下临碧海的一块庞大的岩石了吗？你该赞美它长的虽大而颇玲珑有致了吧！尤其近海的岩脚上那株红色的杜鹃，真是红得令人瞧去有说不出的喜爱的情感，这里，我的故事里的主角要出场了。

你先别惊异她底褴褛，她虽褴褛而清洁，她披着她长长的黑色的发丝，如海一样深邃的双眸凝望着远处的蓝天与碧水，慢慢地踏着细沙，向岩石来。

一双掠水的白鸥惹去她底视线，她用她苍白的脸追随着它，直到它在水面上活泼地翻飞了一阵飞去后，她长叹了一声垂了她颤弱的颈，轻轻地躺在岩石上。

一会，她用音乐一样的音开始呼唤了，唤着一个漂亮而通俗的名字，那呼声夹杂在晚潮里，使你听了不由得要哭，那样幽伤得如一只最美丽的乐器奏出来的悲歌。一会，呼唤停止后，她哭泣且述诉着，说她怎样在人海里，像一条深海的鱼一样地被压抑着，被欺骗着，被蹂躏着，过着呼吸不着空气，看不见日光的生活。一次，她被一个老迈的男人带到海滩上来，伴他消磨垂死的岁月，她找到一个机会，在年夜里脱开仆人们底监视而把自己投在洪流里。

但，她被救起了，被一个刚刚知道爱情的少年渔夫救起，那少年渔夫是诚朴纯洁得这样可爱，而他又是这样惊奇于这女郎的美丽，他把她当天神一样供在他底心上，用他底小小的渔舟，载了她逐波而去。

那之后，十三天（这个不幸的数字），女郎单独地在岩石下出现了，她疯狂地奔来，敏捷地爬到岩石上来，呼唤且幽泣，没有知道她在哪儿住，也没有知道她怎样生活。

把我底故事拉回来，在太阳从岩石上撤回去最后的一条光线，而把仅有的余光停留在那株红得滴血的杜鹃上时，我底身边不是你，是那一位，是那一位披着长发的女郎，我不知道她什么时候走到我身后来，从我的身边奔过去，叫着那个响亮的名字，奔过去从岩石上滑到岩脚，抱吻着那株红色的杜鹃。

听说，她底爱人是有着一只红得魅的嘴唇的。

但，她滑得太急了，在她刚刚捉住了杜鹃的一刹那，那倾斜的岩石已经使她的下半身堕在海里，立刻，那带着风声的海潮拥去了她，在我看见还没来得及喊出的一分钟间。

我狂喊着，沙滩上的人们迅速地集拢了，但夜掩埋了我们和脚下，海，那位在海上住了五十年的老渔夫说，岩石下面，怪石错综，就是不是夜，堕下去的人也是无法援救的，她在水害之先一定先触及石头。……

怎么，你哭了，让我截止我底故事，夜来了，你听见了那恶意地唱着的潮声了吧！讨厌的，今夜又有风，让我带你走吧！我怕那潮水的声音，我想它也许更刺激多感的你。明天，来看海上的日出吧！我会拣一个美丽的故事告诉你，原谅我今天的饶舌吧。

（1942 年 11 月《妇女杂志》第三卷第十一期）

1943 年 7 月，梅娘的书信《复小姐姐》发表于《妇女杂志》第四卷第七期“女性书简”特辑。原文如下：

复小姐姐

小姐姐：

你底信来的时候，正在我生产后不久，我底小女孩安静地卧在我身边，带着梦里的微笑，我反覆地想着你的话，“多难的女人们啊！”那么我想，我将怎样教育我底婴儿去付起多难的生命吧！

我这样以为，一个女人不但能左右自己，且能左右一个家庭甚至一部分社会。我能想尽办法使我的丈夫良善，正直且对工作热心，则围绕我丈夫身边的社会群定能受惠，我能使我的孩子聪明有为，伟大而不卑鄙，则环绕我孩子的人们也一定受惠，所以，与其说是多难勿宁说是伟大，如果把这个伟大的工作解释成以达成的多难，我将同意你的话。

这真是一件过于艰辛的工作，一定得要每天鞭挞着自己，每天不停地上进才行，工作圆满的一天就是成佛，就是普度众生，也就是得到了永生。快乐是寓在这工作的不断追求中。所以，小姐姐，丢开烦恼吧！无所希冀的人才会烦恼的，试验着教育起自己来，教育自己比教育旁人更难，但更有意义。我把“一人成佛九族升天”的俗语解释成这样，一个人能完美地修养了自己，则九族都能得到极乐。我想小姐姐能明白我底话，绝不会想我是发狂，是唱高调。

我软弱得很，这次生产剥夺了我过多的血液，现在我尚不能坐起来，时常觉到头晕，我充分地体会到康健的可贵了。愿小姐姐在还没受到这重大的身体打击之前，努力珍重。

北京的春暮了，今年奇怪的没刮过大风，沙漠风忘了这个瑰丽的城市了，藤花谢了，洋槐也谢了，我房里的栀子倒是刚绽苞。那是两株奇怪的花，一枝上开着黄白两色，花小瓣厚，一点也不好看，但却有特异的香气，一种相仿于桂花那样的甜香但更诱惑，我对她异常地喜爱。去年，在她开花时，我曾珍惜地为她浇了两枚鸡子，我底房东太太告诉我那是最能帮助花儿成长的，可是鸡子却更合使她萎黄了。今年，我只好早地把她拿到院里去，希望她在太阳下恢复过来，果然，她又重生了，我正期待着她底花，如果你过来，早一天来吧！在我底栀子开花的时候。

职业我想总不难寻找，我当然会尽力帮你忙。不过我一定得先告诉你，北京的生活程度是高出十倍于我们底寒冷的故乡的，一般下级薪给者的薪俸却和故乡相等。所以，一个人在北京，最低限度也要有一百元才能维持，所说的维持是只限于吃及住，那一百元里连添一件布的大褂都不可能，一件布质的旗衫的市价目前在三十元以上。皮鞋起码要七十元，从家到工作地的车钱也得预备一个相当的数目。如果你一定要来，来玩我赞成，我可以陪你在还没太热的时候，拜访北京城。长住，我希望你想一下，我愿意你到物价落一落的时候再来。假如真的在故乡里厌得实在住不下去的时候，来了住在我家里也好，那样多少可以帮助你一些。不过，我怕你又不安，或者拘束，长了比故乡还会不怡，那时候就不好了。

我知道小姐姐是一切都料得开的，一切都看得很清楚，我想小姐姐能明白我的意思。

我的孩子很好，琛也好。请小姐姐放心。这是我产后第一次拿笔，给小姐姐写信是我最大的快乐，我想小姐姐看我底信也是一样。

敏子六月五日

还有，我底《鱼》已经付印了，一共有五个短篇小说，大概月末可以发卖，那时候再寄给你。

（1943年7月《妇女杂志》第四卷第七期）

哑

我一个人到天津去，瑔哥替我买了一张一等票，那是从北京到天津的直通列车，一等车里的客人，穿着适合这季节的豪奢的皮大衣，逐渐地进到车厢里来。

我坐在靠近车门的一个座位上，那车里只有我一个年青的女客，快开车了，有一位四十岁左右穿着水獭皮大衣的女太太进来坐在我的对面，她是这车厢里我唯一的女伴。

车五点十分开，车窗外已经泛流着浓重的暮霭。车头里吐出来的白烟，像许多出巢的猛兽一样，张牙舞爪地咆哮着，一批撞在地上消灭之后，一转眼，第二批又拥上来，烟后，村庄寂寞地蜷伏在衰老的大地上。

我把脸贴在玻璃上，瞧着窗外的枯萎的草，草梢动着，仿佛在□[①]着风，车里的暖汽管发着轻微的吱吱的声音。一只乌鸦不安地在灰色的天空里翅飞着。我觉到了寒意。

这真是一次异常寂寞的旅行，我很想和那位唯一的女伴谈谈。她也像预备着跟我说点什么似的，可是我们都保持缄默，没有一个肯先开口。

我们的邻座，有两位非常肥满而又精神十足的中年人。他们正互相谈得很热闹，他们底声音很低，说着连串的外人很不容易理解的术语，他们说什么着急，又什么不安，又什么该趁机出手等等的话。一会，似乎谈得倦了，一个人拿出他华贵的烟盒来让着他底同伴，他们同时燃着了一枝赭色的雪茄。

车仆送茶来，并拉上了窗帘，我只好把贴在玻璃上的脸拿下来，坐正了我底身体，借着亮的灯，我开始打量我的同伴。

她穿着深红五彩锦缎旗袍，深红的带着白毛皮边缘的便鞋，头上卷了很多发卷，一副翠绿的耳环很刺眼地垂在她底肩上，她擦了很多的粉，我嗅见了她底高贵的粉香。

---

① 作品均由笔者整理自原始报刊，个别字词无法辨识以□表示，辨识不清疑似某字则以［ ］表示。

我想如果要说点什么，我一定得称赞她底衣饰或者是她怎样装饰得入时才正适合她底脾胃。可是她底装饰实在没给我以好感，我不愿意为了破除寂寞，还得颇费心计地编两句好听的谎言。

出来的时候匆促，我连一本解闷的书也没带出来，我预备跟左近的同伴借一借，他们正有一部分人在雪茄的浓烟里，似乎在专心地读着手中的书籍。

那两位刚才热谈着的中年人，一位在看《二十年来官场现形记》，其他的一位拿着的是一本白地红字的《蜀山剑侠》。

隔座的年青的少爷在看《摩登男女》，还有一位和他的底同伴在起劲地评论着童芷苓面貌和她所唱的《大劈棺》，他们手里拿着一本游□书刊，身边摆着一本《立言画刊》。

他们都在热心地□读着他们的读物，我要去借的话，当然得先想好一句中听的话，他们看去都很矜持露着不屑与人语的神气。虽然我的衣着并不比他们寒□，可是我索然了，我犯不上为了一本《蜀山剑侠》或者《摩登男女》去向一个陌生人进献我底委婉之辞。

我把我底头藏在挂着的大衣中间，我想假寐一会，天津已经不远了。

（1944 年 2 月《国民杂志》第四卷第二期）

清晨的梨栈

新钟九点，我们在梨栈散步，领略天津早晨的风味。有许多装潢很美丽尤其洋字很多的商店还静悄悄地闭着铁门，静得一点声音也没有，至少我想他一定得要两个钟头后才能开始营业，因为他充分地显示了；不但没起来而且还没有起来的准备。高楼的隙空间，卖煎饼油条的人支着锅，锅被油浸蚀得黑亮，还没有主顾。胶皮团员是没有资格享受那两毛一套的高级点心的。掌柜的在细心考察篮里的鸡子，拿起来，迎着从楼角露下来的一丝朝阳，看，摇后再放回篮里去，再拿起一个来。

在一个敞开的大铁门里，巡捕们在喝着大碗的早茶，有的哈欠着系着腰里的皮带，互相用惺忪的声音笑谑。铁门的暗角里，遗留着夜阁，太阳是难以透过那几丈高的楼房而把光亮投下来的。

街上来往着人，其中没有一个穿西装的追逐着时代的青年男人，更没有女人。在宽阔的人行道里，只有我和我底同伴两个女性。从半开的铁门里出来的学徒，在我们身上投下了惊异的双眼。

偶尔，有一辆车拖过来，车上年青的女客蓬乱着头发，带着贫血的脸很快地就消失在大饭店的回廊里。

小弄堂间，孩子们哭着，卖东西的人发着奇怪的单纯的声音，夹杂着狗吠，猫叫，大人的咒骂，倒马桶的声音，成了一种不能叙述的音乐。我们曾试验听听卖东西的人在招呼什么，但结果徒然。从高楼的小窗下视的时候，只能看见剃光或是带着头发的头顶，和邻家还没折起来的被。

（本文目前找不到出处，看其中所记，也许是前文天津之行后所作）

二、文学评论

读后随笔

吴瑛底作品带着浓厚的乡土气，这气息使我怀恋又向往，这一篇《潜春》也是一样。住在酷热燥干的北京城里，我常常梦想我的家乡，梦想家乡里的人们。我不能不说《潜春》只是描写出来一个模糊的轮廓，《潜春》里的人们没能把塞外人的慷慨激昂的情绪表现出来，且故事的重点不真，使情绪不能胶结在一起，以至失去了短篇的精彩。如果把《潜春》伸长，再加上细致的酷写，我想那一定是一个很美好的长篇吧！

用信来表现对一个地方的观念，这是聪明的手法，但有时也失之于散漫。但娣的彩笔是有名的，文字华美细腻，如果把XY城的人们的故事写成一个故事，一定会更动人吧！

《火》底作者是很谨慎的，题名也巧，但处理失之于拘束，描写过长以至使整个的故事失去了那个题材应有的刺激性。

从两个名字的联系上拉出来一个故事，正像彩幕前报告员双关地介绍了幕里的戏一样，这是有趣的描写法。

王老三，贾余，王老二围在王老三老婆身边的故事是为表现什么被作者写出来的呢？表现对传统观念的不满吗？表现爱情上的妒忌吗？表现女人底不真吗？作者没清楚地描写给我们。

（1943 年 7 月《妇女杂志》第四卷第七期）

三、翻译作品

20 世纪 40 年代，梅娘翻译了大量文学作品。笔者今整理部分作品如下：

家

土地总面积　五十七坪（一坪合六十尺——译者）

筑屋用地　限三十坪

家族人数　夫妇　小孩二

按以上人口及土地面积设一住宅图下星期中交

× × ×

“唉呀！叫咱们自己设计自己底家呀！真好玩，小孩二，要女孩好，还是要男孩好呢。”

教室里这边那边都充满了这样兴奋的语声，女孩子们立刻去买了意匠纸，细心地计划起来。

在女孩子，从孩提时代，对于家底设计就比任何事情都觉得有兴趣。

大门，客厅，书房，卧室，喝茶的屋子，孩子底屋子，女仆底屋子，我愿意单单有一间化妆室，还想有一间［另］专为我自己用的用功的屋子，这样的话——现在住的家，是多少坪地呢。

“妈妈，咱们家占了多少坪地，房子又占了多少坪地呢？”

“唔！总共是一百二十七坪，房子占的坪数确数虽然不知道也得在四十五六以上，可是这已经够窄的了。”

“嘿！四十五六坪才这样呀，糟了，糟了，喂！妈妈，学校出题目设计一所住宅，占地的总面积是五十坪，房子限三十坪以内，这家里还得有两个小孩，我没辙了。妈妈，我想要的家是这样，您瞧瞧，您笑我可不行，妈妈您看我的家吧！”

“呀！这么多的廊子！这是什么，噢，是里院，仿佛饭庄子似的（日本饭馆子都很讲究庭园的设备——译者）。这边是什么呢！你一个人用功的屋子，这位太太真奢侈，你是预备盖平房了。就是你画出来的这些间房子，没有两个女仆是照应不过来的。你们来算算屋子一共占了多少坪地吧！客厅十叠，老爷和太太底屋子都是八叠，还有一间六叠，孩子底屋子十叠，喝茶的屋子八叠，再加上女仆底屋子，厨房，澡房，大门，一共得七十五坪或者八十坪了，这样的话，这个家至少得占地三百坪，老爷得有五百元以上的月入。”

“嘿！这怎么好呢！妈妈，这是我理想的家，可是拿去交卷不行呀！三十坪的家，多穷呀！这样的小家，连架钢琴也放不下。”

“我明白了，先生是预想你嫁给一位月入寻常的人，十年后的情形，你先生的薪水在一百五十元左右，小孩一个已经上小学了，一个在幼稚园，也许正要生第三个孩子的时候。”

“那够讨厌！真是的，不作又不行，真没法子，怎办呢？学校的功课又不能不交——妈，给我画一张吧。”

“妈妈想的，太［老］式，你细心地真当自己底家一样地想想看，你底学伴们也一定在计划着种种的屋子呢！”

在桌灯下，一边一，二，三，四地数着意匠纸的小方格，一边在设计着家正是愉悦的工作。

“没法子，虽小而甜蜜的‘我的家’要什么样子呢，我，盖成全洋式的不知好不好。洋式的比较实用，小，窄，可是在利用装饰上，我要尽可能的明朗化。放不下一架钢琴，我希望有一架电影留声机来代替钢琴。然后在每月的收入中，抽出一点钱来作为趣味的修养费，若是连张新片也买不了才窝心呢。客厅叫它向阳，饭厅和起坐间用一间屋子就好，卧室另在一间，全都睡床吧，用功的屋子在这里另选一间。当然小孩底屋子得放在南面，好充分接受阳光，厨房和客厅也得放在里面才好，呀！地坪数又不够了。这样围在一起倒好。男孩和女孩住一间屋子里好吗，男孩淘起气来简直没办法，两个小孩都要女孩吧！这儿是门，进门后的甬路两侧得种点什么才好。全院子都铺上绿草，还是芭蕉，综合这类南国风味的植物能使全体调和。院子空着的一角上，应合时代的划作田地吧！种点家里能用的蔬菜，房后种果树，柿子啦！

无花果——”

早苗小姐完全高兴了，像是看见了自己还没见过面的丈夫，可爱的孩子，还有自己十年后的面貌一样。

× × ×

在这相同的时候里，同班的学伴们，都和早苗一样的在设计着自己底“家”，可是三十坪的土地上盖起来的屋子，却各各相异。

正热心学着长歌的春子所设计的“家”中，在四叠半的外廊前，种了一株红梅，靠着廊子的八叠的起坐间的墙上，作了［圆］圆的窗子，推开大门旁边的小柴门，有两间相连的三叠的小孩底屋子，春子想象着在这屋子里，梳着丸髻（日本结婚后的女子，所梳的头的名字——译者）的自己在看着孩子练习日本舞的姿态。

× × ×

勤快的诚子，设计了实用又经济的四间屋子，还留出来能盖两间屋子的空地。不但为两个人，这孩子长成之后的事都考虑到了。

“总之，不努力作事不行，家就得靠主妇底栽培，衣服够穿就好，家具也简单化，一切一定要又省时间又适用才行。你为了孩子底健康，作一架秋千和单杠吧！余下的空地种田，还要养鸡和兔——呀！忙得很。”

诚子底脑中浮上来穿着农作服，忙着作事的自己和两个胖得圆圆的男孩子打着秋千的姿态来。

（1944 年 6 月《妇女杂志》第五卷第六期）

奇妙的故事

在世间依旧包在和平的空气里的时候，在福劳耶尔的小巷中，住着一位名兹古拉的年青的男人。虽然不时地与我们擦肩而过，但是连他底相貌我都没有记忆清楚，是这样的一个极其平凡的男人。

那位男人决不是无能，但也没有什么特别出众的地方，因为爱惜金钱与享乐，在日常的交际中，时有欺人的事，但他自己是不自觉的；极其卑怯，但在种种礼仪的周到上又有可人之处。是一位人间中的人而已。他很爱自己，以为自己是位不得了的人物，虽然实际和一般人相同也不过一人样子就是了。在他自己的想象中，虽然不说，但他是把自己底运命看作世界的核心的。因此，不承认自己就是世界的核心的事在他看来是不可能的。即或有一个时候他底美丽的幻象被撞破了，但那在他也不过是一时的，立刻就会忘却的事。所谓内省什么的这些事情，对他都无缘。一旦自己的人生观与现实冲突了的时候，也不过是显露着不高兴的脸色闭会眼睛就是了。

在他的身体内，有两个相反的性格深深地存在着。他一方面对自己有无限的尊敬，另一方面对学问又有无限的敬信之心。这原来就是一件矛盾的事情，可是他并没有感到这种矛盾，假如要是问他学问究竟是什么呢，他也说不出一个令人满意的回答来，大体也不过是能分出来什么是统计学和什么是细菌学而已。若是被逼问到窘了的时候，他就说到国家对于研究学问支出了多少经费，给予了多大的尊敬上面去。如果要特别提出他所最尊重的事，那就是癌的研究，这是因为父亲是死于胃癌的，所以他希望癌的研究能有长足的进步，而自己不再死于癌病。

对自己的装饰，也许由于他底神经质，常是打扮得与自己的身份不相称。仿佛是尽可能地尽用些被人看作非实用的东西。他是打算使他底装束合于一年之中的流行型的，所以对于每一个季节，和每一个月的流行的款式——这也是他所作不来的——的人，他说那是学人，他是轻蔑着的。因为重视人间所认为的一切，他大言不惭地议论着贵族的言论和国家的税金什么的，如果本人不在场，间或也夹杂着些关于上司的坏话。但一到他底贮金一文不名的时候，他又很地道地操起社会主义的口吻来。

关于他说多了也是赘言，总之，他是用不着非难的，有好性情的，爱与人交往的，若是悄悄地死了又仿佛怪可惜似的这样一个人。

他的生涯以一种非常迅速而且完全不可思议的结果而结束，这种结束于他的种种素质与他的种种有实现可能的希望正是相反的。

这位先生搬到我们那一条街上不久，他计划快活地过一个星期日，但因计划无从作起，因此一直不能决定，又因为哪个协会也没有加入，也许因这结果，便造成了不幸的基础。在人间，孤独这件事实在不能说是什么好事的。他最后的决定了不借他力地观光市内名胜，在种种的调查之后，决定了到历史博物馆和动物园去，这因为星期日的午前博物馆不收入门费，午后动物园是半价的原故。

挺起了穿着新定作得了的洋服的胸，他走向博物馆去，手里拿了一根华丽的方形的漆着红色的手杖，手杖的银的把手使他瞧去是这样的风采不俗。可是，不巧，手杖被门卫给收存了去。

在有很高的天井的博物馆的大厅中，陈列着种种物品，于是，这位虔诚的来访者的心中一边默默地以目前所有的物品来立证着学问的伟大，一边也显示出他底高雅的虚心的美德，不自禁地生出了称赞的意念，感于此，他向遇见的每一个人说了下面那样的话："这像是埃及的艺术品，大概是首饰，制作期是从纪元前四千年到五百年之间的。"

第二个屋子里，陈列着玻璃制的柜子，在一个闪着奇异的光亮的柜子之前，他停了脚步整理了衣服，胡子，以及裤缝，又拉正了领带。然后，满足地吐了一口长气，重新进行着，为感叹于北巴伐利亚的古时木雕师的作品，嘴里叨咕着"真有个样子啊!"的话。而且每一点钟的时候，都来看一下镶着美奴爱特（法古典舞）的象牙人像的底钟。不久，倦怠了似的打了个哈欠，慢条斯理地拿出怀表来看着，这毋宁说是正像是给别人看的倒更对。因为表是死于胃癌的父亲遗留的可尊贵的纪念品，是金制的高价的东西。

不巧，距离吃中饭还有相当的时间，于是走进次一个大厅中去，那儿陈列着有趣的关于中世纪的迷信，魔术书，护符等所谓魔法之国的一切。在一个角落里，有咽突啦，臼啦，鼓肚子的盔啦，以及槌，锯家什，灰色的猪的膀胱，像是鞍子似的东西，是一个整个炼金术的魔术工场，这个角落是用绳子拦着的。在一个东洋式的弯曲的臀骨作的古式的桌子的膛里，装着尘封了金属板，煤，蜡头，硫黄等等的炼金时所用的细碎的物品。旁边，立着一个写着"勿用手摸"的木牌。东瞧西望的人也许有没读到这个的，这时屋中除了他以外是没第二个人的。

因此他不加思索地从绳上伸过去手，珍奇地触动着。关于中世纪的魔术也听说过也见过，当时的人怎么会热中于这种小孩子才会喜爱的东西呢？并且为什么这种欺哄人的玩意不被禁止呢？这实在是他所不能理解的。可是他底心中却涌现出来一席要禁止这种欺哄人的东西，导向真实的学问之途的热辩，但不巧，身旁是任何人都没有的。真是不胜遗憾。

他又随手地拿起了一个黑又小的丸药似的小球。因为已是干了的东西没什么分量。他把小球在手里咕碌咕碌地转了一会，正想给送回去，突然听见背后有了脚步的声音。回头看，正有一个参观的人东瞧西望地走了进来。他手中还正拿着那粒丸药，他，又不能说是没看见那个木牌，没法子，就那样拿在手里把手插在口袋里走了出来。

到街上，想着立刻就把那粒丸药拿出来扔了，下意识地把它拿到鼻旁闻了一下。那丸药发着轻柔的树胶似的芳香，他又不加思索地再次把它投进口袋中去。

于是大步地走进了一家饭馆，要了上等的菜饭啤酒后，一边玩弄着领带一边用了尊敬的眼光看着其他客人，服装的样式，一会又用傲然的样子扫视着其他的客人。特以为自己的样子体面而感到满足的时候，就用了愤然的口调招呼着仆欧询问着菜，他得到了还得稍候一会的回答。

这时，他又拿出来那粒丸药嗅着，而且用食指的指甲搔着，结果小孩似的给放到嘴里，药很容易地开始溶化着，那决不是什么不好的味道。他咕噜下地喝了口啤酒，把药咽了下去，正好菜被端了出来。

两点钟后，他下了电车，走过了动物园的院子，买了星期日的半价票。

浮着亲切的微笑，他走向猿的小屋去，站在了槛舍之旁。猿细细地瞧着他的脸，结果挺精神地发出清清楚楚地声音说着“你好啊!”

不堪于猿之说话，他吃了一惊地迅速走开去，后边送过来猿底声音：“哪这么一个骄傲的东西，混账王八蛋!”

匆匆地这次走到长尾猿那儿去。长尾猿调笑似的说着：“给我点砂糖!”待知道他并没拿着糖的时候，猿们气愤地学着他的举动，咬着牙跟他叫作吝啬汉。不堪地大惊地从那儿飞驰出来，这次走向别一种类的鹿的所在去。看见了在栅旁站着的麋鹿，他走近去看，麋鹿默默地一言不发，它的眼睛显示着一种耽于思考的悲戚的状态。它抬起了大的头，向他凝视着。这时这位先生的惊愕已经成了恐怖，因为他发觉他吃了那粒丸药后懂得了动物的语言，这时，麋鹿的二只青色的大眼中，表现了高贵的忍从的悲哀，可是对他，他清楚地看出了那可怖的轻蔑之色。

从麋鹿处逃出来的他到山羊那儿去了，接着羚羊，骆马，水獭，野猪，熊，到处都觉得对他表示着轻蔑，他由动物们的语言，知道了动物们所以为的人们是如何。动物们说，人只不过是穿着衣裳的猴子而已，这种可恶的东西会自由自在地跑到外面来，实在是不可思议的事。

又听见了一匹美国的母豹和小豹的谈话，那实在是安详又亲切的，合于实际的话，在人世间是不会听到这种语言的。这时恰好有一匹豹就对着在底下的卑陋地参观着的人们，说了那样高尚又简单的切合实际的话。又在金发的狮子的眼中，他得知了有太空的，有太阳的，有星的，有昼与夜而没有人类的，值得惊叹的广阔的野生世界。也看见了忧郁地紧傍着树枝的高傲的鹞鹰。他知道了那在光朗的铁笼中怎样以周到的礼貌，耸着胸肩轻妙地以幽默心情，送着牢狱生活的鸟的姿态。

他不禁呆然，不觉间又恢复了往常的脾气再走向人间去。他寻觅着那能了解自己的穷困与不安的人，他企图从人的会话中去寻求安慰，他注视着人们底态度，他探寻着那些威严的，自然性的，高贵的，静闲的优越性。

可是他的努力白费了。人们的言语以及动作在他如今仿佛动物似的眼中来看时，所看见的只是被了颓废的假面。多谎的污秽的世界，类似畜生的生物的世界，但这世界决不是猿、狮子、鹿、鸟等世界的。这世界仅仅是可恶的东西集聚着。绝望之余，他感到了自己的可耻，他到处徬徨着。他把他的方形的手杖投向竹薮中，手套也扔了，接着摔了帽子，甩了长靴，扯了领带，靠着麋鹿的栅栏，正哀哀地哭泣着时候，人们集聚起来，押了他，就送到精神病院里去了。

（1940 年 8 月《华文大阪每日·海外文学选辑》第五卷第四期）

第二节 《梅娘著译年表》补遗

——兼《梅娘生平著译年表》正误

《新文学史料》2000 年第 1 期发表了范宇娟女士的文章《梅娘著译年表》[①]（以下简称《年表》）。该《年表》由两部分组成，第一部分是梅娘小传，第二部分是论文的主体部分，即梅娘著译年表。《年表》的时间跨度从 1930 年至 1998 年，以时间为序，具体到月和日，对梅娘的文学创作与翻译作品以及相关文学活动进行了梳理。这篇文章具有较强的开拓性意义，为新世纪以来的梅娘研究起到了一定的推动作用。

1998 年至今，已经 20 余年过去。这 20 余年，是梅娘散文创作的丰收期，也是梅娘研究最为繁荣的时期，新的成果不断涌现。笔者尝试对部分研究成果加以综合整理，以范女士的《年表》为蓝本，对梅娘年表部分缺失和遗漏的做些补充、正误，为当下的学术研究提供更大的方便。这些新材料主要来自陈言的论文《〈大同报〉与“满洲国”时期梅娘的文学活动》[②]、张泉的《梅娘生平著译年表》[③] 以及同心出版社出版的《梅娘近作及书简》[④]，也部分采用了高云球的博士论文《1932—1945：东北沦陷区翻译文学研究——以〈盛京时报〉、〈大同报〉文学副刊为中心》[⑤] 的研究成果，在此一并感谢！由于资料占有局限，这份年表补遗仍然会存在不少问题。缺漏与错误，会及时更正和补充。

---

① 范宇娟：《梅娘著译年表》，《新文学史料》2000 年第 1 期。

② 陈言：《〈大同报〉与“满洲国”时期梅娘的文学活动》，《中国现代文学研究丛刊》2014 年第 5 期。

③ 张泉：《梅娘生平著译年表》，《又见梅娘》，人民文学出版社 2002 年版。

④ 侯建飞：《梅娘近作及书简》，同心出版社 2005 年版。

⑤ 高云球：《1932—1945：东北沦陷区翻译文学研究——以〈盛京时报〉、〈大同报〉文学副刊为中心》，中国社会科学院 2013 年博士学位论文。

1936 年 十六岁

《年表》述及梅娘创作道路时，始于 1930 年，第二个重要年份为 1937 年，跳过了 1931 年至 1936 年。据陈言在《〈大同报〉与“满洲国”时期梅娘的文学活动》一文中的考察，1936 年是梅娘创作上获得大丰收的一年。

这一年，她在恋人柳龙光担任编辑的《大同报》“文艺专页”上发表散文共计 13 篇，发表于 1936 年的详情如下：

《立秋》1936 年 9 月 26 日，这是梅娘在《大同报》上发表的第一篇文章。

《秋·黄昏》1936 年 9 月 27 日。

《落叶》1936 年 9 月 30 日。

《奸刁的曹操》1936 年 10 月 7 日，此文为历史故事。

《黄金穗子》1936 年 10 月 9 日。

《生之迷津》1936 年 10 月 23 日。

《纪阜华女士访问记：触物伤怀往事不堪回首！奉姑育儿现今茹苦含辛》（上、下）1936 年 10 月 15 日、10 月 22 日。

《大众良母：刘静娴女士访问记》1936 年 10 月 29 日。

《王戎的聪明》1936 年 10 月 14 日，此文为历史故事。

诗歌 1 首：

《世间》1936 年 10 月 4 日，此文于 9 月 27 日获得“满洲帝国国民文库”第十四次征文一等奖。

文学翻译 1 篇：

《重逢》1936 年 10 月 15 日。

小说 4 篇：

《不期而遇》1936 年 10 月 2 日。

《我与孩子》1936 年 10 月 14 日。

《梅子》1936 年 10 月 18 日。

《往事》（上、中、下）依次连载于 1936 年 11 月 10 日、11 日、12 日，此文获“满洲帝国国民文库”第十五次征文一等奖。

可以看出，1936 年是梅娘创作的爆发时期。这些作品是 1937 年出版的《小姐集》的主要组成部分。

1937 年 十七岁

《年表》显示，这一年，梅娘的第一部作品集《小姐集》出版，并创作短篇小说《最后的求诊者》和《六月的夜风》。

事实上，这一年梅娘继续在《大同报》上发表了大量作品，其中包括散文 2 篇：

《童年》1937 年 8 月 28 日。

《煤油灯》1937 年 10 月 9 日。据陈言考证，日本学者岸阳子在其研究中曾提及“《煤油灯》是梅娘十七岁时的随笔。”[①]

诗歌 3 首：

《秋花》1937 年 10 月 8 日。

《秋思》1937 年 10 月 16 日。

《慈爱的满洲大地》1937 年 12 月 14 日，此作当选“满洲帝国国民文库”第二十二次征文。

小说 4 篇：

《职业》1937 年 9 月 2 日。

《忆》1937 年 10 月 22 日。

《蓓蓓》1937 年 10 月 14、15、16 日。

《小别》1937 年 11 月 5 日。

文学翻译 1 篇：

《建国断片》1937 年 8 月 22 日、29 日，原作者为日本的板垣守正[②]。

---

① 陈言：《〈大同报〉与“满洲国”时期梅娘的文学活动》，《中国现代文学研究丛刊》2014 年第 5 期。

② 高云球：《1932—1945：东北沦陷区翻译文学研究——以〈盛京时报〉、〈大同报〉文学副刊为中心》，中国社会科学院 2013 年博士学位论文。

1938 年　十八岁

《年表》上缺失。这一年，梅娘继续在《大同报》上发表作品。

文学翻译 2 篇：

《生之交响》，1938 年 7 月 21 日。这是日本诗人福田正夫的诗作。同时还翻译了日本作家的小说《晴天的雨》①。

小说 9 篇：

《小宴》（上、下）1938 年 2 月 10 日、11 日。

《归乡》1938 年 2 月 19 日、20 日。

《追》1938 年 3 月 16 日、17 日、18 日、19 日。

《花柳病患者》1938 年 6 月 4 日。

《时代姑娘》1938 年 6 月 18 日至 22 日。

《六月的夜风》1938 年 7 月 1 日。

《最后的求诊者》1938 年 7 月 20 日。

《妈回来的时候》1938 年 8 月 5 日。

《第二代》1938 年 8 月 31 日至 9 月 28 日。

陈言的考证不仅丰富了梅娘创作的作品数量，也校正了《年表》所说的 1937 年创作短篇小说《最后的求诊者》和《六月的夜风》的错误。真实的情况是梅娘于 1938 年发表的这两篇小说。

1939 年　十九岁

《年表》中显示，这一年，梅娘发表了《蚌》《傍晚的喜剧》《落雁》《在雨的冲激中》共 4 篇小说，且翻译了日本久米正雄的《白兰之歌》。

其实这一年，梅娘仍然在《大同报》上发表作品，其中《年表》未曾提到的有散文《献》，发表于 1939 年 11 月 28 日。另有小说《五分钟的光景》发表于 1939 年 3 月 26 日。

---

① 陈言：《〈大同报〉与“满洲国”时期梅娘的文学活动》，《中国现代文学研究丛刊》2014 年第 5 期。

1940 年 二十岁

《年表》显示，梅娘于本年10月出版了短篇小说集《第二代》，并由此奠定了梅娘在东北沦陷区文坛上的地位。本年年末，梅娘的长篇小说《蟹》开始在《华文大阪每日》上连载。这是梅娘第一次挺进长篇小说创作。陈言的文章表明，这一年梅娘的翻译事业呈现出一片大好的形势，在《大同报》上发表翻译作品共计7篇，详情如下：

《恶魔（第一篇）》，原作者为俄国莱蒙托夫，刊于1940年9月4日、11日、18日、25日，10月9日、16日、23日、30日的《海外文学专页》。

《满洲文化一面观（一）——满洲人的孩子》，原作者是日本的长谷健，刊于1940年10月23日—25日《海外文学专页》。

《满洲文化一面观（二）——日本的延长》，原作者是日本的小田岳夫，刊于1940年10月9日—30日《海外文学专页》。

《采莓之歌》，原作者为俄国普希金，刊于1940年11月6日—27日《海外文学专页》。

《天使》，原作者为俄国莱蒙托夫，刊于1940年11月6日—27日《海外文学专页》。

《夜风》，原作者为俄国契诃夫，刊于1940年11月6日—27日《海外文学专页》。

《满洲文化一面观——旷野上的人们》，原作者为日本的吉屋信子，刊于1940年11月6日、13日、20日、27日《海外文学专页》。

《寄自北满之旅》，原作者为日本的冈田真子，刊于1940年12月19日、25日《海外文学专页》。

1941 年 二十一岁

《年表》显示，这一年，梅娘翻译了雪莱的诗歌《歌》。《蟹》创作完毕，《侨民》发表，并发表第二部长篇小说《鱼》。

而陈言的考察显示，这一年梅娘的翻译有更多成就：

《童话的记录与创作》，刊于1941年3月12日、19日、26日《海外文学专页》[①]。

《造酒的人》，原作者为托尔斯泰，刊于1941年3月12日、19日、26日《海外文学专页》[②]。

《给孩子们》，原作者为日本岛崎藤村，刊于1941年3月12日、19日、26日《海外文学专页》[③]。

《波斯童话——幸运的法尔克鲁兹》，刊于1941年3月12日、19日、26日《海外文学专页》。

《土耳其童话：美丽的蔷薇公主》，刊于1941年3月12日、19日、26日《海外文学专页》。

这一年，梅娘还创作了小说《女难》，刊于1941年10月29日《大同报》。

1942年　二十二岁

6月，系列报道《大学女生在古城·北大医学院》[④] 发表于《妇女杂志》第三卷第六期。同期发表随笔《大东亚博览会》。署名孙敏子。同期刊登采访记《大学女生出路对谈会》，邀请了北京大学医学院张宗慧、辅仁大学国文系郑家鸾座谈。采访者署名为本社嘱托孙，应该就是孙敏子。

7月，系列报道《大学女生在古城·北大文学院·辅大女院》发表于《妇女杂志》第三卷第七期。署名孙敏子。

8月，系列报道《大学女生在古城·师大女院·中国大学》发表于《妇

① 高云球：《1932—1945：东北沦陷区翻译文学研究——以〈盛京时报〉、〈大同报〉文学副刊为中心》，中国社会科学院2013年博士学位论文。

② 高云球：《1932—1945：东北沦陷区翻译文学研究——以〈盛京时报〉、〈大同报〉文学副刊为中心》，中国社会科学院2013年博士学位论文。

③ 高云球：《1932—1945：东北沦陷区翻译文学研究——以〈盛京时报〉、〈大同报〉文学副刊为中心》，中国社会科学院2013年博士学位论文。

④ 关于报道的标题，《年表》上写作《女大学生在古城》；经笔者查阅《妇女杂志》，实际上是《大学女生在古城》。三个系列报道的子标题，《年表》分别写作"《女大学生在古城》《北大医学院》""《女大学生在古城》《北大文学院》《辅大女院》""《女大学生在古城》《师大女院》《中国大学》"。事实上这是一个系列报道，不能并列存在。

女杂志》第三卷第八期。署名孙敏子。

9月，“本期特辑”《天津一日记》发表于《妇女杂志》第三卷第九期，作者为赵今吾、孙敏子、张训昭[①]。另有署名孙敏子的访问记2篇：《徐凌影女士访问记》《张忠娴女士访问记》同期发表[②]。

10月，《旅青杂记》发表于《妇女杂志》第三卷第十期。执笔者为赵今吾、孙敏子、张训昭。《旅青杂记（二）》为孙敏子所作。

1953年　三十三岁

6月28日，散文《十座贞节碑》刊于《新民报》，署名孙翔。

1957年　三十七岁

2月8日，散文《花一样的篝火》刊于《新民报》晚刊，署名云凤。

3月11日，散文《妈妈的感谢》刊于《新民报》，署名云凤。

3月12日，散文《雾》刊于《新民报》晚刊。

3月19日，散文《与女儿相处》刊于《新民报》，署名云凤。

1959年　三十九岁

关于这一年，张泉先生的《梅娘生平著译年表》里认为，梅娘出版了连环画《格兰特船长的女儿》，法国凡尔纳原作，署名落霞，人民美术出版社[③]。

经笔者查证，当年人民美术出版社出版了一套名为《格兰特船长的儿女》的连环画，与张泉先生所言《格兰特船长的女儿》一字之差，想必是笔误。因为法国作家儒勒·凡尔纳的科幻三部曲名为《格兰特船长的儿女》《海底两万里》和《神秘岛》。改编者署名王祟。按常理，同一家出版社在同一年不可能出版同一部作品的两种版本。不知道这个王祟是不是就是梅娘，在此存疑。

---

① 本期特辑为该刊主办的妇女座谈会，在天津平安茶厅举行，天津各界妇女共有17人出席，该社则有主编赵今吾和张训昭、孙敏子参加。赵今吾为杂志主编，张训昭是杂志编辑，孙敏子是杂志嘱托。

② 笔者翻阅《妇女杂志》时，第一次看到这两篇访问记。

③ 张泉：《梅娘生平著译年表》，《又见梅娘》，人民文学出版社2002年版。

不过，“瑞”字拆开即为“王耑”，这位“王耑”极有可能就是梅娘。

张泉指出，20世纪50年代，梅娘出版了大量连环画，其中一些在20世纪80年代仍有再版，如《爱美丽雅》，德国莱辛原作，署名孙嘉瑞，上海人民美术出版社1984年版[①]。经笔者查证，梅娘在这本连环画上的署名为孙加瑞。

1979年　五十九岁

6月18日，散文《宫廷贡品走向平民》刊于香港《大公报》。

6月30日，《八百年后的蘑菇新一代》刊于香港《大公报》。

7月11日、12日，《爱情的千古见证——〈蓝色血液〉》刊于香港《大公报》。

8月4日，《玫瑰的启示》刊于香港《大公报》。

1980年　六十岁

《红松林的故事——科普电影文学脚本》刊于《大自然》第2期。

1981年　六十一岁

3月30日，《留得春意在》刊于香港《大公报》。

1982年　六十二岁

1月8日，《迎春新意》刊于《新民晚报》。

10月8日，《一架画屏风》刊于香港《大公报》。

1983年　六十三岁

7月11日，《人家尽枕河》刊于香港《大公报》。

7月，《茶史漫话》由农业出版社出版，原作者为日本森本司朗，署名孙加瑞。

---

① 张泉：《梅娘生平著译年表》，《又见梅娘》，人民文学出版社2002年版。

1990 年　七十岁

散文《回忆赵树理》刊于《赵树理研究》第 1 期。

9 月 22 日，散文《“知音”寄语》刊于《文艺报》。

1991 年　七十一岁

5 月 25 日，散文《愿望》刊于《文艺报》。

8 月，创作诗歌《第十三片绿叶》[①]。

1992 年　七十二岁

1 月 21 日，《寒夜的一缕微光——〈小姐集〉刊行 52 年祭宋星五先生》刊于《长春晚报》净月副刊。

5 月 9 日，《长春忆旧》刊于《吉林日报》“东北风”专刊。

8 月 31 日，《纪念田琳》刊于《文学信息》第 89 期。

1994 年　七十四岁

3 月 19 日，散文《情到深处》刊于《吉林日报》。

9 月 3 日，散文《啊，女人》刊于《吉林日报》。

1995 年　七十五岁

散文《我与日本》刊于日本《民主中国月刊》3 月号。

散文《对白云》刊于台北《联合文学》第 11 卷第 7 期（1995 年 5 月总第 127 期）。

1997 年　七十七岁

9 月，《梅娘小说散文集》由北京出版社出版，张泉选编。

---

① 侯建飞：《梅娘近作及书简》，同心出版社 2005 年版。

1998 年　七十八岁

散文《三个二十七的轮回》刊于《今日名流》第 2 期。

6 月，《寻找梅娘》由明镜出版社出版，张泉主编。

1999 年　七十九岁

11 月，司敬雪编选的《梅娘小说：黄昏之献》由上海古籍出版社出版。本书共收录梅娘小说 10 篇。

2000 年　八十岁

6 月 15 日，出席遇罗文新著《家》出版首发式。

8 月，散文《音在弦外》刊于《博览群书》。

9 月，散文《一代故人》刊于《博览群书》。

10 月 4 日，出席加拿大英属哥伦比亚大学举办的“中国沦陷区女性文学”研讨会。

《大作家与小画家》由台湾日月出版社出版，由香港小朋友黄芷渊作画，梅娘配文。具体日期不详。关于日月出版社所在地，张泉先生认为是香港[①]。而《邂逅相遇：梅娘 · 芷渊 · 茵渊书札》一书多次提及台湾[②]。

11 月，译作《玉米地里的作家——赵树理评传》出版，原作为日本学者釜屋修，北岳文艺出版社出版。

2001 年　八十一岁

散文《两个女人和一份妇女杂志》刊于《新文学史料》第 1 期。

2 月 13 日，散文《小桥流水人家》刊于《北京青年报》。

2 月 22 日，出席在北京市社会科学院举办的“中、法沦陷时期女性文学座谈会”。

---

① 张泉：《梅娘生平著译年表》，《又见梅娘》，人民文学出版社 2002 年版。

② 梅娘、黄芷渊、黄茵渊：《邂逅相遇：梅娘 · 芷渊 · 茵渊书札》，人民文学出版社 2011 年版。

7月20日，散文《牙行博士》刊于北美《世界日报》世界副刊。

7月21日，出席加拿大第五届“华人文学——海外与中国”研讨会。

8月，创作回忆类散文《我的大学生活》。

11月27日，《北梅说给南玲的话》刊于《北京青年报》。

11月，《遥致友人》载于王瑞起著《独自行走》（辽宁儿童出版社2001年11月出版），为原书代序。

2002年　八十二岁

1月，散文《往事》刊于《记忆》第一辑，中国工人出版社出版。江啸声选编的《学生阅读经典·梅娘》由文汇出版社出版，收录了20世纪40年代梅娘的成名作《蚌》《鱼》《蟹》等6部作品以及20世纪五六十年代的散文12篇。

2月，陈晓帆编选的《又见梅娘》由人民文学出版社出版。本书的附录一为梅娘的4篇散文作品《写在〈鱼〉原版重印之时》《我与日本》《我的青少年时期（1920—1938）》以及《我的大学生活》。附录二选登了梅娘写给黄芷渊的4封书信。

2003年　八十三岁

6月6日，《赏花·读书》刊载于《文汇读书周报》。

6月30日，散文《听歌小记》刊载于《文汇报》。

12月，散文《灵魂的蹭蹬》刊载于《统战月刊》。

2004年　八十四岁

4月16日，《多么好的一场独舞》发表于《北京青年报》天天副刊。

9月，应邀至日本参加学术研讨会。

2005年　八十五岁

2月，《〈博览群书〉与我这一代》刊载于《博览群书》。

8月，同心出版社出版《梅娘近作及书简》，收录梅娘散文近作60篇、书信 88 通，主要为作者新时期以来至 2005 年的作品。

2008 年　八十八岁

12 月 31 日，范智红选编的《梅娘代表作：鱼》由华夏出版社出版，收录梅娘中短篇小说 11 篇、长篇小说 2 部。

2011 年　九十一岁

11 月，人民文学出版社出版《邂逅相遇：梅娘 · 芷渊 · 茵渊书札》。

2013 年　九十三岁

5 月 7 日，因病在北京去世。

关于梅娘的笔名

《年表》在《梅娘小传》里提及梅娘的笔名时指出，“另有笔名孙敏子、敏子、梅娘、芳子、莲江、柳青娘等”①。

笔者认为应该加上玲玲和云凤。据陈言考察，梅娘 1936 年曾在《大同报》上发表大量作品，在这些作品中，除了莲江这一笔名，用得最多的即是玲玲。而云凤一名，1957 年 2 月 8 日，《花一样的篝火》刊载于《新民报》晚刊，署名云凤；1957 年 3 月 11 日，《妈妈的感谢》发表于《新民报》，再次署名云凤；1957 年 3 月 19 日，《与女儿相处》发表于《新民报》，署名同为云凤；1979 年 8 月 4 日在香港《大公报》上发表《玫瑰的启示》，四度署名云凤。由此可见，云凤这一笔名在梅娘心中有着不同寻常的地位，应当加以重视。

---

① 范宇娟：《梅娘著译年表》，《新文学史料》2000 年第 1 期。

梅娘生平著译年表

2000年，范宇娟在《新文学史料》本年度第1期上发表了《梅娘著译年表》，这是梅娘研究史上的第一篇年表，意义重大。2002年，陈晓帆编选的《又见梅娘》由人民文学出版社出版，本书的附录三是张泉先生编撰的《梅娘生平著译年表》。2005年，梅娘义子侯建飞主编的《梅娘近作及书简》由同心出版社出版，该书搜集整理了新时期以来梅娘的散文创作与书信。2013年，中国社会科学院的博士生高云球完成博士论文《1932—1945：东北沦陷区翻译文学研究——以〈盛京时报〉〈大同报〉文学副刊为中心》。其中关于《大同报》的研究，有部分涉及梅娘当时在该报发表的作品。2016年，华东师范大学的硕士研究生庄培蓉完成其论文《迎合、背离与反思：梅娘1950年代作品研究——以〈亦报〉、上海〈新民报〉晚刊和香港〈大公报〉上的作品为中心》。该文以梅娘发表于20世纪50年代的作品为研究对象，其对梅娘本时期作品的整理，填补了长期以来相关研究的缺失，为梅娘的创作添上了十分重要的一环。

本年表即是在综合以上年表及论文的基础上，加上笔者在北京大学图书馆民国报刊阅览室的查找，以及多年来的阅读整理综合而成。在此，对所有为梅娘研究做出贡献的研究者们表示真诚的感谢！由于笔者的能力及其他条件的限制，本年表依然是不完善的，错误和遗漏之处，恳请指正！

1920年

11月30日（农历）[①] 出生于吉林省长春市（时为长春县），祖籍山东省招远县。

---

① 关于梅娘的出生日期，范宇娟女士的《梅娘著译年表》显示为“1920年11月4日”。而张泉的《梅娘生平著译年表》上显示为“11月30日（农历）”。百度百科里则为12月22日。而梅娘义子侯建飞在《再见梅娘》一文里说梅娘可能出生于1916年，这样就把梅娘的出生日期往前推了4年。目前学术界持这种说法的人很少。本文采用张泉先生的说法。因为张泉先生在该年表结尾时说道：“履历方面，主要请教了梅娘本人。”对于自己的出生日期，梅娘应该不会弄错。

1927 年　七岁

入长春县立高等女子小学。直接上三年级。中小学期间曾多次短期辍学。

1930 年　十岁

插班考入吉林省立女子中学，入学作文《论振兴女权之好处》以大胆的革新思想令老师们感到惊讶。

1935 年　十五岁

秋　插班入吉林省立女子师范高中部。

1936 年　十六岁

冬[①]　高中毕业。

9 月 26 日　散文《立秋》刊于《大同报》文艺专页。

9 月 27 日　散文《秋·黄昏》刊于《大同报》文艺专页。

9 月 30 日　散文《落叶》刊于《大同报》文艺专页。

10 月 2 日　小说《不期而遇》刊于《大同报》文艺专页。

10 月 4 日　诗歌《世间》刊于《大同报》文艺专页。此文于 9 月 27 日获得“满洲帝国国民文库”第十四次征文一等奖。

10 月 7 日　历史故事《奸刁的曹操》刊于《大同报》文艺专页。

10 月 9 日　散文《黄金穗子》刊于《大同报》文艺专页。

10 月 14 日　历史故事《王戎的聪明》刊于《大同报》文艺专页。

10 月 14 日　小说《我与孩子》刊于《大同报》文艺专页。

10 月 15 日　文学翻译《重逢》刊于《大同报》文艺专页。

10 月 15 日、10 月 22 日　《纪阜华女士访问记：触物伤怀往事不堪回

---

① 张泉的《梅娘生平著译年表》认为是春天毕业。而梅娘的《我的青少年时代》提及为“冬天”，本表采用梅娘的说法。梅娘在《我的大学生活》里也说：“1937 年初春，日本的新学年开始之时，我们四个满洲少年，便踏上了美丽的岛国。”由此可见，梅娘 1936 年冬天高中毕业没有错误。

首！奉姑育儿现今茹苦含辛》（上、下）刊于《大同报》文艺专页。

10 月 18 日　小说《梅子》刊于《大同报》文艺专页。

10 月 23 日　散文《生之迷津》刊于《大同报》文艺专页。

10 月 29 日　《大众良母：刘静娴女士访问记》刊于《大同报》文艺专页。

11 月 10 日、11 日、12 日　小说《往事》（上、中、下）依次连载于《大同报》文艺专页。此文获“满洲帝国国民文库”第十五次征文一等奖。

本年　出版作文习作集《小姐集》，署名敏子，益智书店出版（长春）。

1937 年　十七岁

春　赴日本东京女子大学家政系就读。但梅娘没有正式去女子大学学习，而是进入东亚日本语学校高级班学习日语①。

8 月 22 日、29 日　文学翻译《建国断片》刊于《大同报》文艺专页，原作者为日本的板垣守正。

8 月 28 日　散文《童年》刊于《大同报》文艺专页。

9 月 2 日　小说《职业》刊于《大同报》文艺专页。

10 月 8 日　诗歌《秋花》刊于《大同报》文艺专页。

10 月 9 日　《煤油灯》刊于《大同报》文艺专页。

10 月 14 日、15 日、16 日　小说《蓓蓓》刊于《大同报》文艺专页。

10 月 16 日　诗歌《秋思》刊于《大同报》文艺专页。

10 月 22 日　小说《忆》刊于《大同报》文艺专页。署名丽娘。

11 月 5 日　小说《小别》刊于《大同报》文艺专页。

12 月 14 日　诗歌《慈爱的满洲大地》刊于《大同报》文艺专页。此作当选“满洲帝国国民文库”第二十二次征文。

1938 年　十八岁

夏秋　回长春，任《大同报》校对并主编妇女版。

---

① 陈晓帆：《又见梅娘》，人民文学出版社 2002 年版。

2月10日、11日　小说《小宴》（上、下）刊于《大同报》文艺专页。

2月19日、20日　小说《归乡》刊于《大同报》文艺专页。

3月16日、17日、18日、19日　小说《追》刊于《大同报》文艺专页。

6月4日　小说《花柳病患者》刊于《大同报》文艺专页。

6月18日至22日　小说《时代姑娘》刊于《大同报》文艺专页。

7月1日　小说《六月的夜风》刊于《大同报》文艺专页。

7月20日　小说《最后的求诊者》刊于《大同报》文艺专页。

7月21日　文学翻译诗歌《生之交响》，刊于《大同报》文艺专页，原作者为日本诗人福田正夫。

8月5日　小说《妈回来的时候》刊于《大同报》文艺专页。

8月31日至9月28日　小说《第二代》刊于《大同报》文艺专页。

10月17日至28日　文学翻译小说《晴天的雨》，刊于《大同报》文艺专页。

1939年　十九岁

春　转神户女子大学家政系就读。

3月26日　小说《五分钟的光景》发表于《大同报》文艺专页。

夏　中篇小说《蚌》连载于《华文大阪每日》。

11月　《傍晚的喜剧》发表于新京文选刊行会出版的《文选·第一辑》。

11月28日　散文《献》发表于《大同报》文艺专页。

11月28日至1941年1月23日　译作《白兰之歌》连载于《大同报》文艺专页。

本年　小说《落雁》发表于新京文选刊行会出版的《文选·第一辑》。

本年　小说《在雨的冲激中》发表于《华文大阪每日》第二卷第九期。

本年　出席《华文大阪每日》半月刊社主办的“华北文艺座谈会”。

1940年　二十岁

9月4日、11日、18日、25日，10月9日、16日、23日、30日　文学翻译《恶魔（第一篇）》（莱蒙托夫原著）刊于《大同报·海外文学专页》。

10月　短篇小说集《第二代》出版，文丛刊行会编，益智书店出版。

10月23日至25日　文学翻译《满洲文化一面观（一）——满洲人的孩子》（长谷健原著）刊于《大同报·海外文学专页》。

10月9日至30日　文学翻译《满洲文化一面观（二）——日本的延长》（小田岳夫原著）刊于《大同报·海外文学专页》。

11月6日至27日　文学翻译《采莓之歌》（普希金原著）刊于《大同报·海外文学专页》。

11月6日至27日　文学翻译《天使》（莱蒙托夫原著）刊于《大同报·海外文学专页》。

11月6日至27日　文学翻译《夜风》（契诃夫原著）刊于《大同报·海外文学专页》。

11月6日、13日、20日、27日　文学翻译《满洲文化一面观——旷野上的人们》（吉屋信子原著）刊于《大同报·海外文学专页》。

12月19日、25日　文学翻译《寄自北满之旅》（冈田真子原著）刊于《大同报·海外文学专页》。

6月　诗歌《如今梦都迟重的》[①] 发表于《诗季》第一辑。

8月　文学翻译《奇妙的故事》[②]（H. 海塞原著）刊于《华文大阪每日》第五卷第四期。署名梅娘。

11月　散文《拜伦的一生》[③] 刊于《华文大阪每日》第五卷第十期。

1941年　二十一岁

自神户女子大学毕业。

1月23日　译后记《白兰之歌》刊于《大同报·海外文学专页》。

3月1日　文学翻译诗歌《歌》（雪莱原著）刊于《中国文艺》第四卷第一期。

---

① 刘晓丽：《伪满洲国时期文学杂志新考》，《中国现代文学研究丛刊》2005年第6期。本诗为笔者第一次见到。

② 本作品为笔者在翻阅《华文大阪每日》时所发现。

③ 本作品也是笔者翻阅《华文大阪每日》时所发现。

3 月 12 日、19 日、26 日　文学翻译《童话的记录与创作》刊登于《大同报·海外文学专页》。

3 月 12 日、19 日、26 日　文学翻译《造酒的人》（托尔斯泰原著）刊登于《大同报·海外文学专页》。

3 月 12 日、19 日、26 日　文学翻译《给孩子们》（岛崎藤村原著）刊登于《大同报·海外文学专页》。

3 月 12 日、19 日、26 日　文学翻译《波斯童话——幸运的法尔克鲁兹》刊登于《大同报·海外文学专页》。

3 月 12 日、19 日、26 日　文学翻译《土耳其童话：美丽的蔷薇公主》刊登于《大同报·海外文学专页》。

4 月　《蟹》创作完毕。

6 月　短篇小说《侨民》发表于《新满洲》第三卷第六期之“满洲女性文艺作品特辑”。

7 月 5 日　长篇小说《鱼》发表于《中国文艺》第四卷第五期。

9 月 1 日至 12 月 15 日　《蟹》[①] 分成 7 个部分连载于《华文大阪每日》第七卷第五、六、七、八、十、十一、十二期。每期均由吕风配画。

10 月 5 日　短篇小说《侏儒》发表于《中国文艺》第五卷第二期。

10 月 29 日　小说《女难》刊于《大同报》。

本年　《几句话：去年夏天……》刊于《华文大阪每日》第七卷第四期。

1942 年　二十二岁

春　定居北京，任北平《妇女杂志》顾问。

1 月 5 日　小杂感《本年的理想》刊于《中国文艺》第五卷第五期。

2 月　小说《一只蚌》[②] 再次发表于《满洲文艺》。该作 1986 年收入梁山

---

① 范宇娟的《年表》认为《蟹》的连载时间是 1940 年，经笔者查证，实为 1941 年。《华文大阪每日》第七卷第四期上发表了《蟹》的连载预告，同时预告的还有张资平的长篇小说《新红 A 字》。

② 刘晓丽：《伪满洲国时期文学杂志新考》，《中国现代文学研究丛刊》2005 年第 6 期。

丁主编的《长夜萤火》，并更名为《蚌》。

3月 创作短篇小说《黄昏之献》。

4月 短篇小说《阳春小曲》刊于《妇女杂志》第三卷第四期。

4月 短篇小说《春到人间》[1] 刊于《国民杂志》第二卷第四期。

5月5日 短篇小说《雨夜》刊于《中国文艺》第六卷第三期。

本月 创作短篇小说《旅》。

本月 访问记《访外交部长褚宜民先生》[2] 刊于《妇女杂志》第三卷第五期。同期发表随笔《孤女乐园仁慈堂巡礼》。署名孙敏子。

6月 系列报道《大学女生在古城·北大医学院》刊于《妇女杂志》第三卷第六期。同期发表随笔《大东亚博览会》。署名孙敏子。同期刊登采访记《大学女生出路对谈会》，邀请了北京大学医学院张宗慧、辅仁大学国文系郑家鸾座谈。采访者署名为本社嘱托孙，应该就是孙敏子。

7月 系列报道《大学女生在古城·北大文学院·辅大女院》刊于《妇女杂志》第三卷第七期。署名孙敏子。

8月 系列报道《大学女生在古城·师大女院·中国大学》刊于《妇女杂志》第三卷第八期。署名孙敏子。

9月 《天津一日记》刊于《妇女杂志》第三卷第九期。同期刊登《徐凌影女士访问记》和《张忠娴女士访问记》，署名孙敏子。

10月 《旅青杂记》发表于《妇女杂志》第三卷第十期。执笔者为赵今吾、孙敏子、张训昭。《旅青杂记（二）》为孙敏子所作。

11月 散文《海滨细语》发表于《妇女杂志》第三卷第十一期。

本月 译作《母系家族》（一、二）刊登于《妇女杂志》第三卷第十期。署名梅娘。

12月5日 翻译短篇小说《院内雨》（饭冢良睹原著）发表于《中国文艺》第七卷第四期。

---

① 范宇娟在其《年表》里提及《春到人间》的“创作”，未提及发表一事。笔者在翻阅《国民杂志》时发现这篇作品刊于《国民杂志》。

② 范宇娟在《年表》里写作“褚民宜”。经笔者查证，原文写为“褚宜民”。但汪精卫政府时期的核心人物确实名为“褚民谊”。根据访问记里的描述，二人应该为同一人。原文可能有笔误。

本月　北平马德增书店和上海宇宙风书店联合发起“读者喜爱的女作家”调查活动，梅娘和张爱玲分别当选，并称为“南玲北梅”[①]。

1943 年　二十三岁

春　创作短篇小说《动手术之前》，后刊于《艺文杂志》1943 年第一卷第一期。

春　创作短篇小说《小广告里的故事》。

1 月　译作《母系家族》（三）刊于《妇女杂志》第四卷第一期。署名梅娘。

2 月　译作《母系家族》（四）刊于《妇女杂志》第四卷第二期。署名梅娘。

3 月　译作《母系家族》（五）刊于《妇女杂志》第四卷第三期。署名梅娘。

4 月　译作《母系家族》（六）刊于《妇女杂志》第四卷第四期。署名梅娘。

5 月　译作《母系家族》（七）刊于《妇女杂志》第四卷第五期。署名梅娘。

6 月　译作《母系家族》（八）刊于《妇女杂志》第四卷第六期。署名梅娘。

6 月 25 日　中短篇小说集《鱼》由北京新民印书馆初版。至 1944 年 3 月，《鱼》已经再版至第 8 版。

7 月 5 日　《小广告里的故事》刊于《中国文艺》第八卷第五期。

本月　书信《复小姐姐信》刊于《妇女杂志》第四卷第七期。

---

① “南玲北梅”一说，最早始于陈放的《一个女作家的一生》（《北京青年报》，2001 年 11 月 27 日）。2005 年以来，学术界不少人开始怀疑这一说法，认为 1943 年张爱玲才开始在上海沦陷区文坛崭露头角，而《宇宙风》杂志早在 1939 年 5 月已经迁出上海。对这一说法持怀疑态度最早始于止庵 2005 年 11 月 30 日刊发于《中华读书报》上的《关于“南玲北梅”》。梅娘研究权威张泉在其论文《也说“南玲北梅”——兼谈如何看待“口述历史”》（《中文自学指导》2007 年第 1 期）一文中也对此说进行了考证，认为“如果从张爱玲、梅娘二位女作家的作品当时在南北沦陷区文坛上的实际影响来看，从她们在现代文学史中的定位来看，此说基本上没有离谱”。本文采用张泉先生的结论。

本月　译作《母系家族》（九）刊于《妇女杂志》第四卷第七期。署名梅娘。

8月　译作《母系家族》（十）刊于《妇女杂志》第四卷第八期。署名梅娘。

9月　译作《母系家族》（十一）刊于《妇女杂志》第四卷第九期。署名梅娘。《母系家族》连载结束。

冬　创作短篇小说《行路难》。

12月　散文《寄吴瑛书》刊于《青年文化》第五期十二月号[①]。

本年　《白鸟》刊于《华北作家月报》第六期。

童话集《聪明的南陔》《白鸟》《风神与花精》由北京新民印书馆出版。

《旅日生活日记：佐藤太太》刊于《艺文杂志》第一卷第三期。

译作《华北日本作家短篇创作介绍特辑：桂花》（小滨千代子原著）刊于《华北作家月报》第八期。

1944年　二十四岁

1月　童话集《青姑娘的梦》由北京新民印书馆出版。

本月　长篇小说《小妇人》首章《双燕篇》刊于《中国文艺》一月号。

2月　《小妇人》第二章《夜行篇》刊于《中国文艺》二月号。

本月　短篇小说《行路难》刊于《妇女杂志》第五卷第二期。

本月　短篇小说《哑》[②] 刊于《国民杂志》第四卷第二期。

4月　翻译短篇小说《翌年之春》（细川武子原著）刊于《妇女杂志》第五卷第四期。

5月　翻译短篇小说《哥哥》（细川武子原著）刊于《妇女杂志》第五卷第五期。

7月　翻译短篇小说《家》（细川武子原著）刊于《妇女杂志》第五卷第七期。

---

① 张娜：《东北沦陷时期〈青年文化〉杂志文学场域研究》，沈阳师范大学2012年硕士学位论文。

② 笔者在北京大学图书馆翻阅民国旧报刊时发现，未见于范宇娟与张泉整理的年表。

8月 翻译短篇小说《女人》（细川武子原著）刊于《妇女杂志》第五卷第八期。

9月 翻译短篇小说《千人针》（细川武子原著）刊于《妇女杂志》第五卷第九期。

11月1日 短篇小说集《蟹》由华北作家协会以《华北文艺丛书》形式，委托武德报社出版。共收入《行路难》等六篇小说。文集获第二届大东亚文学赏副赏，梅娘把奖金赠给《中华周报》以资助青年作者的创作。

本月 散文《我没见过娘的笑脸》刊于《妇女杂志》第五卷第十一期。

1945年 二十五岁

1月 长篇小说《夜合花开》开始在《中华周报》上连载。第一卷第一期至第二卷第五期连载至《关照我的人多得很》一节，这部分内容收入《梅娘小说散文集》标明“未完”的《夜合花开》。第二卷二十三期至三十四期，连载了这部小说的后半部分。这部分内容没有收入《梅娘小说散文集》，应属佚文①。

6月 散文《为日本女性祝福》刊于《妇女杂志》第六卷第五、六期合刊。

本年 译作长篇小说《母系家族》由北京新民印书馆出版单行本。

冬 回长春居住。

1946—1948年

春 前往上海。

1948年 二十八岁

冬 前往台湾。

---

① 此说得到了梅娘的认可，详见张元卿：《关于〈夜合花开〉与梅娘的通信》，《新文学史料》2014年第2期。

1949 年　二十九岁

2 月　自台湾回到上海。

8 月　定居北京。

10 月　参加北京市文联组织的大众文艺创作研究会。

1950 年　三十岁[①]

在北京第 35 中学任教。

1951 年　三十一岁

调中国农业电影制片厂任编剧。

4 月　改编连环画《表》，由北京人民美术出版社出版。2013 年北京连环画出版社再版。

1952 年　三十二岁

4 月 1 日至 6 月 6 日　长篇小说《母女俩》分 66 次连载于上海《亦报》，署名梅琳。

4 月 27 日　《这都是我们的接班人》刊于《亦报》，署名孙翔。

4 月 28 日　《堵洞记》刊于《亦报》，署名孙翔。

8 月 12 日至 9 月 17 日　散文《东北农村旅行记》连续 37 次刊于《亦报》，署名柳霞儿。

8 月 27 日至 11 月 7 日　长篇小说《春天》连续 73 次刊于《亦报》，署名孙翔。

11 月 14 日至 20 日　散文《太行山看丰收》连续 7 次刊于《亦报》，署名柳霞儿。

---

① 关于 20 世纪 50 年代的作品，主要参考：庄培蓉：《迎合、背离与反思：梅娘 1950 年代作品研究——以〈亦报〉、上海〈新民报〉晚刊和香港〈大公报〉上的作品为中心》，华东师范大学 2016 年硕士学位论文。

11 月 21 日至 24 日　散文《李顺达在西沟村》连续 4 次刊于上海《新民报》晚刊，署名柳霞儿。

12 月 13 日至 1953 年 2 月 24 日　长篇小说《为了明天》连续 69 次刊于《新民报》晚刊，署名高翎。

1953 年　三十三岁

2 月 26 日　《孩子骂人》刊于《新民报》晚刊，署名孙翔。

3 月 1 日　儿童故事《小美丽》（上）刊于《新民报》晚刊，署名孙翔。

3 月 2 日　儿童故事《小美丽》（下）刊于《新民报》晚刊，署名孙翔。

3 月 4 日　儿童故事《柏年的家庭作业》（上）刊于《新民报》晚刊，署名孙翔。

3 月 5 日　儿童故事《柏年的家庭作业》（下）刊于《新民报》晚刊，署名孙翔。

3 月 14 日　儿童故事《做风筝》刊于《新民报》晚刊，署名孙翔。

3 月 24 日　《北海桃花开》刊于《新民报》晚刊，署名孙翔。

3 月 27 日　儿童故事《爱哭的小荫梅》（上）刊于《新民报》晚刊，署名孙翔。

3 月 28 日　儿童故事《爱哭的小荫梅》（下）刊于《新民报》晚刊，署名孙翔。

4 月 2 日　生活小品《卖豆浆的老头》刊于《新民报》晚刊，署名孙翔。

4 月 9 日至 17 日　小说《我和我的爱人》刊于《新民报》晚刊，署名刘遐。

5 月 4 日　散文《小羊与鸽子》（开封散记之一）刊于《新民报》晚刊，署名孙翔。

5 月 5 日　散文《“鸡肉丸子”的顾客们》（开封散记之二）刊于《新民报》晚刊，署名孙翔。

5 月 6 日　散文《景文州老店》（开封散记之三）刊于《新民报》晚刊，署名孙翔。

5月7日　散文《保育院的儿童车》（开封散记之四）刊于《新民报》晚刊，署名孙翔。

5月8日　散文《出嫁与结婚》（开封散记之五）刊于《新民报》晚刊，署名孙翔。

5月9日　散文《生产战线上的一员》（开封散记之六）刊于《新民报》晚刊，署名孙翔。

5月10日　散文《龙亭的新生》（开封散记之七）刊于《新民报》晚刊，署名孙翔。

5月11日　散文《相国寺后街》（开封散记之八）刊于《新民报》晚刊，署名孙翔。

5月12日　散文《把科学还给人们》（开封散记之九）刊于《新民报》晚刊，署名孙翔。

6月28日　散文《十座贞节碑》（自河南车云山寄）刊于《新民报》晚刊，署名孙翔。

6月29日　散文《石榴花开》（自河南车云山寄）刊于《新民报》晚刊，署名孙翔。

6月30日　散文《一杯香茶》（自河南车云山寄）刊于《新民报》晚刊，署名孙翔。

7月1日　散文《地主的砦寨》（自河南车云山寄）刊于《新民报》晚刊，署名孙翔。

7月4日　散文《一位炒茶技工》（自河南车云山寄）刊于《新民报》晚刊，署名孙翔。

7月5日　散文《李乃香的婚事》（自河南车云山寄）刊于《新民报》晚刊，署名孙翔。

7月6日　散文《茶山的远景》（自河南车云山寄）刊于《新民报》晚刊，署名孙翔。

7月15日至9月16日　长篇小说《什么才是爱情》连续54次刊于《新民报》晚刊，署名瑞芝。

7月30日　儿童故事《真正的第一》刊于《新民报》晚刊，署名孙翔。

11 月 9 日 《吕鸿宾讲故事》（吕鸿兵生产合作社十日记之一）刊于《新民报》晚刊，署名孙翔。

11 月 10 日 《太阳升起前的劳动》（吕鸿兵生产合作社十日记之二）刊于《新民报》晚刊，署名孙翔。

11 月 11 日 《吕春香姐妹》（吕鸿兵生产合作社十日记之三）刊于《新民报》晚刊，署名孙翔。

11 月 12 日 《一升蓼子的故事》（吕鸿兵生产合作社十日记之四）刊于《新民报》晚刊，署名孙翔。

11 月 14 日 《切甘薯的机器》（吕鸿兵生产合作社十日记之五）刊于《新民报》晚刊，署名孙翔。

11 月 15 日 《杜英蓉的婚姻》（吕鸿兵生产合作社十日记之六）刊于《新民报》晚刊，署名孙翔。

11 月 16 日 《吕春香谈北京》（吕鸿兵生产合作社十日记之七）刊于《新民报》晚刊，署名孙翔。

1954 年 三十四岁

3 月 29 日 《面粉袋的商标》刊于香港《大公报》，署名云凤。

3 月 31 日 《街头广播》刊于香港《大公报》，署名云凤。

4 月 1 日 《甜水井和苦水井》刊于香港《大公报》，署名云凤。

4 月 8 日 《孩子回家》刊于香港《大公报》，署名云凤。

4 月 12 日 《电气工人和“春不老”》刊于《新民报》晚刊，署名孙翔。

4 月 13 日 《冶金工人和他的眷属》刊于《新民报》晚刊，署名孙翔。

4 月 14 日 《几片麻糖》刊于《新民报》晚刊，署名孙翔。

4 月 15 日 《南方妈妈和北方战士》刊于《新民报》晚刊，署名孙翔。

4 月 19 日 《素食与冰糖莲子》刊于《新民报》晚刊，署名孙翔。

4 月 23 日 《车上友谊》刊于香港《大公报》，署名云凤。

4 月 29 日 《“同行是亲家”》刊于《新民报》晚刊，署名云凤。

5 月 4 日 《甜水井与苦水井》刊于《新民报》晚刊，署名云凤。

5 月 10 日 生活故事《小翔回家》刊于《新民报》晚刊，署名云凤。

5 月 18 日　《万绿丛中一点红》刊于香港《大公报》，署名云凤。

6 月 7 日　《三人都变蝴蝶》刊于香港《大公报》，署名云凤。

6 月 11 日　《满街盈巷流花香》刊于香港《大公报》，署名云凤。

6 月 21 日　《母女之争》刊于香港《大公报》，署名云凤。

6 月 23 日　《大风雨中的小故事》刊于《新民报》晚刊，署名云凤。

6 月 30 日　《后海泛舟》刊于香港《大公报》，署名云凤。

7 月 6 日　《小女儿履行守则》刊于香港《大公报》，署名云凤。

7 月 7 日　《太平花》刊于香港《大公报》，署名云凤。

7 月 11 日　《文蓉的婚礼》刊于《新民报》晚刊，署名云凤。

7 月 12 日　《小女儿的一条守则》刊于《新民报》晚刊，署名云凤。

9 月 13 日　《黑眼睛》（上）刊于《新民报》晚刊，署名孙翔。

9 月 14 日　《黑眼睛》（中）刊于《新民报》晚刊，署名孙翔。

9 月 15 日　《黑眼睛》（下）刊于《新民报》晚刊，署名孙翔。

10 月 9 日　《一颗番茄》刊于《新民报》晚刊，署名云凤。

10 月 12 日　《木制的“花树玩具”》刊于香港《大公报》，署名云凤。

11 月 1 日　《木制的“花树玩具”》刊于《新民报》晚刊，署名云凤。

11 月 2 日　《一株茉莉》刊于香港《大公报》，署名云凤。

12 月 27 日　《学校与家族》刊于《新民报》晚刊，署名孙翔。

12 月 30 日　《扫街的老爷爷》刊于《新民报》晚刊，署名孙翔。

1955 年　三十五岁

1 月 9 日　《扫雪的老爷爷》刊于香港《大公报》，署名孙翔。

3 月 28 日　《喜相逢》（上）刊于《新民报》晚刊，署名孙翔。

3 月 29 日　《喜相逢》（中）刊于《新民报》晚刊，署名孙翔。

3 月 30 日　《喜相逢》（下）刊于《新民报》晚刊，署名孙翔。

5 月 1 日、3 日至 13 日　《我的女儿怎样拍电影》连载 12 期，刊于香港《大公报》，署名云凤。

5 月 2 日　《枫江桥上》（上）刊于《新民报》晚刊，署名孙翔。

5 月 3 日　《枫江桥上》（中）刊于《新民报》晚刊，署名孙翔。

5 月 4 日　《枫江桥上》（下）刊于《新民报》晚刊，署名孙翔。

6 月 9 日　《北京街头见荔枝》刊于香港《大公报》，署名云凤。

6 月 14 日　《开吧！曼妙的芍药》刊于香港《大公报》，署名云凤。

1956 年　三十六岁

12 月 17 日　《讲诗经》刊于《新民报》晚刊，署名孙翔。

1957 年　三十七岁

2 月 8 日　散文《花一样的篝火》刊于《新民报》晚刊，署名云凤。

3 月 11 日　散文《妈妈的感谢》刊于《新民报》，署名云凤。

3 月 12 日　散文《雾》刊于《新民报》晚刊，署名孙翔。

3 月 19 日　散文《与女儿相处》刊于《新民报》，署名云凤。

4 月 4 日　《情深谊长》刊于《新民报》晚刊，署名云凤。

4 月 30 日　《竹》刊于《新民报》晚刊，署名云凤。

5 月 8 日　《云栖之茶》刊于《新民报》晚刊，署名云凤。

5 月 23 日　《一枚纪念章》刊于《新民报》晚刊，署名云凤。

6 月 12 日　《五月榴花》刊于《新民报》晚刊，署名云凤。

本月　历史故事《吴用智取华州》由北京出版社出版，署名孙加瑞。

8 月 11 日　《农业社的傍晚》刊于《新民报》晚刊，署名云凤。

8 月 12 日　《一床喜被》刊于《新民报》晚刊，署名云凤。

8 月 13 日　《银茶》刊于《新民报》晚刊，署名云凤。

8 月 28 日　《爷爷和孙子》刊于《新民报》晚刊，署名云凤。

本月　通俗故事《尉迟恭单鞭夺槊》，由北京出版社出版，署名孙加瑞。

夏　被划为“右派分子”，在中国农业电影制片厂厂内监督劳动。

1958 年　三十八岁

5 月 1 日　被开除公职，送往北京北苑农场劳动教养。

本月　连环画《格兰特船长的女儿》（上），由北京人民美术出版社出版，署名落霞。2006 年由上海画报出版社再版。

11月　连环画《格兰特船长的女儿》（下），由北京人民美术出版社出版，署名王嵩。2006年由上海画报出版社再版。

1959年　三十九岁

1月　出版连环画《格兰特船长的儿女》，法国凡尔纳原作，署名王嵩，人民美术出版社出版。

8月　连环画《爱美丽雅》，上海人民美术出版社出版，署名孙加瑞。1984年，原出版社再版。

1961年　四十一岁

冬　因患肺结核获准回家养病，遂成为没有固定收入的无业人员。

1966年　四十六岁

冬　由“历史反革命”升级为“现行反革命”，接受居住地街道无产阶级专政小组的管制。

1978年　五十八岁

冬　在街道组织的群众大会上被摘掉“右派分子”帽子。原工作单位中国农业电影制片厂为她平反，恢复公职。

1979年　五十九岁

6月10日　散文《新美人计》刊于香港《大公报》。

6月18日　散文《宫廷贡品走向平民》刊于香港《大公报》。

6月30日　《八百年后的蘑菇新一代》刊于香港《大公报》。

7月11日、12日　《爱情的千古见证——〈蓝色血液〉》刊于香港《大公报》。

8月4日　《玫瑰的启示》刊于香港《大公报》。

本年　于蒙难结业时创作散文《为什么写散文》。

1980 年　六十岁

本年　《红松林的故事——科普电影文学脚本》刊于《大自然》第2期。

1981 年　六十一岁

3 月 30 日　《留得春意在》刊于香港《大公报》。

4 月　游记《正定怀古》刊于香港《大公报》。

年末　创作散文、游记《云南之旅》和《春城游》。

1982 年　六十二岁

1 月 8 日　《迎春新意》刊于《新民晚报》。

10 月 8 日　《一架画屏风》刊于香港《大公报》。

1983 年　六十三岁

夏　创作随笔、回忆录《赵树理与我》。

7 月 11 日　《人家尽枕河》刊于香港《大公报》。

7 月　出版《茶史漫话》（森本司朗原著），署名孙加瑞，农业出版社出版。

1984 年　六十四岁

本年　办理退休手续。因工作需要，又返聘继续工作至 1990 年。

本年　出版连环画《爱美丽雅》（莱辛原著），署名孙加瑞，上海人民美术出版社出版。

1986 年　六十六岁

2 月　春风文艺出版社（沈阳）出版了梁山丁主编的《东北沦陷时期作品选·长夜萤火·女作家小说选集》，其中收入梅娘 5 篇作品：《侏儒》《黄昏之献》《春到人间》《行路难》《蚌》。

1987 年　六十七岁

11 月　《东北文学研究史料 · 五》收入梅娘创作的散文《写在〈鱼〉原版重印之时》。

本年　致力于翻译日本驹泽大学教授釜屋修所撰《赵树理评传》一书。

1988 年　六十八岁

本年　广西人民出版社出版由黄万华主编的《抗日战争时期沦陷区小说选——新秋海棠》，其中收录了梅娘的作品。

1989 年　六十九岁

5 月　创作回忆录《一段往事——回忆赵树理》。

本年　参加“中国赵树理研究会成立大会”。

本年　山西省作协会员赵树理研究会秘书长董大中访问梅娘。

1990 年　七十岁

1 月 20 日　游记《正定怀古》转载于《文艺报》。

3 月 22 日　创作散文《绿的遐想》。

7 月　明天出版社出版由孔范今主编的《中国现代文学补遗书系 · 小说卷三》，收录梅娘作品 3 篇：《行路难》《春到人间》《蟹》。

9 月 22 日　散文《“知音”寄语》刊于《文艺报》。

12 月　上海文艺出版社出版由康濯作序的《中国新文学大系 · 1937—1949 · 第四集 · 短篇小说卷二》，收入梅娘的《黄昏之献》。

本月　接受采访时表示筹划早期未完成的长篇，并表示翻译了日本的畅销书《泥泞半生记》。

本年　散文《回忆赵树理》刊于《赵树理研究》第 1 期。

参加“第二届全国农业电视‘神农奖’发奖大会”。

1991 年　七十一岁

5 月 25 日　散文《愿望》刊于《文艺报》。

8 月　创作诗歌《第十三片绿叶》。

9 月　出席于长春召开的“东北沦陷时期文学国际学术研讨会”。

本年　出席在北京举办的“萧军作品研讨会”。

1992 年　七十二岁

1 月 21 日　《寒夜的一缕微光——〈小姐集〉刊行 52 年祭宋星五先生》刊于《长春晚报》净月副刊。

本月　翻译短篇小说《死亡日记》（佐藤洋一原著），发表于《小说月刊》1992 年第 1 期。

5 月 9 日　《长春忆旧》刊于《吉林日报》“东北风”专刊。

8 月 31 日　《纪念田琳》刊于《文学信息》第 89 期。

1993 年　七十三岁

3 月 13 日　散文《远方的思念》发表于《吉林日报》。

6 月　《世界日报》（纽约）以《沦陷区小说》为题，连载其长篇小说《蟹》。

1994 年　七十四岁

3 月 19 日　散文《情到深处》刊于《吉林日报》。

9 月 3 日　散文《啊，女人》刊于《吉林日报》。

本年　海天出版社出版了由刘小沁主编的《南玲北梅——四十年代最受读者喜爱的女作家作品选》，其中收入梅娘的长篇小说《蟹》以及《夜合花开》。

本年　赴加拿大探亲一年。这是 1949 年以后第一次走出中国。此后，多次往返于中国与北美之间。

1995 年 七十五岁

3 月 散文《我与日本》刊于日本《民主中国月刊》。

5 月 台湾《联合报》推出“梅娘小说专集”。

本月 散文《对白云》刊于台北《联合文学》第 11 卷 7 期。

12 月 13 日 应邀于北京外国语大学日本研究中心日本研究班演讲，题为《沦陷区的文学》。

本年 中国文联出版公司出版阎纯德主编的《红杜鹃》，收入梅娘旧作。

1996 年 七十六岁

4 月 6 日 出席在北京举办的“华北沦陷区文学暨专著《沦陷时期北京文学八年》”学术座谈会。

9 月 回忆录《自传·青少年时代》发表于《作家》第 9 期。

11 月 创作散文式评论《萧红笔下的女人》，并题：梅娘，写在萧红纪念会之前。

冬 创作散文《我与张爱玲》。

12 月 沈阳出版社出版由张毓茂主编的《东北现代文学大系·1919—1949·第二集·短篇小说卷（上）》，收入梅娘的短篇小说《小广告里的故事》。

1997 年 七十七岁

4 月 2 日 《我与张爱玲》刊于《中华读书报》。

9 月 《梅娘小说散文集》由北京出版社出版，张泉选编。

本年 梅娘被列入现代文学百家，她的大幅照片摆放在中国现代文学馆的展板上。

本年 在北京认侯建飞为义子。

1998 年 七十八岁

2 月 散文《三个二十七的轮回》刊于《今日名流》第 2 期。

6月　《寻找梅娘》由明镜出版社出版，张泉主编。

本年　赴美探亲。

本年　在北京社科院为日本作家渡边澄子教授举行的恳谈会上，梅娘与渡边会面。

本年　日本早稻田大学教授岸阳子访华，与梅娘会面。

1999年　七十九岁

11月　司敬雪编选的《梅娘小说：黄昏之献》由上海古籍出版社出版。本书共收录梅娘小说10篇。

本年　东京汉学会成员松本大作、大久保明男访问梅娘。

2000年　八十岁

6月15日　出席遇罗文新著《家》出版首发式。

8月　散文《音在弦外》刊于《博览群书》。

9月　散文《一代故人》刊于《博览群书》。

10月4日　出席加拿大英属哥伦比亚大学举办的“中国沦陷区女性文学”研讨会。

11月　译作《玉米地里的作家——赵树理评传》出版，原作为日本学者釜屋修，北岳文艺出版社出版。

本年　《大作家与小画家》由台湾日月出版社出版，由香港小朋友黄芷渊作画，梅娘配文。具体日期不详。

本年　与女儿柳青看望作家史铁生。

2001年　八十一岁

2月13日　散文《小桥流水人家》刊于《北京青年报》。

2月22日　出席在北京市社会科学院举办的“中、法沦陷时期女性文学座谈会”。

7月20日　散文《牙行博士》刊于北美《世界日报》世界副刊。

7 月 21 日 出席加拿大第五届“华人文学——海外与中国”研讨会。

8 月 创作回忆类散文《我的大学生活》。

11 月 27 日 《北梅说给南玲的话》刊于《北京青年报》。

11 月 《遥致友人》刊于王瑞起著《独自行走》（辽宁儿童出版社 2001 年 11 月出版），为原书代序。

本年 散文《两个女人和一份妇女杂志》刊于《新文学史料》第 1 期。

本年 日本早稻田大学教授杉野要吉至北京访问，与梅娘会面。

本年 与女儿柳青参观中国现代文学馆，原馆长舒乙陪同参观，并在中国现代文学馆梅娘展板前留影。

2002 年 八十二岁

1 月 散文《往事》刊于《记忆》第一辑，中国工人出版社出版。江啸声选编的《学生阅读经典 · 梅娘》由文汇出版社出版，收录了 20 世纪 40 年代梅娘的成名作《蚌》《鱼》《蟹》等 6 部作品以及 20 世纪五六十年代的散文 12 篇。

2 月 陈晓帆编选的《又见梅娘》由人民文学出版社出版。本书的附录一为梅娘的 4 篇散文作品《写在〈鱼〉原版重印之时》《我与日本》《我的青少年时期（1920—1938）》以及《我的大学生活》。附录二选登了梅娘写给黄芷渊的 4 封书信。

本年 与兰州西北师范大学教授刘洁会面。

2003 年 八十三岁

6 月 6 日 《赏花 · 读书》刊于《文汇读书周报》。

6 月 30 日 散文《听歌小记》刊于《文汇报》。

12 月 散文《灵魂的蹭蹬》刊于《统战月刊》。

冬 至北美旅行，与女儿柳青、孙女柳如眉在美国迈阿密度过 83 岁生日。

本年 出席作家刘索拉的独唱音乐会。

2004 年 八十四岁

4 月 16 日 《多么好的一场独舞》发表于《北京青年报》天天副刊。

本月 接受上海《申江服务导报》记者采访。

9 月 应邀至日本参加学术研讨会。

本年 加拿大哥伦比亚大学历史系教授诺尔曼·司密斯至梅娘家中访问，参与访问的还有日本千叶大学的桥本雄一。

本年 台湾清华大学硕士生蔡钰凌拜访了梅娘。

本年 在香港与小画家黄芷渊会面。

2005 年 八十五岁

2 月 《〈博览群书〉与我这一代》刊于《博览群书》。

8 月 同心出版社出版《梅娘近作及书简》，收录梅娘散文近作 60 篇、书信 88 通，主要为作者新时期以来至 2005 年创作发表的文字。

2008 年 八十八岁

12 月 31 日 范智红选编的《梅娘代表作：鱼》由华夏出版社出版，收录梅娘中短篇小说 11 篇、长篇小说 2 部。

2011 年 九十一岁

11 月 人民文学出版社出版《邂逅相遇：梅娘·芷渊·茵渊书札》。

2013 年 九十三岁

1 月 《梅娘赘语——序〈故乡有约〉》载于侯建飞中短篇小说集《故乡有约》，解放军文艺出版社 2013 年 1 月出版。

3 月 至国外旅行一个月。

本年 随笔《企盼、渴望》刊于《芳草地》2013 年第 1 期。

4 月 28 号 在家中接待加拿大奎尔夫大学历史系诺尔曼 · 司密斯教授。司密斯送来了他的新作 *Intoxicating Manchuria*: *Alcohol*, *Opium*, *and Culture in China's Northeast*, 大意是“麻痹满洲: 酒、鸦片与中国东北文化”[①]。

4 月 29 号 因病进入解放军 304 医院治疗，没有查出主要的病因。

5 月 7 日 上午 10 时 35 分，梅娘因病在北京去世。

---

① 张泉:《梅娘: 一个时代的代表作家谢幕》,《人民政协报》2013 年 5 月 20 日。

参考文献

一、梅娘作品集

（一）小说、散文及书信

[1] 梅娘．第二代［M］．长春：益智书店，1940.

[2] 梅娘．蟹［M］．北京：华北作家协会，1944.

[3] 梅娘．鱼［M］．北京：新民印书馆，1945.

[4] 刘小沁．南玲北梅：四十年代最受读者喜爱的女作家作品选［M］．深圳：海天出版社，1992.

[5] 司敬雪．梅娘小说·黄昏之献［M］．上海：上海古籍出版社，1999.

[6] 张泉．梅娘小说散文集［M］．北京：北京出版社，1997.

[7] 侯建飞．梅娘近作及书简［M］．北京：同心出版社，2005.

[8] 中国现代文学馆．梅娘代表作：鱼［M］．北京：华夏出版社，2009.

[9] 江啸声．学生阅读经典：梅娘［M］．上海：文汇出版社，2002.

[10] 梅娘，芷渊，茵渊．邂逅相遇：梅娘·芷渊·茵渊书札［M］．北京：人民文学出版社，2011.

[11] 张泉．梅娘：怀人与纪事［M］．北京：中央广播电视大学出版社，2014.

[12] 张泉．梅娘作品集［M］．哈尔滨：北方文艺出版社，2017.

[13] 梅娘．梅娘散文：我是一只草萤［M］．杭州：浙江文艺出版社，2016.

（二）儿童文学

[14] 梅娘．白鸟［M］．北京：新民印书馆，1943.

[15] 孙加瑞．尉迟恭单鞭夺槊［M］．徐燕荪插图．北京：北京出版社，1957.

[16] 孙加瑞．吴用智取华州［M］．墨浪绘图．北京：北京出版社，1957.

[17]［德］莱辛．爱美丽雅［M］．孙加瑞，改编．胡克文，绘画．上海：上海人民美术出版社，1984.

[18] 梅娘．大作家与小画家［M］．台北：日月出版社，2000.

[19]［苏］班台莱耶夫．表［M］．孙敏子，改编．盛此君，方菁，绘画．北京：连环画出版社，2013.

（三）译著

[20]［日］森本司朗．茶史漫话［M］．孙加瑞，译．北京：农业出版社，1983.

[21]［日］釜屋修．玉米地里的作家——赵树理评传［M］．梅娘，译．太原：北岳文艺出版社，2000.

二、报纸杂志

[1] 大同报馆．大同报［N］．1936—1942.

[2] 文选刊行会．文选［J］．1939（1）．

[3] 大阪每日新闻社．华文大阪每日［N］．1939—1941.

[4] 国民杂志社．国民杂志［N］．1942—1944.

[5] 北京妇女杂志社．妇女杂志［J］．1942—1945.

[6] 上海亦报社．亦报［N］．1950—1952.

[7] 上海新民报晚刊社．新民报晚刊［N］．1952—1957.

[8] 香港大公报有限公司．大公报［N］．1952—1955.

三、专著

[1] 中共中央马克思恩格斯列宁斯大林著作编译局．马克思恩格斯选集：第四卷［M］．北京：人民出版社，1972.

[2] 刘勰．文心雕龙注释［M］．周振甫，注．北京：中华书局，1986.

[3] 鲁迅．鲁迅全集：第2卷［M］．北京：人民文学出版社，1981.

[4] 朱光潜．朱光潜全集：第1卷［M］．合肥：安徽教育出版社，1987.

[5] 胡经之．西方文艺理论名著教程［M］．北京：北京大学出版社，1989.

[6] 张泉．沦陷时期北京文学八年［M］．北京：北京出版社，1994.

[7] 盛英．二十世纪中国女性文学史［M］．天津：天津人民出版社，1995.

[8] 钱理群，温儒敏，吴福辉．中国现代文学三十年（修订本）［M］．北京：北京大学出版社，1998.

[9] 杨义．中国现代小说史［M］．北京：人民文学出版社，1998.

[10] 张岩冰．女权主义文论［M］．济南：山东教育出版社，1998.

[11] 张泉．寻找梅娘［M］．香港：明镜出版社，1998.

[12] 朱栋霖，丁帆，朱晓进．中国现代文学史1917—1997［M］．北京：高等教育出版社，1999.

[13] 张首映．西方二十世纪文论史［M］．北京：北京大学出版社，1999.

[14] 葛兆光．思想史的写法——中国思想史导论［M］．上海：复旦大学出版社，2004.

[15] 陈晓帆．又见梅娘［M］．北京：人民文学出版社，2002.

[16] 王春荣．女性生存与女性文化诗学［M］．沈阳：辽宁大学出版社，2002.

[17] 乔以钢．多彩的旋律——中国女性文学主题研究［M］．天津：南

开大学出版社，2003.

[18] 乐铄．中国现代女性创作及其社会性别［M］．郑州：郑州大学出版社，2002.

[19] 林丹娅．当代中国女性文学史论［M］．厦门：厦门大学出版社，2003.

[20] 禹建湘．徘徊在边缘的女性主义叙事［M］．北京：九州出版社，2004.

[21] 张浩．书写与重塑：20 世纪中国女性文学的精神分析阐释［M］．北京：北京语言大学出版社，2006.

[22] 乔以钢，林丹娅．女性文学教程［M］．石家庄：河北教育出版社，2007.

[23] 刘晓丽．异态时空中的精神世界——伪满洲国文学研究［M］．上海：华东师范大学出版社，2008.

[24] 杨珺．二十世纪九十年代女性散文的主体建构［M］．开封：河南大学出版社，2009.

[25] 任一鸣．中国当代女性文学简史［M］．桂林：广西师范大学出版社，2009.

[26] 张丽杰．明代女性散文研究［M］．北京：中国社会科学出版社，2009.

[27] 万宇．中国现代学人论学书信研究［M］．杭州：浙江大学出版社，2013.

[28] 叶渭渠，唐月梅．20 世纪日本文学史［M］．青岛：青岛出版社，2014.

[29] 刘晓丽．伪满时期文学资料整理与研究（史料卷）·伪满洲国文学研究资料汇编［M］．哈尔滨：北方文艺出版社，2017.

[30] 戴锦华．世纪之门［M］．北京：社会科学文献出版社，2000.

[31] 严家炎．二十世纪中国小说理论资料：第 2 卷［M］．北京：北京大学出版社，1997.

[32] 张毓茂．东北现代文学大系 1919—1949·评论卷［M］．沈阳：沈阳出版社，1996.

四、期刊论文

[1] 徐廼翔．梅娘论 [J]．中国现代文学研究丛刊，1993 (1)：67 -80.

[2] 陈宏．沦陷区女作家——梅娘传略 [J]．牡丹江师范学院学报（哲学社会科学版），1996 (3)：43 -46.

[3] 张泉．华北沦陷区文学研究中的史实辨正问题 [J]．中国现代文学研究丛刊，1998 (1)：261 -270.

[4] 曹丽薇．梅娘小说的文化解析 [J]．中国现代文学研究丛刊，1998 (3)：273 -329.

[5] 刘爱华．女性关怀与男性批判——梅娘小说创作论（上）[J]．丹东师专学报，1998 (3)：64 -70.

[6] 张萍萍．四十年代女性文学“三人行”——张爱玲、苏青、梅娘创作比较谈 [J]．东岳论丛，2000 (4)：123 -124，144.

[7] 范宇娟．梅娘著译年表 [J]．新文学史料，2000 (1)：204 -208.

[8] 向叶平．论梅娘20世纪40年代的小说 [J]．嘉应大学学报，2002 (2)：68 -71.

[9] 张泉．认识梅娘的历史 [J]．新文学史料，2002 (2)：145 -150.

[10] 徐岱．乡土旧事：论民国女性小说四家 [J]．浙江大学学报（人文社会科学版），2002 (3)：30 -36.

[11] 潘延．“南玲北梅”探究 [J]．苏州铁道师范学院学报（社会科学版），2002 (4)：85 -88.

[12] 董俊．“南玲北梅”：梅娘与张爱玲小说比较论 [J]．南京师大学报（社会科学版），2003 (2)：127 -135.

[13] 阿洁．不同语境下的“南玲”与“北梅”——试比较张爱玲、梅娘的文学创作 [J]．甘肃高师学报，2003 (4)：18 -21.

[14] 丁言昭．梅娘送我一张老照片 [J]．世纪，2003 (4)：35 -38.

[15] 褚洪敏．女性关怀与女性批判——梅娘水族系列小说解读 [J]．济宁师范专科学校学报，2004 (5)：88 -90，100.

[16] 孙萍萍. 论梅娘小说的女性意识 [J]. 渭南师范学院学报（综合版），2004（3）：62－64.

[17] 邢小群. 人间事哪能这么简单 [J]. 文史博览，2004（12）：12－16.

[18] 陈言. 周作人与梅娘——抗战胜利后一个颇具戏剧性的插曲 [J]. 博览群书，2004（12）：84－87.

[19] 杨亚林. 论梅娘的女性意识 [J]. 黄冈师范学院学报，2005（1）：37－41.

[20] 赵月华. 历史重建中的迷失——梅娘作品修改研究 [J]. 中国现代文学研究丛刊，2005（1）：116－138.

[21] 詹丽. 文如其人——梅娘创作风格浅论 [J]. 长春工业大学学报（社会科学版），2005（4）：93－95.

[22] 屈雅红. 论梅娘小说的“复调”艺术——以《动手术之前》和《旅》为例 [J]. 苏州大学学报（哲学社会科学版），2005（5）：73－77.

[23] 王建湘. 一脉心声，不成故事的散华片玉——梅娘散文论 [J]. 湖南人文科技学院学报，2006（1）：90－93.

[24] 向叶平. 女性关怀与男性中心主义批判——论梅娘小说的女性意识 [J]. 池州师专学报，2006（4）：43－47.

[25] 杨晓莉. 谈梅娘小说创作的艺术成就 [J]. 大连民族学院学报，2006（4）：90－92，96.

[26] 张子君. 黑土地女性自由与尊严的呼唤——萧红与梅娘的女性意识比较 [J]. 乐山师范学院学报，2007（4）：40－43.

[27] 屈雅红. 论梅娘小说的女性意识 [J]. 小说评论，2006（5）：94－96.

[28] 彭静. 从梅娘小说管窥梅娘的生态女权主义意识 [J]. 语文学刊（高等教育版），2006（5）：23－25.

[29] [日] 岸阳子，郭伟. 论梅娘的短篇小说《侨民》[J]. 抗战文化研究，2007（1）：143－159.

[30] 张泉. 也说“南玲北梅”——兼谈如何看待“口述历史”[J]. 中文自学指导，2007（1）：23－26.

[31] 应锦襄. 给梅娘的信（书简）[J]. 厦门文学，2007（7）：43－45.

[32] 杨晓莉．浅谈梅娘小说创作的语言风格 [J]．白城师范学院学报，2007 (2)：54－58.

[33] 陈洪英．潜沉在海底的水族——从梅娘小说看沦陷区的女性写作 [J]．涪陵师范学院学报，2007 (3)：146－150.

[34] 刘涵华．梅娘散文简论 [J]．当代文坛，2007 (2)：113－116.

[35] 杨晓莉．梅娘笔下的东北沦陷区社会生活 [J]．大连海事大学学报(社会科学版)，2007 (4)：126－128.

[36] 包薇．论梅娘的女性意识和民族意识 [J]．前沿，2007 (5)：220－223.

[37] 张雯虹．论梅娘小说对女性解放道路的探寻 [J]．时代文学 (理论学术版)，2007 (5)：9－10.

[38] 向叶平．敢问路在何方——论梅娘小说的女性意识 [J]．铜陵学院学报，2008 (3)：85－87.

[39] 刘晓丽．流寓华北的东北作家的"满洲想像"——以《青年文化》杂志"华北文艺特辑"为中心 [J]．上海师范大学学报 (哲学社会科学版)，2008 (3)：116－120.

[40] 严雷．人性的呼唤——梅娘水族系列小说笔下女性的命运 [J]．长春师范学院学报 (人文社会科学版)，2008 (3)：63－66.

[41] 张莹．梅娘小说创作与日本文化的渊源 [J]．语文学刊，2009 (23)：26－27，46.

[42] 陈洪英．沦陷区青年知识女性生存状态的多样展示——梅娘小说与苏青小说研究 [J]．康定民族师范高等专科学校学报，2009 (3)：75.

[43] 孙荣．梅娘小说中男女人物形象研究 [J]．广西职业技术学院学报，2013 (6)：66－69.

[44] 张泉．构建沦陷区文学记忆的方法——以女作家梅娘的当代境遇为中心 [J]．山东社会科学，2013 (10)：65－74.

[45] 陈洪英．区域文化背景下女性生存状态的书写——梅娘小说与苏青小说研究 [J]．重庆电子工程职业学院学报，2013 (5)：84－86.

[46] 张泉．从文80载的梅娘和成为研究对象的梅娘 [J]．上海大学学

报（社会科学版），2013（4）：84－96.

[47] 陈霞．被遗忘的伪满洲国文坛——“华北满洲作家群”之梅娘创作谈［J］．名作欣赏，2015（35）：5－8，15.

[48] 王文兴，王也．遗失的珍珠——浅析梅娘长篇译著《母系家族》［J］．才智，2015（22）：281.

[49] 马兵．恩怨相叠：半殖民与解殖民视野下梅娘的女性写作［J］．山东社会科学，2017（3）：31－35，41.

[50] 詹丽．国家出版基金资助项目——“伪满时期文学资料整理与研究”丛书［J］．沈阳师范大学学报（社会科学版），2017（3）：2.

[51] 王晴．“阪急电车”中的时空错置——论梅娘小说《侨民》的两个版本［J］．中国现代文学研究丛刊，2017（12）：211－219.

[52] 卢芳，李宗育．谈梅娘的小说创作［J］．辽宁师专学报（社会科学版），2019（2）：17－18.

[53] 蔡译萱．殖民、跨国语境下的性别协商——梅娘小说《侨民》解析［J］．文艺争鸣，2019（7）：61－64.

五、学位论文

[1] 傅羽弘．伪满洲国时期东北知识分子的日本认识［D］．长春：东北师范大学，2008.

[2] 陈洪英．沦陷区青年知识女性的生存状态书写［D］．重庆：重庆师范大学，2008.

[3] 李扬．东北沦陷时期东北作家笔下的女性形象研究［D］．延边：延边大学，2009.

[4] 田赛男．论梅娘小说的三大主题——情爱、人性与儿童［D］．济南：山东师范大学，2012.

[5] 任文贤．半江瑟瑟半江红：论《源氏物语》对梅娘创作的影响［D］．重庆：西南大学，2010.

[6] 张梅．梅娘小说中的女性形象［D］．合肥：安徽大学，2011.

[7] 王珏．梅娘小说中的日本人形象［D］．长春：吉林大学，2011.

[8] 黄巧．梅娘小说女性形象研究［D］．重庆：重庆师范大学，2011.

[9] 周琼．走进梅娘的精神世界［D］．上海：华东师范大学，2011.

[10] 贾文秀．荆棘丛中的奇葩绽放：梅娘小说中沦陷区知识女性群体探析［D］．锦州：渤海大学，2012.

[11] 张娜．东北沦陷时期《青年文化》杂志文学场域研究［D］．沈阳：沈阳师范大学，2012.

[12] 白静．梅娘小说人物形象分析［D］．兰州：西北师范大学，2012.

[13] 赵霁．吴瑛小说创作及其笔下的人物形象系列［D］．长春：吉林大学，2012.

[14] 翟瑞青．童年经验对现代作家创作的影响及其呈现［D］．济南：山东大学，2013.

[15] 郑巧玲．出走的躁动：论三四十年代梅娘小说的女性世界［D］．广州：暨南大学，2013.

[16] 孙琼．论梅娘小说构建的女性世界［D］．扬州：扬州大学，2013.

[17] 王晶晶．论作为文学史概念的"南玲北梅"［D］．石家庄：河北师范大学，2013.

[18] 尹伟霞．梅娘文人生涯中的"日本存在"［D］．长春：东北师范大学，2013.

[19] 高云球．1932—1945：东北沦陷区翻译文学研究——以《盛京时报》、《大同报》文学副刊为中心［D］．北京：中国社会科学院，2013.

[20] 肖楠．华北沦陷区《妇女杂志》期刊研究［D］．南昌：江西师范大学，2014.

[21] 梁晶．东渡之"梅"，风递幽香——论梅娘与日本文学［D］．贵阳：贵州师范大学，2014.

[22] 邢学真．梅娘及其创作的接受和阐释研究［D］．呼和浩特：内蒙古师范大学，2016.

[23] 罗古月．二十世纪三四十年代梅娘小说男性形象研究［D］．牡丹江：牡丹江师范学院，2016.

[24] 庄培蓉. 迎合、背离与反思：梅娘1950年代作品研究——以《亦报》、上海《新民报》晚刊和香港《大公报》上的作品为中心[D]. 上海：华东师范大学，2016.

[25] 王也. 梅娘小说中的两性关系研究[D]. 长春：长春理工大学，2016.

[26] 蔡嘉昕. 论梅娘三四十年代小说的日常生活叙事[D]. 武汉：华中师范大学，2018.

[27] 何清. 抗战时期梅娘的跨语/跨域书写（1931—1945）[D]. 上海：华东师范大学，2018.

二十年的回味与期待（代后记）

大约在2001年，一个很偶然的机会，我在夜市地摊上看到了梅娘的小说散文集（后来才知道，当时买的是盗版书），很快地读完，竟是十分的畅快。那时，痛快的原因也许是她讲了很多我想说却说不出来的东西，也是我一直想认识从前却没有看到的东西。

这东西是什么，一直到我开设了“女性文学研究”课程之后，才开始慢慢变得清晰起来。后来，我就很关注梅娘。这关注使我知道以前学过的文学史里根本就没有她的名字，我书架上的几种文学作品选里也没有她的作品。于是我开始试着用自己的笔，记下读其作品时的点滴感受，这些感受后来就成了我关于梅娘的第一篇论文——《论梅娘20世纪40年代的小说》，这篇论文发表在《嘉应大学学报》上，这是我所没有想到的。这篇论文也是我独立研究开始的标志。由于当年信息很不通畅，我在写作论文时，除了张泉先生，竟完全不知道还有其他学者也在研究梅娘。更让我没有想到的是，那一年的《现当代文学文摘卡》（2002年第4期）竟然转载了其中一部分，虽然只有短短一千余字，但已经可以感受到学界对那些一度辉煌又因政治原因被埋没的作家们挖掘的渴望。

随着我对女性文学理论接触的深入，对梅娘作品进行更深入的研究，慢慢成了我一个急切的愿望。对她进行研究，挖掘其创作的价值，恢复她在中国现代文学史以及中国现代女性文学史中的地位成了我研究她的目的。由于时间以及本人在女性文学理论上的局限，想在短期内对她所有的创作进行研究显然不是我可以做到的，因为梅娘在小说、散文以及翻译方面都有较大的成就。最后，我把研究工作首先锁定在她的小说创作上。

2003年，我在安徽师范大学文学院的研究生课程学习完毕，在硕士论文选题时，我毫不犹豫地选择梅娘小说的女性意识研究。经过 2 年的写作，2005 年 12 月，我在安徽师范大学文学院顺利通过硕士论文答辩。我清楚地记得，当时答辩老师中有文学院院长谢昭新教授、安徽省社科院研究员唐先田先生。他们问到的一些问题可以证明，在看到我的论文之前，对于梅娘其人，他们是完全陌生的。

同一年，经池州学院（时为升格前的池州师专）教务处批准，我在中文系开设了专业选修课"女性文学研究"。这门课一经开设，就大受欢迎。其原因，可能是师范类学校女生所占比例大，且这些女生多少都受到过来自家庭与社会的性别歧视；更由于之前的教育中，她们从未听说过女性主义理论，因而所受的文化震撼特别大。

由于对梅娘的研究，在每一届的"女性文学研究"课上，我在讲解 20 世纪 40 年代女性文学时，都会加上梅娘这个专题。不仅如此，在专业基础课"中国当代文学"课上，我在讲到 20 世纪 80 年代女性文学时，也会提及梅娘。和其他女作家一样，梅娘的人生经历打动了我，也常常感染着学生。课上、课后，很多女生向我诉说她们的性别经历，也感谢我让她们懂得女人经济独立与精神独立的重要。一些女生在毕业多年后，还向我表示感谢。当然，这门课对于班上数量极少的男生来说，无疑是一个极大的挑战。个别男生，甚至以为我是专门跟他唱对台戏！他不知道，女人的独立既是女性的解放；对于男性来说，又何尝不是一种解脱？而且受传统文化的浸染，男生头脑中的性别歧视意识并不比女生轻！

2007 年，池州师专升格为本科院校以后，"女性文学研究"课程继续存在了几年之后，在第一次教育部本科教学评估之前被停掉了，直至现在都没有再恢复。然而，我对于梅娘的研究却一直持续下来，先后主持申报了"梅娘小说的女性主义思想及艺术特色研究""梅娘散文主体性研究"等项目，并先后发表了论文《论梅娘 20 世纪 40 年代的小说》〔《嘉应大学学报》，2002 (2)〕、《女性关怀与男性中心主义批判——论梅娘小说的女性意识》〔《池州师专学报》，2006 (4)〕、《敢问路在何方——论梅娘小说的女性意识》〔《铜陵学院学报》，2008 (3)〕、《梅娘小说的叙事话语与性别——以水族系列小说为分析对象》〔《池州学院学报》，2012 (2)〕。

2014年9月，我到北京大学中文系进行为期一年的访问学习。在北大图书馆民国报刊资料室，我详细翻阅了梅娘当年在北平《妇女杂志》上发表的各类文章，对其部分佚文进行了整理。在张泉等学者整理的年表的基础上，我对梅娘生平著译年表进行了较为全面的修订；同时，对其散文与书信进行了较为深入的研究，形成了《梅花香自苦寒来——论梅娘散文的主体性建构》《梅娘书简研究》《梅娘小说中的风景描写》《〈妇女杂志〉与北平时期梅娘的文学活动》《梅娘生平著译年表整理及补遗》等论文。总体上，对梅娘作品的研究形成了较为全面的态势。

除了坐在图书馆里进行作品研究，我抓住时机，在北京城里寻找梅娘的踪迹。

2014年11月13日上午，我只身前往中国现代文学馆，想看一看梅娘在该馆的展板。北京的秋天，天空蓝得像大海，阳光那么透明。我坐上公交车，前往位于亚运村旁边的现代文学馆。天气已经有点冷了，但我的内心却充满了期待。记得那天是星期四，偌大的文学馆里只有我一个人。我穿行过鲁迅、巴金、冰心、萧红、林海音、王安忆、铁凝等现当代文学大家，就像穿越了20世纪的中国历史。在20世纪40年代作家展区，我看到了萧红、张爱玲，也看到了梅娘——自20世纪40年代流传开来的“南玲北梅”终于走到了一起！张爱玲一如既往是一身旗袍包裹着孤傲的灵魂，那高高抬起的下巴是其标志性姿势。相比较，梅娘就要平和得多。梅娘那饱经沧桑的头像边，印着民国时期梅娘作品《蟹》和《鱼》的封面，介绍文字是：

“20世纪40年代初的梅娘曾被北平读者评为最受欢迎的青年女作家，与张爱玲有‘南玲北梅’之称。1942年定居北平后出版《鱼》《蟹》等小说集，对日本帝国主义控制下的中国女孩子的生存状况做出真实描述，温婉秀美中有豪放强劲，与张爱玲的小说恰成对照。”

这样的评价自然是中肯的，对梅娘在现代文学史上的影响、地位以及写作特点，都有着极简练的概括。

——这位女人，一生经历了幼年丧母、少年丧父，至青年失去丈夫，中年以后又接连失去一个女儿和一个儿子。需要怎样坚强的内心，才能走到生命的终点？

站在梅娘展板前，我久久不愿离去。

2014年11月21日，我独自一人从北京大学东门四号线出发，在西单转一号线，前往王府井大街117号，寻找梅娘曾经工作过的《武德报》社社址，希望可以找到一丁点当年的痕迹。经过一番寻找，王府井大街117号的前世今生逐渐浮出水面：20世纪40年代早期为《武德报》社；抗战胜利后成了国民党的《华北日报》社；1948年2月，《人民日报》社先锋部队接管了《华北日报》社，第二天便出版了《人民日报》第一期。至1965年，《人民日报》社搬迁至朝阳区红庙以后，原址留给了《经济日报》社使用，此时117号更改为227号。后来《经济日报》社也搬离此地。再后来，此地就改造成了王府井小吃一条街！今天，该街的产权仍然属于《经济日报》，而地下还是《经济日报》社地下印刷厂。

小吃街人来人往，十分热闹，当年的印迹已经荡然无存。

第二天，我和来自周口师范学院的访问学者左雪梅教授，一同前往梅娘位于农业电影制片厂的宿舍。左教授因幼年曾在北京生活过，对北京比较了解。在友谊宾馆斜对面的农业电影制片厂的宿舍区，我们很顺利地找到了梅娘的住处。奈何人去楼空，只有空荡荡的一间小屋了！梅娘已于2013年5月7日仙逝了。我坐在中关村南大街10号人行道边的长椅上，努力想象着梅娘在这里生活的林林总总。北京的秋天是美的，到处落满了金色的银杏叶。北京的秋天永恒地美丽着，可我却来迟了。犹记得2005年前后，同事纪永贵博士就曾提醒我，该早点去拜访梅娘。当时也曾动过心，却因为多种原因，我一直未能成行。这一迟疑，就是一生的遗憾！

转眼就是2015年，我在北京大学的访学未能继续，旅居北京的时光竟提前结束。为了弥补内心的遗憾，这一年3月22日，我又和左雪梅教授一起到了十三陵景仰园，想看看梅娘长眠的地方。没想到，去十三陵极为不便，一番折腾到了十三陵之后，又发现这个地方太大。更麻烦的是，竟然没有去景仰园的路，得步行才行。或者是有路，我们没有找到吧，走了一天的路，无功而返。

4月初，我即前往台湾实践大学进行为期2个月的讲学。待回京，已经是6月。等到把结业工作办完，陪导师孔庆东先生和同门师弟师妹在北大西门聚完餐，我的北大访学生活就真正结束了。

2016 年 5 月，我到哈尔滨参加萧红诞辰百年学术研讨会。虽然我一直都很熟悉且敬佩萧红，学术界也已经有关于萧红与梅娘的比较研究，但是真正激发我研究的，应当就是这次会议。这次会议的主办方之一是萧红研究会。

这次会议，我的收获很大。会议中，有一个国内知名收藏家贾俊学的展览，很意外地，我竟看到了他收藏的一页梅娘的作品；又奇迹般地认识了一位崔姓同行，一番深聊之后，才知道他竟是梅娘的义弟！5 月 14 日，我们沿着萧红当年的生活踪迹，东兴顺旅馆—儿童医院—兆麟公园—欧罗巴旅馆—索菲亚大教堂—中央大街—商市街 25 号：都是萧红的足迹，也是萧红落难、产子、恋爱、饥饿以及文学起步的地方。15 日，上午参观了萧红故居和纪念馆，去萧红的青丝冢献了花。一路上，满眼都是萧红，当然还有萧军。不管世事怎样变换，这二萧终究是无法分离的了。记得那一天的哈尔滨，最低温度 6 摄氏度，又下了一夜的雨，像南方的初春季节。好在，近中午时分，太阳隐隐地出现了，温暖也就相伴而来。

5 月 17 日，会议结束后，我只身前往长春，因为一直有个心愿，想去梅娘幼年时期生活过的地方看看。到达长春后，长春出版社的胡新先生带着我在长春转悠了一天，参观了伪满洲国的皇宫和当时作为伪满洲国的政治核心地带的国务院、司法部旧址等地。行走过程中，对长春市新民大街的道路设计感慨良多——因为据我的经验来看，全国城市的道路，大概只有这条街是把人行道设计在马路中间的，十分宽大，人行道两旁还有好几米宽的绿化带。行走在这样的人行道上，的确让行人感觉特别舒服，像是在公园漫步一样。胡新告诉我，这条路基本保持了伪满洲国时期的原样。由此，对梅娘父亲孙志远的生活，我有了一点感性的了解。随后，我们还参观了长春东北沦陷史陈列馆。

最后，我们来到梅娘小时候生活过的西三道街。然而眼前的高楼大厦，让人恍惚间不知身在何处。这情景就像 2012 年春天，梅娘回到长春时一样。接待人员曾带她去寻找儿时的记忆——《新文化报》。在梅娘去世后的 5 月 10 日，记者隋强在题为《作家梅娘 7 日辞世　曾住在老长春西三道街》的报道里写道："在路上她赞长春路宽楼高，回忆起小时候的家，她略有兴奋地描述：‘左边还有……右边有……’然而，到了西三道街一带，所有环境都改变了，她便沉默，再也没有说话。”

沧海桑田，时代的巨变已经抹去了大多数历史的记忆。

回来后，我一直就有个心愿，要把梅娘作品研究好好整理一番，形成一个集子，算是对自己将近20年来关注梅娘的一个总结。然而，因为各种原因，一次次地开始，又一次次地刹了尾。直至今年9月，在外子的鼓励下，把多年的梅娘研究成果结集出版的想法再次涌上心头——这次，我是坚决要做下去的了。萧红曾经说过：“我不能选择怎么生，怎么死，但我能决定怎么爱，怎么活，这是我要的自由，我的黄金时代”——时间不等人，所谓的黄金时代永远直指当下！

因为梅娘不仅仅是我的一个研究对象，20年来，她的作品与人生已经融入了我的血液，产生了如精神导师般的意义，对我痴迷的文学创作亦产生了极其重要的作用。正如我的同事汤文益博士在为我而作的《小世界与大愿景：向叶平中短篇小说论》一文中所说：“在一篇研究梅娘的论文中，向叶平写道：‘梅娘早期的创作高扬人道主义精神。’这位名叫梅娘、曾经被文学史遮蔽的女性作家，作品显现出显著的女性意识。觉醒、反抗、决绝，向叶平为梅娘笔下的女性勾勒了一条由沉默而发声的路径。与此同时，向叶平也不甘沦为路径旁侧的‘注目者’和‘局外人’。她深情凝望梅娘渐渐远去的身影，试图追寻梅娘的足迹，为女性发声。她的中短篇小说选收入的22篇小说，除《孔雀于飞》选择动物视角以外，都以女性为叙事中心，涵盖一个女人一生可能经历的绝大部分内容……”①

感谢梅娘写出了多少女人的心声，也感谢自己在生命途中，有幸在精神上与梅娘神交往来。阅读梅娘，研究梅娘，让我的生命更加充实。虽然我的研究水平有限，但我已经尽力。由于本书是一部专题研究著作，研究的时间跨度比较大，部分内容会有交叉重叠，语言方面亦有不够协调之处，请读者见谅、批评！

我曾经还想过，要给梅娘写部评传或传记——这，只有留待以后了。

---

① 汤文益：《小世界与大愿景：向叶平中短篇小说论》，《池州学院学报》2015年第1期。

最后，我要感谢外子尹文汉教授，对我日常生活与研究工作持续的鼓励和支持；感谢何家荣教授，曾从南京先锋书店为我购到《梅娘近作与书简》；感谢文学与传媒学院刘光明、谢家顺、方学森诸教授对我的研究工作提供的帮助；感谢安庆师范大学陈宗俊教授、合肥师范学院张登林教授通读书稿并提出中肯的意见；感谢山东中国文学艺术博物馆的徐国卫先生提供的梅娘手稿照片，并允许我将其展示于拙著；感谢周口师范学院的左雪梅教授，热心陪同我在北京寻访梅娘的足迹；感谢武汉出版社的胡新先生，当他在长春出版社工作时，不辞辛劳陪同我在长春寻访梅娘的足迹；还要感谢本书的责任编辑张慧女士，是她的认真与负责让本书得以顺利出版。感谢池州学院专著出版基金、池州学院通俗文学与张恨水研究中心、池州学院文学与传媒学院文学教研室对本书出版提供的资助。

如此，甚好。

生命，很好。

向叶平

2021 年 12 月